青くて痛くて脆《もろ》い

住野よる

角川文庫
22202

僕ら、その季節を忘れないまま大人になる。

あらゆる自分の行動には相手を不快にさせてしまう可能性がある。

高校卒業までの十八年間でそういう考えに至った僕は、自らの人生におけるテーマを大学一年生にして決めつけていた。つまり、人に不用意に近づきすぎないことと、誰かの意見に反する意見を出来るだけ口に出さないこと。そうしていれば少なくとも自分から誰かを不快にさせる機会は減らせるし、そうして不快になった誰かから傷つけられる機会も減らせると考えた。

だから大学で初めて秋好寿乃《あきよしひさの》を見た時には心底、世の中には自信過剰で愚かな、そして鈍い人間がいるものだと、馬鹿にした。

大学一年生になって二週目の月曜日。授業選びもあらかた終えて、今週からいよいよ本格的に勉強が始まる。そんな大学生に最も正しい意欲がある日、サークルにも属さず、新入生レクリエーションにも出なかった僕は一人ポツンと、大講堂の端っこに座っていた。それなりの、静かな大学生活を望んでいた。

三時限目、一般教養の平和構築論だったような気がする。教科書をぱらぱらとめくり待っていると、やがて講師が静かに教壇にあがり、一年生ばかりの空間には素直な静寂が満ちた。

しかし、九十分という未体験の集中力を要求される授業時間に、学生達の心の糸は当たり前に弛緩《しかん》を始めた。さわつきだす講堂。教える側も毎年のことで慣れているのだろうか、別段注意をすることもなく授業は進んだ。

僕も多分に洩《も》れず、そもそも高校の授業時間にすら集中力を対応させられなかった部類の人間だった。九十分という授業時間はこの春の陽気のもと悠久の時のように思え、まさかその感覚から四年間抜け出すことなく過ごすだなんて思いもしなかった。

早速退屈に思えてきた授業。端っこの席で、僕は窓から外を見ていた。授業がない学生達の笑い声と、鳥の鳴き声が陽の光に溶けていた。

そんな麗《うら》らかな陽気を乱す声は、ちょうど僕の頬杖《ほおづえ》の位置がずれ、頭がかくんと下がった時に聞こえてきた。

「すみませんっ、質問してもいいですか？」

大きく快活な声が、静かな講堂に響き渡った。起きていた皆が、声の主は誰かときょろきょろする。僕も同じく気にはなったのだけれど、あたりを見回す必要はなかった。声は、僕の席から右側に一つ席を飛ばした場所にいる女性から聞こえてきたからだった。盗み見ると、彼女は真っすぐ、自分の正しさを誇示するように右手を天井に向けて伸ばしていた。

講義を聴いていなかったから、僕は講師が質問を募ったのだと思った。ところが、彼女の強い視線の先にいる高齢の講師はつまらなそうな顔で「質問は後で受け付けますよ？」と彼女に手を下ろすよう促した。僕が片目で見守る中、彼女はそろそろと手を下ろしたものの、その不満気な表情が教壇からも見て取れたのだろう。講師が「今でもいいですが」と言うと彼女は生き生きとした表情になって、講堂中に感謝の言葉を響かせた。

思えばこの時、彼女が平凡な学生には到底考えつかないような考えを披露してみせ、講師と議論したなら、大学には凄《すご》い人がいるもんだなんて、僕の中で大学生というものに面白みを期待できる思い出となっていたかもしれない。そして、きっとそれだけで終わっていただろう。

そうはならなかった。

「この世界に暴力はいらないと思います」

そんな言葉で始まった彼女の質問、という名前を借りただけの意見表明は、正直、小学校の道徳の授業で習ったような、聞いているこっちが恥ずかしくなってしまうようなものだった。

いわゆる、理想論ってやつだろうか。講師は話を聞いてから嘲笑《ちょうしょう》を隠しもせず「それはそうなればいいのは皆が分かっています」と言った。講堂内からは小さく「うわっ」「なにあれ」「痛《い》った」と聞こえてきていた。空耳じゃない。

講師との会話を通じて、恥をさらし終えた彼女が黙ると、授業はまるで彼女の存在を無視するように、それでいて実体のないどこかの誰かを馬鹿にするような雰囲気をまといながら進んだ。

僕がその後、改めて彼女に視線を送ったのは、授業を中断してまで自らの意見を発表したがる人物像に興味があったわけじゃない。ただ僕の中に、馬鹿な発言をした奴が否定された時の不機嫌そうな顔を見て面白がるようなところがあっただけだ。

だからちらりと横に座っている彼女の表情を見た時には、残念とまではいかないけれど、意外には思った。彼女が、傷ついたような顔をしていたからだ。ショックを受けているような顔をして前方を見ていた。

僕は、彼女のような行動をする人間を中学高校でも見たことがあって、その考え方のパターンを決めつけていた。どうせ、自分の言い分だけを信じ、理解してくれない周りを馬鹿にしているようなタイプの人間だと思っていた。だからその種類の人間にありがちな、否定された時の不機嫌さを彼女が見せていなかったことが、意外だった。

関わろうとは思わないまでも、僕はきっとその時の彼女の顔に、興味を持った。

でも、あくまでその興味というのは本当にただ街中で少し変わった音楽が聞こえてきた程度のものだったから、チャイムが鳴る頃にはもうどうでもよくなっていた。

出席確認用の一言感想アンケートを提出して席を立つ。月曜日の四時限目に授業を入れていなかった僕は、遅めの昼食を取るため食堂へ向かうことにした。

大学では、中途半端な時間の食堂にもそれなりに人がいる。まだ慣れない空気の流れる場所で寄る辺なく日替わり定食をトレーの上に揃えた僕は、窓際の四人掛けの席へと座り、手を合わせて味噌汁《みそしる》に口をつけた。

「ねえ、一人？」

自分と関係のない声なんて風景に交じる雑音だ。この時も当然自分が声をかけられているなんて思わなかったから、僕は白身魚のフライを口にくわえた。ざくりという気味のいい音を立てて千切れたフライを思わず皿の上に落としてしまったのは、突然肩をつつかれ驚いたからだ。

箸《はし》を構えたまま顔をあげて、もう一度驚いた。さっきの授業で横に座っていた痛い彼女が、トレーの上にカツカレーを載せて立っていた。なぜか僕は彼女とカツカレーを交互に見た。

「ねえ、一人？」

繰り返された質問で、さっきの言葉が間違いなく僕に向けられたものだったのだと分かった。

「え、あ」

どうして話しかけられたのか分からなかった。しかし、嘘をつく必要もなかった僕がひとまずこくりと頷《うなず》くと、彼女は歯を見せていやに血色のいい顔で笑い、トレーをそろり僕の対面の席に置いて座った。

「さっきの授業、横の席だったよね、私も一人なんだけど一緒してもいい？」

マジか、と思った。授業中に平気で自分の意見を述べられる行動と合わせ、自分自身に無駄な自信を抱いているタイプなんだろうと辟易《へきえき》もした。

拒否しなかったのは、僕の人生におけるテーマのうち、人から遠ざかることよりは、人の意見に反しないことの方により重きを置くことが多くて、この日の気分もそうだったからだ。それ以外に、ない。

「は、はい」

一応先輩である可能性を考えて僕は敬語を使った。相手のタメ口があまりに自然だったために、一年生ばかりのあの講堂にいた僕を後輩と断じているからだと思ったのだ。そしてこうして知らない人間と突然の食事を普通に取ろうとするのは彼女の痛さだけに起因するものではなく、大学生活に余裕を見出《みいだ》している上級生だからという理由もあるのだろうと思ったのだ。

「タメ口でいいよ、一年生だよね」

「え」

「あれ、もしかして先輩、だったりします？」

大きな目をきょろつかせる彼女のやっちゃった感を見ただけで痛い奴だと判断し、逃げてもよかったんだろうけど、嘘をつく必要もなかったので僕は首を横に振った。

「一年生、だけど」

「ああっ！　よかったあ！　焦った、大学生活早々やっちゃったかと思った」

胸に手を当てて息をつき大げさに安心を表現する彼女。さっきの授業でのことは早々やっちゃったのには入らないのかと、思った。

「いや、いきなりで申し訳ないっとは思ったんだけど、まだ知ってる人全然いなくて、心細くなってたらさっきの授業で横にいた君を見つけたから話しかけたの。すみませんっ、ひいた？」

ひいた。

「いや、いいけど」

「おおよかった、えっと、私は秋好寿乃って言います」

突然の自己紹介、自尊心の大きな人間なのだろうと思った。

「学部は政経だけど、同じ？」

「いや僕は、商学部」

「なるほど。名前、訊《き》いてもいい？」

断りようのない訊き方だ。

「あ、田端、です」

「タバタくん、いきなりになっちゃったけど、よろしくお願いしますっ」

秋好はぺこりと頭を下げた。肩のあたりで切りそろえられた髪が揺れる。僕も一応、彼女に合わせて頭を下げる。予期しないイベントが起こった場合、何かに沿って動けばマシな結果となることが多い。

「ちなみに、タバタくんの下の名前は？」

「……えっと」

言い淀《よど》んだ。これは、ごく一般的な質問をしてきた彼女が悪いわけじゃなかった。

個人的な問題として、僕は、自分の名前が嫌いだった。例えばイケメンだったりしたら自分の名前が綺麗《きれい》すぎることに誇りを持てたりするのかもしれない。逆に綺麗な名前のイメージとかけ離れた筋骨隆々の不良だったりしたらそのギャップを面白がれるのかもしれない。そのどちらでもない中途半端な自分にそぐわない名前を言うことに僕は躊躇《ちゅうちょ》した。

けれどもちろん、人からの質問を無視する勇気も僕は持っていなかった。

「楓《かえで》……」

そしてもちろんコンプレックスなんて人様から見れば本当にどうでもいい話だ。

「タバタカエデくんねー。田んぼに畑？」

「あ、端っこ」

秋好は肩掛け鞄《かばん》から携帯を取り出すと、慣れた感じでいじってまた鞄に戻した。肩掛けのストラップが体に食い込んでいる。

「メモりましたー」

目を細め歯を見せて笑った彼女はスプーンを手に取って、待ちに待ったご馳走《ちそう》にありつくようにカツカレーを一口食べた。ついその一連の動作を見てしまい、僕は目をそらして皿の上の魚フライにもう一度嚙《か》みついた。

「腹ペコだったんだっ、授業中もお腹ぐーぐー鳴って。もしかして聞こえたりしてたっ？」

「あ、いや」

そんなのは気になりもしなかった。

「それなら良かった。普段から結構食べるからさ、田端くんより食べててもひかないでね」

「一応高校でサッカーやってて、その名残。食べるの減らさなきゃとは思ってるんだけどね－」

一応というのは、つまり勝敗に重きを置くような強豪校ではなかったという意味なんじゃないかと勝手に解釈した。減らさなきゃというのは、大学でサッカーをやるつもりはないということじゃないかと判断した。

「田端くんは何か運動してた？　あ、ごめんね、色々ずかずか訊いちゃって」

気遣いを、しようと心がけはする人のようだ。さっきの授業での出来事に鑑《かんが》みて、人のテリトリーに土足で上がり込むタイプなのかと想像していたけど、一応靴を脱ぐことはできるらしい。

「全然、いいけど。運動は高校の時は特に何もしてなかった」

「文化系？」

「帰宅部だった」

「大学でもなんにも入んない予定？」

「かな、今のところは。あー、秋好さんは？」

「なんか入ろうかなと思ってるんだけど非公認サークルとかまで含めるとめちゃくちゃいっぱいあるから迷ってて、模擬国連とかちょっと興味あるけど」

「健康的、だね」

「もぎこくれん？」

僕のオウム返しに、秋好は「そうそう、凄《すご》いんだよ」というハードルを上げた前置きから模擬国連について説明してくれた。

秋好が聞かせてくれた話を簡単にまとめると模擬国連というのはどうやら、国際問題に興味のある人達が集まって色々な国の代表になりきり、まさに国連を模擬的にやってみようというサークル活動らしい。なるほど、僕の中で彼女の人となりが少しずつ固まっていく感覚があった。

「田端くんは、そういうのどう思う？」

「難しいTRPGみたいな感じ、なのかな」

模擬国連については非難する理由も肯定する理由もなかったので、思ったことの中でそのどちらにも属さないものを口にした。すると今度は秋好が「てぃーあーるぴーじー？」とオウム返しをしてきた。先ほどとほぼ同様の流れの中、説明しないわけにもいかず、僕は自分の考えなどをできるだけ挟み込まないよう単純にTRPG、テーブルトークロールプレイングゲームの説明をした。

「んで、ゲームの中でそれぞれの役を演じる、みたいな、感じ、だと思うんだけど」

「へえ！　面白そう！　私だったらやっぱりやってみたいの勇者だなっ」

秋好は剣を模したつもりなのか、カレーのついたスプーンを眼前に掲げた。そんな楽しそうに反応されるとは思わず、意外な気持ちになる。

「確かに模擬国連もそういう感じかもね。もし興味あったら一緒に見学とか行ってみる?」

「え、あ、いや、ごめん」

行ってしまって勧誘された時に断って、残念そうな顔をされるのも、されないまでも思われるのも、残念にすら思われないのも嫌だった。

とは言え、ここで秋好のなんとなく口にしたんだろう誘いを断るのも自分のテーマに軽く抵触することだったんだけど、彼女はそんな僕の内心なんてもちろん知らず、笑顔で「んーん、全然、こっちこそ色々いきなりですみません」と胸の前で両手を合わせた。彼女が自分自身の性格が持つ功罪を理解しているらしきことに、少しの好感を持った。ほんの少しだけど。

「いや、僕こそ、あの、嫌だったとかじゃないんだけど」

「ほんとっ? 良かったぁ。割とよくひかれる人なんだよね、私」

だろうなとは思ったけど、彼女の快活さからそんなことを気にするタイプには見えなかったから、彼女の見せた安心が意外だった。それに、彼女みたいなタイプは彼女を受け入れてくれるグループの身内ノリだけで盛り上がっているものなのではないのかなとも思った。

嫌だったとかじゃない、という僕の言葉がこの時の秋好を調子づかせたのかは分からないけど、彼女は僕にたくさんのことを訊いてきた。僕は答えられる範囲内で答え、代わりに彼女の情報を得た。茨城県出身、現役入学、一人暮らし、塾のバイトに申し込んだ、少年漫画が好き、アジカンが好き。

情報だけ聞いていれば普通の人なのに、初めての印象が授業でのあの言動だったため、残念ながらすべてが痛い奴というフィルターを通して僕の中に入ってきた。偏った見方を修正すべきだとも思わなかった。必要がないと思ったからだ。

「じゃあ、またね」

次の授業の教室が遠いからと先に席を立った彼女に僕は手を挙げて、「うん、また」と返事をしたけれど、実のところ、その「また」なんてないと思っていた。僕が冷酷な人間だというわけじゃない。

秋好のような誰とでも話せるタイプの人は、すぐにもっといい話し相手を見つけて、間に合わせに使った相手のことなんて忘れてしまう。僕は何度かそういう場面であり合わせに使われたことがあるし、そのことを仕方ないと理解してもいた。

だから、秋好との「また」なんてもうないことだと思い、彼女をきちんと理解する必要なんてないように思っていた。

ところが。

次の週の月曜日、を待つ間もなかった。金曜日の四限、収容人数五十人ほどの教室で、姿勢よく座っていた秋好は教室前方から入室した僕を見つけるや手を振ってきて、こちらが一番後ろの窓際に座ると、わざわざ隣に移動してきた。

「おはよっ。田端くん。久しぶりっ」

「う、うん、これ取ってたんだね」

「ねっ、私も気づかなかったっ」

どうせ秋好は友達と来ているのだろうと考え離れた席に座ったのだけれど、移動してきてよかったのだろうか。

そんな真面目な僕の気遣いは、必要のないものだった。

秋好が、塾のバイトが決まったという話を嬉《うれ》しそうにしているうちに、チャイムが鳴った。彼女が周りに知人を侍《はべ》らせた様子はなかった。

授業が始まると、秋好はおしゃべりをぴたりと止め、真面目に前を向いた。僕も真面目にではないけど、前を向いて授業に耳を傾けた。頭の中ではぼんやり、この秋好という人間との「また」が実現してしまったことについて考えていた。

結果として、考えなくともよかった。授業が始まって一時間ほどして、僕は数ある理由の中のひときわ大きな一つであろう事実を知れることとなった。

声が聞こえた。

「すみません、質問いいですか？」

今回もまた、僕はその声の主を探す必要がなかった。マジか、とは思った。そいつはまた横にいたし、今度はその声を知っていたからだ。

横を見ると、秋好があの時と同じように手を挙げていた。

今度の講師は前回の時よりも秋好に優しかった。「お、いいですよ、学費払ってるんだから授業に参加しないとね。なんですか？」と彼女の発言を許した。

「ありがとうございます」

礼を言った秋好が何を言うのか、予測がついたのだけど、その予測が当たってしまって、予測したことを後悔した。

彼女はまた、質問と見せかけた意見表明を、子どものような理想論を、教室中に響く声で口にした。

今度の僕は彼女を心の中で馬鹿にはしなかった。ただ、唖然《あぜん》とした。食堂で、少しだけだけれど彼女のことを普通の人っぽいと思っていたからだった。

しかし、僕の驚きは少々先走ったものだった。どこかから、信じたくない言葉が聞こえてきた。

「何回目だよ」と。

その言葉を理解して、僕は、ひるんだ。

僕は、秋好に対して抱いていた認識を改めなければならないと思った。

痛い奴じゃなく、ヤバい奴だ。

関わっちゃいけない奴だ。

僕は真面目に授業を受けるふりをして、隣に座っているヤバい奴の顔を少しも見ないようにした。なるほど、だから誰も彼女に近寄らないのか、だから僕のことなんか覚えていて親しげに話しかけてきたのか。つまり他の奴らはヤバい奴に対する警戒心を僕よりきちんと働かせていたということだ。

なんということだろう、今からでも間に合うだろうか。僕は秋好が前回の講義の時と同様に講師に苦笑され、陰口を叩《たた》かれているのを横目に、回避行動をどう取るべきか考えていた。

そうしてひとまず単純に、僕は逃げることにした。授業が終わると同時に立ち上がり、授業中にすでに書いておいた感想アンケートを提出して、秋好の方なんて一度も見ずに退室した。これでひとまずは安心なはずだった。次に会ってしまうはずの月曜日の授業では開始ギリギリに行って離れて座ればいい、さっきの授業も同様だ。そんなことをしているうちに、秋好は僕のことを忘れてくれるだろう。この大学に、人が何人いると思っているんだ。

僕じゃなきゃいけない理由なんてないはずだった。

だからこの時、彼女が走って僕を追ってきた理由がまるで分からなかった。

「いや、なんで？」

「何が？」

「……いや、ちょっと考え事してた」

分からないまま、気がつけば、いつの間にか、秋好と出会ってから二ヶ月が過ぎていた。月曜日の四限、習慣のように遅めの昼食を一緒に取っていて僕は我に返った。あちらから寄ってくる人間を力ずくで突き放す、そんなことが自分のせいでできないままに、僕はまだ秋好と話す間柄にあった。

いつかも食べていた気がする白身魚フライを持ち上げかけ、もう一度皿の上に戻す。

「あのさ、できたら授業で注目浴びるの、いいかげん控えてほしいんだけど」

「あのね、田端くん。いつも言ってるけど、注目浴びたいわけじゃない。私はきちんと正しいことを知っておきたいの」

「結果的に目立ってるから」

ただ、彼女の話し相手を続けてきて、一応、そのこと以外に特別な害はないということが分かってはきていた。

「それにね、先生の講義内容とは違う意見を持つ学生がいることをきちんと知ってもらうのは授業全体にとってもいいことだと思う。私さっきの授業でも思ったんだけど、理想論ってさ、理想ってことじゃん。理想ってことは一番そこを目指すべきだってことでしょ、それを鼻で笑うみたいにして理想論って。戦争の裏の平和じゃなくて、平和の裏にだって平和があった方がいいに決まってるよね。私はそう思う」

確かに害は、ないんだけれど、友達にするには随分と面倒な奴なのは間違いなかった。

僕は意見を拒否する意味も込め、改めて白身魚フライを持ち上げかじる。

ここで意見なんかして、秋好の心にひっかかることを言ってしまえば、彼女はお互いが納得のいくまで議論をしようとする。それは秋好が相手を打ち負かそうとするからではない。自分とは違う意見を持った相手の心中を知り、自らの意見をブラッシュアップしたいと考えているからだ。そういうところが本当に面倒くさい。その面倒くささによって、秋好は周囲からあからさまに敬遠されている。囁《ささや》かれる悪口だって、彼女がいないところで何度も聞いた。

「理想をさ、追えるとこまで追っていくべきだよ」

僕はいつものように彼女の真っすぐすぎる大きな目を向けられて黙ってしまい、それを誤魔化《ごまか》すようにサラダをつつく。

考えてみれば、ここまでの二ヶ月、僕が秋好を切り捨てることのできない理由が、その目にあった。

まがりなりにも、彼女と週に何度か会う仲をやってきて、彼女の面倒くささの中に僕は一つの純粋さを見つけてしまっていたのだった。

痛いし青くさくて見てられない、自分の信じる理想を努力や信じる力で叶《かな》えようとするし叶うと思っている純粋さ。でもそれを痛いだなんて思うのは、少なからず自分にもそんなことを思っていた覚えがあるからで、いわば彼女を痛いと思うのは過去の自分を恥ずかしく思っているからだ。遠巻きに見ているだけなら悠々と馬鹿にできた。でも、至近距離でその純粋さを向けられると、自分から彼女を無下にすることは少なくとも僕にはとても難しかった。

だから秋好との関係をこの時点で切るとしたら、彼女から嫌われる以外になかったのだけれど、いつあちらから関係を切られても良いという考えは僕を他の人と関わる時より少しだけ自由にさせた。秋好は、そんな僕を嫌がるどころか受け入れた。結果、二ヶ月にして、僕までひそひそと周りから何かを囁かれるようになった。

決して、望んだ大学生活ではなかった。

「そういえば、国際関係研究会はどうなったの？」

「んー、見学に行ってみたんだけどちょっと空気が合わないかなって」

秋好はなんでもないことだというのを装って笑った。バレバレだった。

きっと、すでに秋好を嫌いという範疇《はんちゅう》に入れている人がいたのだろう。彼女は幾度となく授業を止めるものだから、一度上級生から直接嫌みを言われてるのを見たこともある。前に言っていた模擬国連でも何かあったらしい。

「次またどこか見に行くの？」

「んーま、三年生になったら演習も増えるし、二年までは自己学習を深めていくっていうのもありかなと思うけどねー」

そう言ったものの秋好の顔が多少残念そうであったものだから。

「どうしてもやりたかったら自分で作ったらいいかもね」

冗談のつもりで僕が言ってあげた気休めに、ハンバーグを口に入れた秋好は声をあげた。

「んー！」

「……何？」

「そうか、作れるんだ！」

秋好は口の中のものを飲み込み、例の目で僕を見つめた。まずいことを言ったのは、分かった。

「団体。そっか自分で作れるのか。どうして今まで気がつかなかったんだろ」

手書きのメモ帳を取り出して、彼女は何かを走り書いた。

「受け入れてくれるのを待つだけなんて、もったいない。自分が好きなような雰囲気の場所を作ればよかったんだ。なんで気づかなかったんだろ、ありがとうアドバイスくれてっ！」

彼女は高揚でだろう、頬を赤らめる。

「いやそんなつもりじゃなかったけど」

「何人いたら申請できるんだろ、五人くらい？　確認はちゃんとしないといけないけど、今ここで二人だからあと三人いればいいのか」

「え、その勘定、僕も？」

「言い出しっぺだし、私と楓の仲じゃんかー」

この頃、秋好は時々僕を下の名前で呼ぶようになっていた。きっと、お願いや謝罪の気恥ずかしさを薄めるためだったのだと僕は思っている。

彼女の喜びを否定しすぎないくらいの表情を作った。

「面倒なのは、ちょっと」

「活動内容もまずは二人で嫌じゃない感じで作ろうよ。嫌な思いしてまでしなくていいし。活動目的も凄《すご》い広い解釈があるようにして、あ、でもそれじゃあ腐った大人みたいで嫌だからちゃんと信念だけは貫き通すようにして」

秋好の中で、どんどんと考えが到着点を見据えずに広がっていく。僕はそれを、特等席で見ていた。

「えっと、信念て、例えば？」

「四年間で、なりたい自分になる」

「あー」

なんて、恥ずかしいことを言う奴なんだろうと、思った。こちらまで恥ずかしくなってきて照れで笑いを漏らしそうになったけどしなかった。モラルとして。

でも友人かっこ仮の痛さをこちらが完全に受け入れていると思われると変な団体に参加させられてしまうので、馬鹿にしているようには聞こえないニュアンスを心掛け、馬鹿にした意味の質問をしてみた。

「前から思ってたけど、どうやったらいつもそんな大それたこと意識しながら生きられるの？」

暗に、自分にはできないから参加はしないと言いたかった。

「別に大それたことじゃないよ、自分の中だけのことだから。でもなりたい自分になれるようにってことくらいは誰だって考えるでしょ？」

考えない。そりゃあ卒業後の進路くらいは考えなくもないけど、少なくとも、僕は秋好のように日々を理想的な自分の成形に費やすことはない。

「んー、僕は、そんなポジティブなことはあんまり考えないけど」

「ポジティブ、かなあ？　どっちかって言うと、今の自分が嫌だってことだからネガティブかも。人の顔色ばっかり窺《うかが》う八方美人の権威主義みたいな、なりたくない大人になるくらいなら死んだ方がマシだって思ってるし」

秋好がそういう大人になった方が周囲は楽だろうけど、と、友人かっこ仮として思った。

「あとなりたい自分になるって、正義の味方になりたいとかそんなのを想像したら大それてる感じするけど、ほんの小さいのでもいいんだよね。自分ルールとか」

「自分ルール」

「そう。ポイ捨ては絶対しないとか、そういうレベルの。君にも一個くらいあるんじゃない？」

例の目を向けられて、僕は適当に誤魔化そうとした口を一度閉じてから、目をそらした。

自分ルール。自分の人生の中でのテーマというものが、僕の中には確実にあった。それを言ってしまっていいものかどうか逡巡《しゅんじゅん》した。

背中を押したのは、どうせここでひかれたところで失うのは注目されてしまう講義時間くらいだと思ったことだ。

だから、それを秋好に話してみることにした。

「自分ルールとは違うかもしれないけど、僕は、あまり人間に近づきすぎないようにっていうことと、誰かの意見を真っ向から否定しないようにって、気をつけてる、かな。それを守れば、誰かを嫌な気分にしてしまうことを減らせて、結果的に自分を守ることにもなるから」

僕の、短くてつまらない話を聞いた後の秋好の顔をはっきりと覚えている。目を見開いて、口をつぐんでいた。そもそも僕の持つテーマは、なりたい自分になるために自分の意見を主張し続ける秋好とは相いれない。だから、言葉を失うのも当然のように思えた。

「……え、ちょー、優しいじゃん」

なのに、秋好は目を見開いたまま言った。

「それって誰も傷つけたくないってことでしょ？　そんなこと考えてたなんて全然知らなかった、何それ、超優しい奴」

「優しいとかじゃないと思う」

「いや、優しいんだと思う。えー、そんな風に考えられるの凄いなっ」

秋好は、何度も鼻息荒く頷《うなず》いた。

自分のことをそんなふうに肯定的に考えられたことなんて一度もなかった。

また、例の目を向けられる。そうされると彼女の意見を無下にできなくなる。

恥ずかしながら、僕の中に、優しさ、なんて、少しくらいはあったりするんだろうかと、心の片隅で、思ってしまった。

「ねえ、やっぱり、一緒にやってほしい」

秋好の眼差《まなざ》しが、いっそうの熱を帯びた。

「………目立つのは、嫌なんだよね」

「だったら、こっそり。納得のいくやり方でいい。秘密結社でもいいし」

「秘密結社て」

秋好の口から飛び出たあまりに子供っぽい言葉に思わず口から空気を漏らすと、これには流石に彼女も恥ずかしかったのか、そっぽを向いて「まあ例えば例えば」と両手を顔の前で無造作に動かしていた。珍しい慌てる様子にまた笑ってしまう。

「まあ考えとく」

「うん」

「その、秘密結社の、名前は？」

少しからかうつもりで言ってみると、秋好は唇を尖《とが》らせてから、「じゃあ目的や用途がなんなのか定説が曖昧《あいまい》って意味で」と言って僕のTシャツを指さした。

「モアイ」

どこかで適当に見つけて買ったそのTシャツの胸のところには、デフォルメされたモアイ像が一体、横を向いて立っていた。

その適当さが、深く何かと向き合うことを望まない僕に、心地よかった。

この日をきっかけに、ということなのかもしれない。

僕は今まで以上に秋好と会うことになったし、この時、僕と彼女の間にかっこ仮がなくなったのではなかろうかと思ったりもする。

最初に望んだ大学生活ではなかった、けれど、それなりに楽しい日々を送ってしまった。

受動的な僕が黙っていても秋好が色々な新しい風を持ち込んできた。

ある時は。

「楓ー」

「ん？」

「はい、チーズ」

大講堂での例の授業で隣に座っていると、急に名前を呼ばれ秋好が肩をぶつけてきてなんだなんだと思っているうちにデジカメでツーショットの写真を撮られた。

「え、なんの写真？」

「これカメラ買ったの。いいでしょ？　あとでデータで送っとくね」

「試し撮りかよ」

「そっ、いつでも撮れるもので練習しといた方がいいじゃん」

そんな憎まれ口を叩《たた》いていた秋好から律儀に送られてきた写真にはしっかり、不意を突かれて秋好の方を見ている自分と、満面に笑みを浮かべる彼女が写っていた。この時以来、僕はモアイの活動として秋好の写真撮影に付き合わされることになったけど、思えばこの時以外にツーショットの写真は撮らなかった。

また、ある時は。

「作ってきた！」

「何これ」

彼女が差し出したものを受け取ると、それはプラ板《ばん》で出来たキーホルダーだった。デフォルメされたモアイの形をしている。

「いいでしょ？　仲間って感じがして。鞄《かばん》にでもつけといて」

「えー……秘密結社なんだから目立っちゃダメじゃん」

「もー、それまだ言う？　いいよいいよ私はつけるから。楓は大事にしまっといて」

この頃になると、秋好は僕のことをいつも名前で呼んでいた。結局、僕はそのキーホルダーを鍵《かぎ》につけた。彼女にそれを報告することはなかった。

またある時は。

またある時は。

またある時は。

秋好が割と大学生活を僕との時間に費やしている気がしたので、一度訊《き》いたことすらある。

「誰か、他の子らと遊ばなくていいわけ？」

「私さ、男友達といる方が楽なんだよねー。色々気を遣わなくていいし」

もしかしたら秋好には友達と言える存在があまりいなかったのかもしれないと思ったし、確かに女子社会の中で彼女のような人間は生きづらいのかもしれないと納得した。

秋好は、いつも笑ってはいなかった。ニュースに顔をしかめ、誰かの意見に怒り、嘲笑《ちょうしょう》に傷ついていた。それに気がつく頃には、彼女を避けようと思った自分の気持ちはもうどこかに行ってしまっていた。

認めることができたし、信じたんだと思う。理想や、真実を追い求める彼女の青さや痛さを、自分が持っていない人間性として。

「そういえばさ、私のことは受け入れてくれてありがとね、楓」

出会ってだいぶ時間が経ってから、確かどこかの美術館に行った帰り、突然、そんなことを言われた。

「何が？」

「いや、楓さ、生きるうえで人を傷つけないために、人に近づかないようにするって決めてるって言ってたじゃん？　だったら最初に声かけた時に断ってくれてもよかったのに、友達になってくれてよかった。いやあ、楓がいなかったら寂しい大学生活になってたよー」

この時になると、なんて恥ずかしいことを、と、もう思わなかった。そういうことを思い、言える、秋好はそういう友達だった。

「なんだよいきなり、気持ち悪い」

「人がエモいこと言ったのにひどくない!?」

そうやって笑ったことを、今でも思い出す。

あの時笑った秋好はもうこの世界にいないけど。

朝目覚めてすぐ、そこから今日一日にこなさなければならない面倒な事柄を想像する。

嫌気が差してなお、布団からきちんと起き上がろうとすれば、一日の労力ほぼ全てを使いきったような溜息《ためいき》が出た。

それでも、しっかりとリクルートスーツに着替え、鞄を持ち、家を出る自分は一体何に体を動かされているのだろうかと考える。恐らく、社会性や、漠然とした不安だ。

駅に向かう途中に買ったパンを適当に腹の中に詰め、遅めの出勤をするサラリーマン達と一緒に電車に乗る。車両に乗っているスーツ姿の人達は一様に、その大きな鞄よりも重たいものを抱えているように見える。

ここ数ヶ月で何度も降りた、ビジネス街に位置する駅に電車が到着する。ここまで来ていつまでも顔の筋肉をだらけさせているわけにはいかない。どこで誰に見られていてもいいように、できる限りの快活さを、表情で表現する。

改札を出てからスマホで今日行く会社の位置を確認し、会社の名前とそれから業種も一応確認しておく。毎日毎日いくつもの会社の情報を頭に入れ過ぎていて、どの会社がどの会社だったか、忘れてしまうことが度々ある。つまり忘れてしまう程度の印象しか抱いていないのだということなんだけれど、きちんとした受け答えさえ用意しておけば、相手にばれることはないし、あるいはばれていたとしても、一応取り繕う能力があるのだとみなされる。

地図を頼りに歩いていくと、問題なく指定の時間の十分前に目的のオフィスビルに辿《たど》り着いた。ここで働いている大人達は、見上げるほどのビルにどんな気持ちで毎日出勤しているのだろうかと思う。少しくらいこのビルが自尊心を保つ手助けをしてくれたりするのだろうか。

背すじをのばし、口元に薄く笑みを作って要塞《ようさい》に乗り込む。二枚ある自動ドアをくぐり、大きなエレベーターホールに向かうと、先に待っている二人組がいた。にこやかな二十代後半ほどの男性と、リクルートスーツを着た女性。一目で、リクルーターと就活生だろうと分かった。僕は基本的に就活生を嫌悪しているので、距離を取って立った。

それでもエレベーターが下りてくる間に二人の会話はどうしても聞こえてくる。妙に馴《な》れ馴れしい様子のリクルーターと、妙に媚《こ》びた喋《しゃべ》り方をする就活生。枕営業でも狙っているのかと、内心思っているうちに、エレベーターが来たので、先に乗り込んだ。

てっきり二人してエレベーターに乗るのかと思いきや、僕が中で待っていると就活生の方が頭を下げ、礼と別れの挨拶《あいさつ》をしてから、リクルーターの方だけがこちらに向かってきた。どうやら面接か何か終わった後だったらしい。

エレベーターの扉が閉まる寸前まで二人が声をかけあっている隙に、扉を閉めるボタンを押してやろうかと思いつくもとどまっていると、最後にリクルーターの方が聞き覚えのある単語を出した。

「じゃあまた、モアイの交流会で」

僕はもちろん、横に立つ社会人に対して反応を見せはしなかったけれど、内心では気持ちの悪い納得を抱えていた。なるほど、あの子うちの大学の学生か。

社会人は三階で降り、僕の目的地となる九階までは一人になった。この隙に溜息をついておく、そしてその呼吸ですべてを切り替え、もう一度背すじをのばし顔を作る。

九階につくと、すぐに受付があったので、僕は笑顔で近寄り、名前を告げた。

「本日、面接を受けさせていただきます、田端楓と申します」

僕に負けない作り笑顔で、受付の女性が待合室へと案内してくれた。

待合室には、僕と同じく、その形のまま固まって戻らなくなってしまったのかと思うような笑顔の学生が二人いた。

就活生というのは、なんて気持ちの悪い生き物なのだろうと、改めて思うに十分だった。


肉体的な運動は何一つしていないのに、家に帰ってきた時にはへとへとだった。あれから、面接を一つに説明会を一つこなした。

連日つけているはずなのにいつまでも慣れないネクタイを緩め、部屋に帰り居室に辿りつくなりへたり込んでしまった。リクルートスーツにしわがよろうが気にできない。モラトリアムの三年をかけてしてきたはずの充電が、底をつこうとしていた。そろそろ、本格的に就職活動に疲弊してきていた。

だから、その電話が来たのはなんてタイミングのいいことだったのだろうと思う。

しっかり三コール目で電話に出た。

「お世話になっております、○○大学の田端楓です。はい、いえこちらこそ先日は貴重なお時間をいただきましてありがとうございます。はい、はい、あ、ありがとうございますっ。はい、分かりました。はい、何卒《なにとぞ》、あ、はい、何卒よろしくお願いいたします。はい、では、はい、失礼いたします。あ、よろしくお願いします。失礼いたします」

電話を切って、なぜか正座をしていたことに気がついた僕は全身の力を抜き、床に仰《あお》向《む》けになった。もうしわを気にする必要もなくなった。

電話は、先日最終面接を受けた企業からのもので、内容は、ぜひ田端さんに弊社に入社していただきたく、というものだった。

つまり、内定。

「よっしゃ……」

すぐそこにある天井を見て、なんとなく声に出して言ってみたものの、言葉に追いつく喜びなんてありはしなかった。第一志望ではなかった、ことが問題なのじゃない。大きな会社でブラックという噂もあまりなく、そこそこの結果のはずだ。もう面接を受けなくていいというほっとした気持ちもある。けれどそれらはあっという間に、社会人になるのだという不安で塗りつぶされた。よっしゃ、は、内定獲得が社会的に喜ばしいことらしいと知っていたから言っただけのことだ。感情は追いついてない。

五月の気温に身を任せてこのまま寝てしまおうとも思ったけれど、一応やるべきことはやっておこうと思い立ち上がった。スウェットに着替え、ドア一枚挟んだキッチンにある冷蔵庫から発泡酒を取り出し、パソコンデスクに向かう。シフトキーの一つ取れてしまったキーボードをかたかたと叩《たた》き、ホットメールを開いた。面接を受けたいくつかの企業、もちろん今日面接を受けたばかりの企業の人事担当者にも、入社するところが決まったので今後の選考は辞退するという旨のメールを送る。

缶のプルタブを開けて、発泡酒を一口。志望してきた学生から選考を断られる人事担当はどんな気持ちなんだろうかと想像してみた。恐らくは、消去法の選択肢が一つ消えた程度のものだろう。そう思えると気が楽になった。

缶の中身を飲み干した頃、急に視界が揺れた。妙にアルコールが回っている感覚。疲れているのだと、考えるまでもなく分かった。デスクチェアの背もたれに体重を預け、また天井を見上げた。

天井は白いままだった。煙草は一度吸ってみたことがあったけれど趣味ではなかった。

ふと思い出して、携帯を手に取り董介《とうすけ》に内定が決まったことをメールした。即座に『おめ！』という返信が来て、「自分じゃない言葉」を選ばなくていい相手の存在に力が抜けた。

携帯を机の上に放り出す。

ぼんやりと、戦いを振り返ってみる。

思えば、自分じゃない、を繰り返すのが就活だった気がする。疲れるわけだ。

でもきっとそれは就活だけじゃなく、社会に出ていってからも続くのだろうし、より注意を払わなければならなくなるんだろう。バイトでそれなりの訓練は積んだつもりだったけれど、その比ではないはずだ。

自分なりのテーマだなんてきっと社会人になれば、誰も言っていられなくなる。全員、自分じゃなくなる。

だから董介からの『おめ!』は、よくぞ第一関門を突破した、次の関門はより強固な扉がお前を待ち受ける、という程度の意味だ。ありがたく受け取って良いのか悩む。

缶を逆さにし空にして、二本目を冷蔵庫に取りに行く。

過度に冷えた発泡酒を手に帰ってくるわずかな道のりの途中でふらつき、床に落ちていた書き損じの履歴書で足を滑らせた。あわや大転倒というところでデスクチェアにつかまり事なきを得る。

僕は、自分を怪我させようとした履歴書を拾った。いやに、つるりとした手触りだ。一度は捨てようとしたけれど、結局手にしたままパソコンに向かい合って座った。

ボールペンで丁寧に書かれた自己PR欄や、志望動機欄を読んでみた。

誰かではなく、一人ひとりの役に立つことを生きがいに。

夢や目標は野心的に、しかし遠くを見つめるばかりでなく足元の一歩を大切にする生き方を。

対話によって互いの公約数を見出《みいだ》すことに喜びを感じ。

このような行動を、このような選択を、このような功績を。

履歴書に何度も書き、面接で何度も答えた言葉の羅列。

全部、嘘、嘘、嘘だ。

当たり前だ。僕は、そんな立派な人間じゃない。

ばかばかしいとは思うけれど、別に、嘘をつくことを否定したいわけじゃない。そうして生き残る能力を買われて今回、内定にこぎつけたのだ。生きるすべを得たのだ。間違っていない。

そりゃあ、自分のままで生きていける能力や容姿や環境を持った人間はそれでいい。でもそうじゃないのだから。

いいんだ。

自分じゃない、を貫く生き方で。

間違ってない。間違ってるはずない。

間違っては、いない。

はずだ。

酒の力と内定の脱力感で、自己防衛力が鈍っていたのだろう。普段は考えもしないようなことが、頭に浮かんでくる。

自分じゃない、を貫いて、結果を得た。

でもそれって、自分の功績じゃない。

これから、自分を偽って得たものと一緒に、半生を生きていかなければいけない。

息苦しく、どこかで納得のいかない一生になる。

ならば一体、二十二年間生きた自分にどんな意味があっただろうか。

この三年間、生きた自分に何か意味はあるだろうか。

そういうことじゃないのに、そういう問題じゃないのに、なぜか頭の中を駆け巡る。

酒と、内定のせいだ。

もしも、能力や容姿や環境や、そんなものを、気にしないでいられたら、計算しないでいられたら、生きて、いけるなら。

理想論を、語れたら。

もしかしたら僕にももっと、自分のままで手にしたい何かがあったりしたんだろうか。

僕はかぶりをふる。そんなものはきっとないからだ。

考えてもどうしようもないことをこれ以上考えないでいるために、二本目を一気に呷《あお》った。

しかし、アルコールが混ざった泥沼の思考なんて、一度沈み込めばどんどんと深みにはまっていくばかりだ。熱くなった頭の質量を机に完全に預けた僕は、発泡酒の缶を四つ机の端に並べたところで、自己防衛力だけでなく、理性まで失った。

気づけばそこにあった。

思い出した、とかじゃない。ずっと端っこに、あった。

重いだけでなく熱い頭をゆっくりとあげ、マウスに手を添える。

矢印の形のカーソルを動かし、左下に寄せて、一つのフォルダに照準を合わせる。

ダブルクリックすると、中に一つだけ画像ファイルが入っている。

指が震えたのはアルコールのせいだ。力をこめて、もう一度不必要な速さでダブルクリックをする。

画面に表示されたのは、もう三年前に撮られた写真だった。

揺れる頭と目で写真を注視する。整髪料をつけていないこと以外には、一つも変わっていない自分。その自分が驚いた顔で見る先に、今はもうここにない笑顔があった。

口から、思わず溜息《ためいき》が漏れた。

「あのさあ」

出てきた声は、想像よりずっと高かった。

「秋好」

口から、意思が揮発していくような感覚だった。

「お前、何になりたかったんだよ……」

訊《き》いたところで、もう答えを聞くことはかなわない。

それでもあの時の秋好が何を考えていたのか、それを心から知りたい気がした。こんな、自分のままでは何もできなかった僕にせめて教えてほしかった。

いや、何に、もないだろう。秋好は、なりたかったはずだ、なりたい自分に。ただそれだけの純粋な理想を持っていたはずだ。それがあいつだった。

「嘘に、なっちゃったな……」

二人にかけた言葉だった。自分と、秋好の。

一年生の頃の自分達を思い出す。思い出さないようにしていたのに、タガが外れ、記憶が溢《あふ》れ出す。

初めはただ痛い奴だと思っていた秋好に出会い、その人格を受け入れ友達になった。理想を語る秋好に感化され、いつしか自分も理想を見るようになった。四年間で、見つけられるのかもしれないと思っていた、秋好が語るようななりたい自分を。

でももう間に合わない。

もう戻れない。

一人になってしまった。

「お前がいたら変わったかな」

呼びかけるも、当然返事なんてない。もう喋《しゃべ》ることもできない。

こうして就活にくたびれて、くだをまいて、何もできず、僕は大学生活を終える。なりたい自分になんてなれず、そもそも自分がなりたい自分がなんだったのかすらもう分からない。

秋好の語っていた理想が現実になる予兆を見ることもなくこの四年間を終わらせてしまう。

正確には、まだ十ヶ月ほど、あるのだけれど。

『明日《あした》世界が変わるかもしれない』

秋好がそんなことを言っていた。昨日聞いた言葉のように、脳内に響く。焼きが回っていると、自分を笑った。

『全員がいっせいに銃を下ろすような理由があれば明日、戦争が終わる』

そんなこと言ってたな、お前。

痛い、痛い痛い痛い、理想論。

『だから何かを変えるのに間に合わないことなんて一つもない』

やめてくれ。

痛い痛い痛い。

胸の奥が、痛い。

「……まだ間に合う、っていうのかよ」

僕のこの、三年間の意味も。

何を間に合わせるっていうんだろう。

もし、秋好の言うように間に合ったとして。

何を変えたいっていうんだろう。自分に変えたいものなんて、あったのだろうか。

自分にはなりたい自分なんて、もう分からない。秋好がいないから、もう分からない。

分からないものを、変えられない。

だったら、何を。

画面の中の秋好が、笑っている。

今日の僕や、あの場にいた就活生達が浮かべていたのとはまるで違う、彼女自身の笑顔。

ふいに、エレベーターに乗り込む直前に見た光景が目に浮かぶ。

社会人に媚《こび》を売る、そんな能力だけを三年間で身につけたというようなうちの大学の、女子の姿。

「あの子、モアイなんだってさ」

話しかけても、秋好は返事をしてくれない。もういないのだ。そのことをこれまでで一番深く理解する。

写真の中にいる秋好に僕の言葉が聞こえてたりしたら、彼女は驚くだろう。失望し、怒りさえするかもしれない。

しかし、現実が全てだ。現実として、今があるのだから、あの時の秋好が残したものの先に今日の就活生がいるのだから、結局、秋好はただの嘘つきになってしまった。あいつを嘘つきにしてしまったこと、そのことが今さら少し、悲しかった。

……………変えたいこと。

「秋好の、ついた、嘘を、本当に変える、とか」

例えば、だけど。

呂律《ろれつ》の回らなくなってきた舌を動かし、口にすると、なんの目標も具体案も算段もないのに、痛んだ胸に炎がともった気がした。燃え盛る炎じゃなく。静かにじっと燃える、そんな炎。

そのへんで僕の意識は途切れた。翌朝、気がつくと座っていたはずのデスクチェアのそばで体を丸めて寝ていた。フローリングの床はべたついていた。

体を起こす前、自らがどういう姿勢かなんとなく理解しているだけのその状態で、僕は、胸の炎が消えていないことに気がついた。

※

モアイ結成当初、秘密結社の活動と称して、僕らはさまざまな場所に出かけた。

具体的には、世界中のスクープ写真を展示した展覧会に行ってみたり、ヘイトスピーチへの反対を訴え続ける作家の講演会に行ってみたり。

もちろん誘ってくるのはいつも秋好で、その日は二人で戦争についてのドキュメンタリー映画を観に行っていた。終わってからの帰り道、適当なカフェに入って、映画の感想もあらかた話し終え、そろそろ解散かな、そんな空気がどちらからともなく流れだした頃に僕はふと秋好に訊いてみた。

「今日は映画観にきたけどさ、最終的にはどういうふうにできればばっていうのはあるわけ？」

知っておきたかった。今後、自分が関わっていくうえで、秋好はモアイの行く先をどこと見定めているのか。

前回は写真展の見学、今回は映画、それくらいなら付きあうに吝《やぶさ》かではなかったけれど、これが例えばボランティアに参加とかになってくると面倒だなと正直なところ思っていた。

しかしそれが秋好の秋好たる所以《ゆえん》のように、彼女は僕の質問の意味を勘違いした。

「んー、最大の目標として世界全体を平和にできればってのは思うけど」

「……ん、いや、秋好の壮大な目標じゃなくて、モアイを四年間でどうしていくかってことなんだけど」

僕の訂正に、秋好はきょとんとし、それからとても照れ笑いというような深さではない笑顔を僕に向けた。

「そっか、でも、モアイも同じかな」

「同じって、世界平和？」

思わず唇の端から笑いが漏れてしまった。秋好は僕と同じようには笑わなかった。

「できたら、いいよね。少しでも、苦しんでる人を減らせるようにさ。だから、映画観たり、知識を増やすのは凄《すご》く意味のあることだと思うんだよね。今日知ったからこそ、私や楓が、できることっていつかあるかもしれない」

誤魔化《ごまか》しの一切ない口調で、秋好は言った。

秋好は勘違いをしていた。けれど、僕も同時に勘違いをしていた。

理想という言葉の意味をはき違えていたのだと思う。秋好の理想に、限度や限界はきっとなかった。たかが学生が、とか。たった二人で、とか。そういった言い訳を秋好は用意していなかったのだ。

その時、秋好はきっと、本当に自分達の力が世界を平和にすることだってあると信じていたのだろう。

僕は、秋好の見据える先の広さを分かっていなかった。

「ま、まあ、いつか、なら」

「いつかっつってもいつだって話だよねー。それは私も思う。人っていつか死んじゃうし、いつ死ぬか分からないし。少しでも意思を残さなくちゃね」

きっと僕と違って、色んなものを残していつか秋好は死んでいくのだろうと思った。きっと、何かしらを成し遂げた人生に満足して。そうだったらいいと、思う。

「だから、もし私になんかあったら、ちゃんと私とモアイの意志は、楓が引き継いでね」

「そんな縁起でもない」

「分かんないよ、いつどうなるかなんて決められないし。だから今日を必死に生きる意味があるんじゃないかな」

真っすぐな目を向けられて、僕は目をそらし、それ以上その件に関して自分の意見を述べなかった。

この時秋好に押しつけられた妙な役割を、四年生になった今、僕はまだ果たしていない。

とはいえ、衝動だけが先にあり、何をすべきか何ができるのか、いまいち方向は定まりきらなかった。

※

なのでひとまず、僕は友人である菫介を呼び出すことにした。以前はバイトにゼミにと忙しかった彼は三年生の終盤からは就活に没頭し、僕より一足先に内定を決めていた。少なくとも表向きは人間関係を避けたり、新しい環境に踏み込むことを嫌がったりしない菫介の、僕よりずっと多い行動の選択肢を参考にできないかなと思った。就活終了の報告も直接したかったし。

待ち合わせ場所は、うちの学生達の落とす金だけで経営が成り立ってるんじゃないかと思われるカラオケ店。僕が指定した。菫介が「内定祝いでカラオケ行こうぜ」と提案してきたので、それに乗った形だ。

時間は夕方、僕が取っている授業が終わってからということになった。四年生でぐっと授業数が減ったとはいえ三年生までにきちんと計画を立てきれていなかった僕は、多くの後輩達に交じり真面目に授業を受けていた。内定が決まっているのにたった数単位を落として留年なんて笑えないので、本当に真面目に。

班活動がある授業で、後輩達の中でさぞや肩身の狭い思いをしなければならないのではないかと思いきや、僕のように不真面目だった四年生は数人いたので気持ち的に随分と楽だった。現在、僕らは身を寄せ合って授業を乗り切っている。

今日も班のメンバーと適当な挨拶《あいさつ》を交わし、静かに席に座っていれば、止まらない時間はするりと僕らの脇を通り過ぎてくれるはずだった。

しかし授業が始まる少し前、風が僕の炎を揺らした。

近くに座っていた三年生の班の中で、責任感が強そうだと勝手にイメージを抱いていた女の子が「はあ?」と、中教室内にしてはかなり大きめの声を上げた。教室というものはそれぞれ広さによって、人に注目されない声の大きさが違っているものだ。

僕は、不真面目な四年生らしく、下級生で授業を取っている子達のことには興味を示さないというポーズ半分、本当に興味がわかないの半分で、耳だけを向けた。声を上げた彼女は、誰かに怒っているようだった。

どうやら、班の中の一人が大事な作業を任されていたのに、サークル活動が忙しくそれをやっていなかったらしい。しかもそいつが悪びれもせずメールで、やっていないことと、今日休むことを伝えてきて、班長である女の子が怒っているようだ。確か今日、あの班は小発表があったはず。

『あっちは大事なやつでさ』というメールが来てから電話にも出ないと伝える別の

女の子の言葉に、ああそれはよくない、と思いながら僕が携帯をいじっていると、案の定、激昂《げきこう》した班長がまた吠《ほ》えた。

「ほんっと迷惑！」

人間の声っていうのは、どうしてこう響くようにできているんだろうと、思った。

「あいつら、食堂でいばって席占拠してるとかだけじゃ飽き足らないわけ！」

「ま、まあまあ」

「なんなのあのモアイとかいう気持ち悪い団体！」

あるかないかくらいの沈黙があって、誰にとってもきっと運が良かったのはそのタイミングでチャイムが鳴ったことだ。班長以外の子達のほっと胸をなでおろした様子が教室の端っこまで伝わってきた。

結局その日の授業では、資料がそろってないということで件《くだん》の班の発表はなくなった。講師を務める准教授に班長が事情を説明すると、「今あそこは忙しい時期だろうし」と、休んだ学生を擁護《す》するように返されたことで班長は背中を震わせていた。

授業が終わり、小腹が空いたので売店でパンを買って食べた。余った時間で暇つぶしに両親や、就活前まで働いていたバイト先の店長にも内定が決まったことをメールした。

結局、カラオケ店には約束の時間を三分過ぎてから着いた。董介は店頭でつまらなそうな顔をして携帯をいじっていた。

「おつかれー」

適当な声をかけると、菫介は顔をあげ、わざとらしく唇を歪《ゆが》ませた。

「お、未来に続く無限の可能性を断ち切った奴が来た来た」

「元からねえよそんなの」

馬鹿みたいなことを言いながら店内に入ると、やはりうちの大学の学生らしき奴らが数組いて、でも知り合いがいなかったことにほっとした。

列に並んで受付を済ませ、ドリンクバーで飲み物を注いで、二階の部屋へと階段で移動する。扉を開けると、うっすら煙草の臭いがした。

距離をとってソファーに座り、すぐに話を持ち掛けてもよかったのだけど、せっかくカラオケに来たのだしと何も考えずまずは歌うことにした。

僕も菫介も、相手が知っているか否かや盛り上がるか否かなど全く考えずに自分が好きな曲を好きなように歌う。たまに相手が歌っている曲をいいなと思ったりして、あとでネットで聴いてみるために携帯にメモを取る。正しいカラオケでの過ごし方だ。

楽しいひとときが一時間ほど過ぎた頃、菫介が幾度目か、席を立った。ドリンクのお代わりに行くらしく、何かいるか訊《き》かれたのでメロンソーダをお願いする。

菫介を見送り、いない間に歌っておくのも具合が悪く、僕は携帯をいじって待つことにした。ドリンクバーは一階と三階にしかないから少し時間がかかる。ちなみにメロンソーダは三階にしかない。

見る専用に登録しているSNSをいくつか確認し終え、いくつかの興味と不快感を覚えたところで、董介がわざとらしく眉間《みけん》にしわを寄せ鼻の穴を膨らませて帰ってきた。すぐに分かる、この表情は本当の苛立《いらだ》ちをふざけて隠そうとしている時の顔だ。

「さんきゅー。なんかあった?」

「お、気づいちゃいました? 訊いちゃいます?」

「なんだよ」

董介は自分用に持ってきたカルピスを一口飲んで、窓がついた扉の外に目配《めくば》せをした。見てみるけど、何もないし、誰もいない。

「俺が間違ってるのかもしんないけどさあ」

「そうだなあ」

「聞け。いや、人が楽しそうにしてるの見ると腹立つんだよな」

「くそ野郎じゃねえか」

遠慮ない悪態をついてやると、董介は「ノンノン」とふざけた調子で首を振った。

「それがまあ俺らみたいな善良な学生とか、可愛い女の子グループだったらいいんだけど、俺が特に腹立つのは二つだな。カップルと」

「と？」

「それから大勢で騒いでるうるせえグループ」

「分からなくもない」

善良極まりない僕が頷《うなず》くと、董介は「だろ」とこちらを意味もなく指さす。

そして、僕にとって極めて重要なことを言った。

「しかもそれが大学の中でも外でも我が物顔のつまんねえ奴らだったら最悪だよ。自分達が大学の代表だみたいな顔しやがって、あんなのが外でうぇいうぇいしてたら善良な俺らの品性まで疑われるっつうの」

「……ああ」

納得の意味を込めて僕は頷いた。

董介が憎々しげに呼ぶ、我が物顔のつまんねえ奴ら、それが誰のことなのか、僕にはすぐに分かったからだ。

いつも董介が奴らの悪口を言っているから、というのもある。

加えて、奴らに対しては僕も、董介以上に、そして今日の授業で憤っていた班長の女の子以上に、厄介な感情を持て余しているからだった。

第三の理由については気取《けど》られないように、僕は呆《あき》れた表情を作る。

「モアイがいたのか」

「そう、三階のパーティールームから出たり入ったりしてやがった。うるせえの。一階行けばよかったよ—」

なんとまあ、偶然にしてはでき過ぎてる話だ。

「二分の一を外したな」

からかうように言うと、董介がむすっとして新しい曲を入れたので僕は合いの手を入れてあげる。彼は調子よく、彼が好きなバンドの最新曲、その一番を歌い上げた。

普段なら、僕も。

普段なら、董介と同様に、同じ店内に奴らがいたことを煩わしく思っていただろう。モアイの奴らと鉢合わせするなんてのは、大学生活においてもってのほかだった。

しかし今日に限ってはそうとも言えない。むしろ都合が良いとすら言える。

なぜなら僕は一つのことを決めてきていたから。

董介に話す。

これから、僕がやろうとしていることについて。三年間を意味あるものにするために、やらなければならないことについて。何かが起こってしまう前に、大切な友人に打ち明けると決めたのだ。

そのためにはどうしても、まずは、奴らについての話をしなければ。

あの、僕らが作ったはずのモアイと、そして董介が嫌っているモアイの話。

衝動と反骨を叫び終わった董介がマイクを置いたところで、「あのさ」と本題を切り出すことにした。

董介は、目を見開くだけの返事をする。なんだ？　と。

「ちょっと真面目な話、してもいいすか？」

「なんだよ珍しいな、優等生の俺ならいざ知らず楓が真面目な話なんて、何？」

一応「誰が優等生なんだよ」とツッコミを入れておいてから、僕は改まって、でも真剣な空気を作りすぎないよう、体は董介に対して斜に構えて、切り出した。

「お前が嫌いな、モアイあるじゃん？」

「イースター島帰れよって思ってるよ」

「実は、あれ」

困ったような笑顔を作るのは、二十一歳になった僕の得意技だ。

「僕が、作ったんだよね」

「マジかよ！　お前、あんな偉そうにしてる気持ち悪い団体作りやがって！　お前はもっと意識の低い、毎日が楽でそれなりに面白ければいいだけの奴だと思ってたのに見損なった！」

「いや、ごめんマジなんだ」

怒った顔を作っていた董介の表情が、ぴくりと痙攣《けいれん》し、結ばれていた腕もほどける。

「だ、大丈夫、お前があんな団体の悪の総帥だったとしてもこの友情は変わらない、この俺の手をもってして正義の名のもとにお前を葬ってやるよ、って、なんだよその顔」

「マジなんだ」

「……は？」

「マジで、僕と、正確に言えば、僕と今はもういない友達で、モアイを作ったんだ」

「……何言ってんだ？」

馬鹿みたいにぽかんとした董介が、三白眼で僕を見る。これをきちんと見返しすぎると、冗談に取られてしまいそうなので、少しだけ目をそらす。

「一応、経緯っていうのがあるんだけど」

「……いや、まあ、んじゃとりあえず聞くわ」

聞くけど話半分だからな、という態度で董介は構える。そういうふうに見せながらも董介は心底優しいので、きちんと話を聞いてくれるのを僕は知っていた。

僕は、心置きなく、僕と、モアイの関係について話しだせる。

これを誰かに話すのは、初めてのことだった。

初めてのことだから、簡単に、そして要点だけをまずはまとめて話すことにした。

はじめに、現状としてのモアイについて。

知っての通り、僕と秋好が作ったモアイは、設立メンバーを失っても今なおその活動を続けている。

しかし今のモアイは、僕らが作ったモアイであり、そうではない。

当初の「なりたい自分になる」という理想や、メンバー全員の納得のいく形でしか活動しないという約束はすでに風化した。詳しいことは知らないけれど、元々の組織とはまるで形を変え、今や学内で幅を利かせる巨大な団体として存続している。

なぜ、そんなことになったのか。

たった二人の口約束で始まったモアイ。僕と秋好の二人でお互いの意見だけを尊重しながら、資料館見学、講演会への出席、ボランティアへの参加と、利益にはならずとも理想に沿った活動を続けていた僕ら。

そこからの変化には、たくさんの原因がある。

はた目にはただ遊んでいるだけのようだった活動に、興味を持つ人が現れ、メンバーが増えたこと。

自己満足だった二人の活動がひょんなタイミングで大学から評価されたこと。

しかし、一番の理由は別だ。

理想を掲げ理想に生きる唯一無二のリーダーを永遠に失ったことだ。それ以上には、ない。

意志を失うと、組織というものは想像するよりもずっと弱く、どんどん自らの体を蝕《むしば》むように歪《ゆが》んでいった。目的や活動の意味を変えてしまった。理想でなく、それぞれの利益を求める集団へと変貌《へんぼう》した。

結果、そこから弾《はじ》かれる人間も現れた。僕だ。

形を変えたモアイに、過去の気高い理想を望む僕は、邪魔だった。

そうして僕はモアイを離れることになった。

言ってしまえば、それだけの話なのだけれど。

「それだけの話だと思ってたから、今まではどうでもいいと思うことにしてたんだ」

息を、多めに吸う。

「でも、就職決まって、董介に言われたみたいに未来が決まってさ、今までしてきたことをもっかい考えたんだよ。そしたら、モアイを作った時のこと思い出した。そんで、ちょうどよくモアイの話になったし、言っとこうかなと思って」

本当は、朝から頑張って勇気を練り固めた。

董介は、何を思うのか、無言で、やっぱり真剣に話を聞いてくれていた。隣の部屋から、僕らが高校生の時に流行《はや》ったバンドの歌が聞こえる。

「今まで黙ってて、ごめん」

謝ると、董介は不機嫌なような顔をして頭をかいた。

「いや、いいんだけど」

本当に困った表情を、董介は浮かべた。

「まあ、俺の方がお前の作ったものの悪口ばっか言ってて、悪い……いやけど、それ聞きながら言い出さなかったお前の方がやっぱ悪いわ」

さっきとはうって変わった、警戒心の薄い笑顔を董介は見せ、それからまた顔をしかめた。

「んで、もっと、お前に悪いんだけどさ」

「あ、うん、ほんと、怒ってるなら、ごめん」

「ちげえよ。いや、やっぱ、ていうかもっとあいつらのこと嫌いになった、その話聞いて。友達が作ったもんでも、ちょっとそれを好きになれってのは無理」

正直かつ気を遣ってくれた意思表示、僕は思わず笑ってしまって手を横に振る。

「全然、僕には悪くないよ。今は本当に関係ないから好きでも嫌いでも、どう思われてもいい」

「いいのか？」

「いいよ、なんだよ」

「お前は、むかついたりしねえの？　お前を追い出した奴らなわけだろ？　今モアイをやってる奴らって」

単純に、そんなことを自分がされたらむかついてしょうがないだろうという考えで董介が言っているのが分かった。そういうのもすごく分かったうえで、僕は言葉を選ぶ。

「んー、むかつくっていう感じじゃないんだよな。考えたらむかつくってモアイに思ったこと今までないかも。抜けた直後は、僕もがっかりしてたから正直どうにでもなれって思ってたし、それからはずっと呆《あき》れてた」

「お前と一緒に作った友達は、その、もう」

言いにくそうな董介に向かって「もうこの世界には、いない」とできる限り重くならないよう僕が笑って言うと、彼は「悪《わり》ぃ」と呟《つぶや》いた。董介は、良い奴なんだ。

「いや別にいいよ、そうそう、それでなんで今になってモアイの話をしたかって、もう一つ理由があって、一緒に作ったそいつのために何かできないかなって、董介の知恵を借りようかと思ったんだ。就活も終わって、時間もあるし、卒論はまあ卒業できれば御の字と思ってるし。大学生活最後に誰かのためになることしようかなって」

「んだよ、友達思いじゃんか」

「だろ？　なにかないかな」

董介は「んー」と真剣に考えてくれるような顔をした。でもそれはアイデアを考えていたわけではないようだと、やがて分かった。董介は、思いついたことを言ってしまってもいいのかを悩んでいるようだった。自分の想像に僕は笑う。

「董介だったら、モアイの奴らを今からぶっ潰《つぶ》すとか言いそう」

言うと、董介は邪悪なことをたくらんでいるような変顔を作って、僕の方にずいっと身を乗り出した。

「ま、俺だったら、自分も追い出されて、そのうえ、いなくなった友達の無念でもあるんだったら、そんな組織、卒業を機になんらかのケリをつけたいな」

「ケリをつけるって?」

「分かんねえけど、まあでも、いまさら取り返すのは難しいかあ」

確かに、取り返すというのは無理だろう。私利私欲にまみれ歪みながらもモアイは今や大きな組織として成り立っている。一人二人のお遊びサークルじゃないのだ。取り返す、言葉を換えると乗っ取るということは、組織をそのまま自分のものにするということだ。現モアイの幹部達に取って代わり、突然組織全体の支持を勝ち取ることは難しい。

少し考えて、僕は董介の目をしっかり見据えた。

「じゃあなんだろ、活動停止にさせるとかかな。無理か」

「……んー、楓がさっき言ってたろ、組織なんて脆《もろ》いって。やり方は、あるのかもな」

「やり方……いや、モアイをどうにかしてもう一回ってくらいしか考えてなかった。その時に何かいざこざがあるかもと思ってたけど」

「ああなるほどな。ま、やっつけてから新しいモアイを作るっていうのアリだよな。後輩達で賛成してくれる奴見つけて再結成、あ、もちろん元々の理想のな」

そんなことが、できるのだろうか。

そうすれば、秋好の言ったことを、嘘じゃなくできたりするだろうか。

「俺も書記くらいやってやるよ」

「いや、董介を巻き込もうとは思ってないから」

「仲間外れにすんなよ」

「戦う方も？」

「まあ、楓次第だけど、やるっていうなら手伝ってやってもいいぜ」

今の、モアイを壊して、新しいモアイを作る。

僕は一度、その案について真剣に考えてみる。

あの、理想から遠く離れねじ曲がってしまった団体を消して、もう一度理想の居場所を立て直す。誰の居場所かと言えば、秋好のように理想を願った誰かの。

そんなことをして、秋好が喜ぶのかという葛藤《かっとう》もあった。

それでも僕の心の中の天秤《てんびん》は、いつしか自らの意思で傾き始めていた。

友人の言葉に背中を押され、感情のままの行動を大学生活で一度くらいとってみてもいいのではないかと思った。

自分じゃない、にあまりに疲れていたからというのもあると思う。

感情で未来に描いた理屈抜きの模様のことを、理想と呼ぶような、そんな誰かみたいな青くさい想いが、浮かんだ。

「そう、だ、ね」

「ん?」

「……やって、みようかな。モアイと、戦って、みる」

僕は、わざと答えを少しためた。

「おう、そうか」

「……ただ、内定取り消しとか僕らがそんな目にあうようなことはやらない。あくまで、合法的に、無理のない範囲でいこうと思う」

「俺ら悪の団体と戦う秘密結社か、かっこいいな」

すっかりやる気になってくれた董介に、僕はモアイの話をしてしまったことを改めて申し訳なく思う。

「嫌だったらいつでもやめていいから」

「おう、でもちょうど暇だったしさ、俺こういうの好きなんだよな、少数で大きな組織を相手にするみたいなやつ、一回やってみたかった。20世紀少年みたいじゃね？」

僕が気にしないように言ってくれているのもあるんだろうけど、董介の本当にワクワクしている様子の笑顔を見て、案外本気で言っているのかもしれないとも思った。

勢いで、戦うとは決めたけれど、真っ向からのなじり合いをやろうっていうんじゃないんだから、まず僕らがしなければならないことは敵について知ることだった。抜けて以来、モアイと関わりを持っていなかった僕は彼らのことをぼんやりとしか知らない。もっと具体的な活動内容や、組織内のことを調べる必要があった。

ということで、カラオケ店に行ったその後、董介がうちに来た。

まずは、奴らのホームページをチェックしてみることにする。嫌いというしごく単純な理由で、モアイを敬遠してきた董介は、画面に現れた意識の高そうな文字と写真に僕の後ろで「うぇ」と声をあげた。

気分が悪くなったらしい董介の代わりに、僕がホームページをチェックする。最も分かりやすくトップ画面にでかでかと掲載されていたのは、モアイの主な活動内容についてだった。

就活系の団体になったことはなんとなく知っていたけれど、どうやら活動の幅は、僕がいた頃よりもずっと具体的に、かつ狭くなっているようだ。細かい文字を読んでみる。

現在のモアイは、基本的に交流会というものをメインの活動として動いている。それはもちろん今日董介が見たカラオケのパーティールームを貸し切りにして遊んでいたりするのとは違う。しっかりと組織によって管理された、私利私欲渦巻く就活を勝ち抜くための集まり、それを交流会と呼んでいるらしい。

モアイに所属するメンバーと、大学のOBOG達及び彼らと繫《つな》がりのある企業家などによる交流会は、知識や創造性との出会いと銘打っている。「本当の自立」やら「異質なものとの摩擦」について学生や社会人達が交じりあってグループディスカッションをするらしいけれど、社会人側の経歴や所属企業、ならびに学生達の進路を掲載している時点で丸分かりなように、つまりは大掛かりなコネづくりということだ。

「損得で人と出会おうとしてんじゃねえよ、なあ?」

僕の背後で息を吹き返した董介は嫌そうに言うけれど、この交流会、たいそうな人気があるようで毎回五十人以上のモアイメンバーとほぼ同数の大人達が集まる大イベントらしい。だだっ広い会場の様子や、真剣なふりをして話を聞く学生達の写真がホームページには多数載せられていた。学内で交友関係の狭い僕でも知っている顔をちらほらと見つける。次回予告を見ると、再来週末にもホールを借りて開催されるようだ。

僕がこれをどう感じたかというと、なりたい自分になるってそういうことじゃないだろう、という程度のものだ。加えるなら、改めて、数年でこんなにも変わるものか、とも。

他にも小規模なディスカッションや座談会は交流会より頻繁に開かれているらしいけれど、こちらは本当にうちうちでやっているものなのか、特に写真などは載っていない。

次にトップページに戻り、メニューを見てみる。そこから順番に、理念や、卒業生の就職先などの情報を辿《たど》っていくが、特に僕らにとって有益と思われる情報はなかった。個人情報だなんだを意識してなのか、メンバーについては載っていない。

「んー、やっぱそんな簡単に欲しい情報与えてくれねえか、流石は悪の組織」

買ってきていたうまい棒をかじりながら、董介が画面を覗《のぞ》き込んだ。

「ん、これ何？　ブログ？」

「うまい棒で画面を指すなよ」

注意しながら、僕は指された画面の端を見る。そこにはバナーが貼ってあって、『もあい日記』と書かれていた。日報ではなく日記なのだなと思いながらクリックすると、中身は青空を背景にしたやたらさわやかなブログページで、確かにこれは日報にしてはちょっとなと思った。

スクロールして、最新の日記を読む。

『こんにちは、テンさんでーす』

僕がその一文を目で追うと同時に、董介が「うちの学部の奴かな」と呟《つぶや》いた。

「こいつ知ってるの？　テンって、あだ名だよね」

「そうそう。仲良い後輩に、モアイに入ってる奴いてさ。聞いたことあるようなないような」

「なるほどね」

董介が、坊主にくけりゃ袈裟《けさ》までにくいではないことになんとなく安心する。意味は違うかもしれないけど。

僕は日記を読み進める。顔文字を駆使して何かの打ち上げの様子を綴《つづ》ったその記事。ずいぶん楽しそうなことだ、そう思っていると、董介が呆《あき》れるように「楽しそうだな」と言った。

「楓達のモアイ奪っといて」

「まあ、こいつらからしたら奪ったって感覚はないと思う」

「いじめられた方は覚えてるけど、いじめた方は覚えてないみたいで、嫌な話だな」

「確かに」

頷《うなず》いてブログを下に更にスクロールしていくと、数人が交代でブログを更新していたけれど、書かれているものは雑感のみだった。有益な情報はない。僕達にとっても、例えばモアイを知ろうと純粋な気持ちでここに辿り着いた人にとっても。

「そういえば、モアイの後輩いるって、董介そういうのは嫌じゃないんだ？」

董介が「まあな」と答える。

「良い奴なんだよ。ポンちゃんつって愛媛出身の女の子」

「縁起良さそうなあだ名。ポンジュースのポンは日本一のポン」

「マジで？　ポンカンじゃねえのかよ」

今更こんなネタで驚いてくれることに、逆に驚く。

「そういやそのポンちゃんって子はブログ書いてないな」

「ああ、ポンはモアイのメンバーつっても友達が入ってて所属してるだけって聞いた。多分、OBOG訪問とかしやすそうとでも思ったんだろうな。まあ、そういう中途半端なのも本当言うと俺はあんまり好きじゃないんだけど、それ以外は凄《すご》い良い奴なんだよ」

「えらく良い奴っての押すね。董介は今その子狙ってるってわけか」

「ちげえよ、高校生の時から付き合ってる彼氏いるらしい。可愛い女の子は、出会った時には大体誰かに抱かれてんだよ」

悲哀に満ちた言葉を吐いた後、董介は何の衝動にかられたのかペットボトルのレモンティーをあおった。

しばらくの間、僕は真面目にモアイについての情報を収集しようと、ホームページを隅から隅まで眺めていた。結果、特になんの情報も集まらずなんとなく適当にユーチューブを開いたところで、携帯をいじっていた董介が突然の提案をしてきた。

「あ、そうだ、会ってみるか？ポン。メンバーのこととか聞けるかもよ」

「ああさっきの抱かれてる子」

「やめとけっ。普通に良い子だし、今ちょうどゼミのことでメールが来た。副ゼミ長やっててさ」

「へえ」

僕は、董介の提案について検討してみる。

「会ってみて、例えば僕らがモアイの転覆を狙ってるってばらされることはないかな？」

「大丈夫だと思うけどな。そもそもそんなにモアイに肩入れしてないだろうし、会うのも別にモアイ目的じゃない感じで会って成り行きでモアイの話聞いたらいいんじゃね？」

「そうか……」

僕の中にあるテーマを、三年間で培った社会性が追い越した。

「そうだな、じゃあ、約束するの頼める？」

「もちのろん」

頼もしい董介に任せていると、ポンちゃんとの対面は週明けの月曜日とその日のうちに決まった。董介は僕なんかよりずっと交友関係が広い。僕だけでは辿れなかったモアイへの近道だ。改めて、董介に感謝をする。

友人がアポイントメントを取っている間、僕はSNSでモアイの名を検索してみていた。ハンドルネームでモアイに所属することを表しているアカウントをいくつも見つけ、覗いてみるも自分達がいかに気高い意志を持って大学生活を過ごしているのかアピールする写真やコメントばかりが見つかり改めて辟易《へきえき》した。モアイの活動は、誰かに見せたくてやるようなものじゃない。

検索を続けると、モアイに対する批判的な意見も散見された。ほとんどはうちの大学の学生だろうが、社会人らしきアカウントのものもあった。

追い風だ。そう思った。

カラオケが終わった後、すでに僕と董介はぼんやりとどうすれば個人が組織と戦えるのかを話し合っていた。そこで出た最も手っ取り早い方法が、不祥事や炎上だ。たった一つの暴露で炎上するなんてよくある話だし、火の出どころなんていくらでも誤魔化すことができる。大切なのは、その火にどれだけ油を注いでくれる人間がいるかだと思っていたけれど、これならいけるかもしれない。そう、かつて自分が作った団体への嘘か本当か分からない批判を眺めながら僕は思った。

悪口は、僕の心にも少しだけ届いた。

とりあえずの方針が決まり、その日は僕の家にあるゲームを飽きるまでプレイして菫介とは解散した。

そして週明け。

大学から少し歩いた場所にある純喫茶に、独特のノスタルジーを感じさせるベルの音と一緒に入ると、一番奥の席に菫介の顔が見えた。こちらからは後頭部しか見えないが、向かいの席に座高の低い女の子が座っている。あれがポンちゃんか。

この店には何度か菫介の誘いで来たことがあった。いわゆる菫介の行きつけ、意外なあいつの昭和趣味と、同じ大学の学生にあまり会いたくないという僕の意図が合致した場所だった。ちなみに、ポンちゃんの家からも近いとか。

近づきながら手をあげると、菫介も手をあげた。それに気づいて振り返ったポンちゃんは、丸い童顔にくりくりとした大きな目がついていて、これは菫介がポンカンのポンだと思う理由も分かるなと、失礼なのかどうか自分でも分からないことを思った。

「ごめん菫介、遅れた」

「いや、いいよいいよ。ほら、こいつがポンをキャンパス内で見て一目ぼれしたっていう楓」

「えーマジっすか！　困るなー、私って年上にモテるタイプだったんですねー！」

ポンちゃんは両手の平をほっぺにあてると、首をかしげて楽しそうに笑った。董介の冗談に付き合ってくれるその表情だけで良い子だと判断できるほど、僕の二十一年は幸せではなかったので、「何言ってんだよっ」と董介を小突いて、その後のポンちゃんの表情を観察した。彼女は笑ったまま「やっ、すみません、初めまして」と僕に頭を何度か下げた。

「はじめまして、田端です。いやこちらこそ申し訳ない、知り合いでもないのに急に卒論への協力お願いしちゃって」

「いえいえ、私でよければアンケートくらいいくらでも答えさせていただきます！」

董介と話し合い、ポンちゃんへの言い訳はそういうことにしていた。本気で信じてくれていて、善意で協力してくれたのだろう彼女に、少しだけ申し訳ない気持ちになる。

僕はアイスコーヒーを頼み、ひとまずは本題の前振りをすることにした。つまりはポンちゃんと打ち解けようと、董介をいじったり、ゼミでのことを訊《き》いてみた。彼女は一緒に董介をいじりつつフォローし、この春から入ったゼミの先生が凄い人だということを楽しそうに話してくれた。そのことで少なくとも表面上は凄く良い子のようだと思った。

頃合いを見て、僕はこの週末で用意したそれっぽい資料を広げる。たとえ誤魔化しであっても、きちんとした準備は怠らない。

メモ帳を持ち、ポンちゃんに商学部の卒論の雰囲気がある質問をいくつかすると、やっぱり彼女は真剣に質問に答えてくれた。彼女のあどけない表情や、背が小さい癖に妙に強調された胸部以外への下心があるなんて知らずに。

「じゃあ、質問はこれで終わり。ありがとう。あ、奢《おご》るからよかったらもう一杯飲み物でもデザートでもなんでも頼んで」

「じゃあ、お言葉に甘えてケーキご馳走《ちそう》になっちゃおうかなぁ」

「どうぞどうぞ」

こういうところで、素直にお言葉に甘えられるのは、年上から気に入られたりするんだろうなと、時々ポンちゃんを優しい目で見る董介を見て思った。

ポンちゃんが頼んだチーズケーキと、僕がお代わりをしたコーヒーが運ばれてきたところで、董介が今日の本題へアプローチをかけた。

「そういやポンはさ、最近サークルはちゃんと行ってんの？」

「いやー」

ポンちゃんはチーズケーキの周りに貼ってあるフィルムをはがしながら「全部幽霊ですねー」と答えた。

「オカルト系サークル入ってたら完璧《かんぺき》でしたけどね、ゼミとバイトが割と忙しくて、それに今年は就活のことも考えなきゃいけないし、あ、先輩達なんかコネあったら紹介してくださいね！」

わざと悪い表情を作るポンちゃん、童顔とのミスマッチがゆるキャラみたいだ。

「いや、俺達頼るんだったら絶対他当たった方がいいだろ、あの団体利用するとか、一応所属してるんだし」

董介が上手《うま》く話を進めてくれたところで、ポンちゃんが顔をしかめた。

「あーモアイか、まあそれこそ幽霊ですけど、そうですね、今度イベントあるみたいだし。んー、難しいですよね、自分の趣味とは違うけど、利用できるものはした方がいいだろうし」

ポンちゃんは、口ごもる。

「趣味が違うって？」

訊いたのは、僕だ。董介にまかせっきりにして、この場で空気になってしまうことを避けた。それに、ポンちゃんの顔が表す嫌悪感が何に向いているのかしっかりと見極める必要があった。勇み足でモアイを批判したり探ったりすると、彼女の機嫌を損ねてしまうかもしれない。

董介先輩じゃないんですけど、ポンちゃんはそんな前置きをした。

「一、二回付き合いもあって行ったことあるんですけど、あんまり好きじゃないんですよね、ああいうの」

「あー、まあ僕も割とそうだけど、なんで？　ダサくないですか？」

「あ、よかった。いやあ、一言で言うと、ダサくないですか？」

モアイに対してポンちゃんが否定的な意見を持っているのは都合が良かった。知っているモアイについての情報を気兼ねなく教えてくれそうだからだ。それとは別に、ダサいというなんとなく想像していたのとは違う答えに、興味が湧いた。

「ダサいっていうのは？」

「なんていうか、モアイって目指す自分になるためって名目でああいうイベントとか、開いてるんですよね。そういう一応良さげな目的あるのに、イベント行ったらただただ社会人達にへらへらぺこぺこしてるんですよ。その段階から、ダサくなっちゃってんじゃんっていうか、まあモアイふうに言うと単に私のなりたい自分じゃなくなっちゃいそうだなって感じだから、あの人らを否定するのは違うかなとも思うんですけどお。分かってるんですけどお」

苦笑交じりに言うポンちゃんは「でも行った方がいいんだろうなあ」と続けた。就活のために、という意味だろう。

あの人ら、を真っ向から否定しようとしている僕は自分達のやろうとしていることを受け止めたうえで、それでもやらなくてはならないことのために、前に進む。

「最初はそういうイベントに参加しようと思って入ったの？」

口の中にチーズケーキを入れた状態で、ポンちゃんは二回頷《うなず》いた。

「友達の仲良い子が入ってて、誘われたから見学に行ったんですよ、まあ、その友達も私もモアイ的には死んでますけど」

董介が「仲良く幽霊か」と面白そうに反応すると、ポンちゃんが笑って「ツッコんでくれる先輩好きですよ！」と過剰なウインクを飛ばした。仲が良いのはいいけど、董介がもし本当に心のどこかでポンちゃんをそういう対象として見ていたとしたらなんと切ないやり取りだろうとも思った。そうじゃないことを願う。

「僕らの世代だとどんな奴らがいるんだろ」

独り言のような質問を、ポンちゃんはちゃんと拾ってくれた。

「その世代だと、リーダーはヒロって人で、食堂とかでも女の子達はべらせてるのたまに見ますよ」

「ハーレムだな」

董介の意味のない相槌《あいづち》にポンちゃんは「ね、羨《うらや》ましい」と返事をする。

「そつのない、リーダーシップのある人らしいです。本当かどうか知りませんけどメンバー全員のことちゃんと覚えてるとか」

そつがない、なんて、誰かさんとはまるで印象が違うんだなと思った。

「ま、私は挨拶《あいさつ》くらいしかしたことないですけど」

「じゃあ他のメンツもあんまり知らないんだ？」

「いえ、大体決まってイベントの司会やってるのが、テンさんって人で、まあなんかコミュ力あるチャラっぽい人です。見学行った時に案内してくれました。モアイの中では割と地位高めなんじゃないかなあ」

「サークルに地位とかあんだな、俺とか楓じゃのぼりつめられなそう」

茶々を入れる先輩を見くびる表情を作ってポンちゃんは「そりゃありますよー」と苦笑する。

「本人が望んでんのかは知りませんけど、団体が大きくなったらそりゃあ権力争い勃《ぼっ》発《ぱっ》ですよ。よかったですねー、董介先輩はこぢんまりしたゼミ所属で」

「お前のゼミでもあるからな」

二人がじゃれあってる最中、僕はポンちゃんの発言を、なるほどと思った。僕がモアイを追い出されたのもある意味で、権力争いに負けたわけだ。こぢんまりとしていた時にはそんなこともなかった。

「あとはそーだなー、まあ特定の誰ってわけじゃないですけど、割と狂信的な人多くて、あんま好きな感じじゃないんでもう近づきたくない感じでした」

「狂信的ってどんなふうに？」

「なんていうか、ヒロ先輩達を崇拝してる人達すぐ分かるんですよね。信頼まではいいですけど、陶酔は気持ち悪いです。あと気持ち悪いと言えば、これはその人達の問題じゃないんですけど、私が見学行った時にモアイがいかに素晴らしいかって動画見せられたんですよ」

「それは、気持ち悪いな」

辟易《へきえき》とした様子のポンちゃんに董介は同調した。

「ちなみにだけど、ポンは俺のことはどう思ってんの？　陶酔？」

「それは、利用、くらいですかねっ」

とりあえず、ポンちゃんが董介からの絡みにいちいち楽しげに反応してあげられるくらいには良い人だということは分かった。

陶酔に過度な勧誘か、でも、大きな団体にはありそうな話かもしれない。祭り上げた誰かを神や偶像の位置にすえて、いつしか気持ち悪い価値観が生まれる。

「利用はひどいだろ、え、例えばポンの就活に協力してやれば先輩としての威厳守れるわけ？　そのモアイのイベントでサポートしてやるとか」

馬鹿みたいな絡み方をしてたのにいきなり見せた友達のナイスな進言。情緒不安定かよ、とかなり失礼なことを思ったが、もちろんありがたい。

「あ、それいいですね、董介先輩連れてたらうざい絡まれ方しなそうだし、あ、でも先輩からのうざい絡みはついてくるのか」

「うざいって思ってるんだっ」

二人のやり取りに思わず口を挟むと、ポンちゃんが笑った。

「まま、こう私と董介先輩の仲ですから。でも本当についてきてもらうのはいいかも。ただ先輩それこそ卒論とか大丈夫なんですか？　それに先輩、モアイ嫌いでしょ？」

「この時期の一日くらいで卒論落とすんだったらいくら頑張っても落とすわ。あと、中身も見ずに嫌いって言ってきたから、ちゃんと見て嫌っとくのもいいんじゃね」

「あ、先輩のそういうとこは尊敬してます」

「よしっ、卒業までにポンに陶酔されるようになるぜっ」

「もしそんなことになったら田端先輩が私を殺してください」

真剣な表情を作ってこっちを見るポンちゃんに僕もつい笑ってしまった。董介とこの子は、先輩後輩というよりも気の置けない親友という感じなのだなとそう思った。

それが董介にとってどういう意味を持つのかは分からないけど、ただ僕は、羨ましくなってしまった。

親友がまだこの世界にいてくれるという、そのことが。

感傷もほどほどにしなくてはならないのだけど、つい。

何はともあれ、僕らは、モアイへの水先案内人、ポンちゃんをパーティに加えることとなった。

※

僕はその日、秋好の家の床に座ってサラダ味のプリッツを食べていた。

本当の目的は、別々の時間割で取っていた中国語の授業の課題が全く同じと分かり一緒にやることだったのだけれど、僕はすぐに飽きてプリッツをかじった。ちなみに場所が秋好の家になったのは、僕が自分の部屋の掃除を面倒に思ったことと、秋好が「うちでする？」と提案したからだ。

「……よし、第一回、モアイのメンバーをどうやって増やそうか会議ー」

テーブルを挟んで向かいに座り、テキストをじっと見ていた秋好が突然妙な会議の開催を宣言した。どうやら彼女も課題に飽きたらしい。

「まだ諦《あきら》めてなかったんだ」

「やっぱぽちゃんと学校に認められた方ができること多いしねー」

秋好が手を出して来たので、僕はプリッツを箱ごと渡す。

「ありがと。二人じゃ駄目なわけじゃないけどね。もっと違う考え方の人がいたら面白そうじゃない？」

これ以上秋好のような突飛な考え方の人間が増えたらどうしようという不安は拭《ぬぐ》い去れなかったので、僕は適当に「まあねえ」と頷き、テキストを眺めた。

「秋好が大変になるんじゃない？　リーダーとして色々職務が増えそう」

「ああ、そうか、サークルになったら代表決めなきゃいけないのか。楓がやってもいいよ」

冗談じゃない、と思った。

「責任持てないからやめとく」

「別に私達じゃなくてもいいんだよねえ、誰か他に責任感ある子が入ってくれれば、まあかたっ苦しくなっちゃうのはよくないけど」

僕は秋好の目の前に置かれたプリッツを再び手に取った。

「お菓子食べてるだけでもいいってくらいがいいよリーダー」

「そうですね。まあいいでしょう」

何気ないふざけた会話だった。

だけどきっとこの時、僕は秋好をモアイにとって唯一のリーダーだと認識したのだと思う。

※

変装は任せろ。と自信満々だった菫介に任せた結果、交流会潜入当日、ジャケットを着てストールを巻きハットに伊達《だて》メガネの僕がいた。

「いいじゃんか楓、下北沢《しもきたざわ》にいそう」

「それ褒め言葉？」

ビシッとスーツで決めた菫介が笑いながら僕の肩を叩《たた》く。どうやら褒め言葉じゃなかったらしい。

今日は、僕らが初めてモアイに対する具体的な行動を起こす記念すべき日だった。奴らの不正や不祥事、落ち度を発見するための潜入捜査だ。

とは言っても、中に入って参加するのは菫介とポンちゃん。モアイの連中に顔が割れているかもしれない僕は会場の外で、参加者達から漏れた会話を拾うという任務をこなす。

会場外で気が抜けたモアイの連中の会話から重要な情報を知ることができるかもしれないという考えで行うのだけれど、どうせばれないように変装するなら普段全くしない恰好《かっこう》をした方がいいと主張する董介に遊ばれた。首回りのストールが鬱陶《うっとう》しい。ポンちゃんには、今日行くのは董介だけだと伝えている。僕も後で偶然を装って二人と合流するので、ポンちゃんにこの恰好で会うのが今から何気に不安だ。

ちなみに、会場内のことは董介が逐一ショートメールで知らせてくれる。

今日の交流会は学内にあるホールで行われる。時間は午後一時から午後五時までの一部と、その後の打ち上げ的な夕飯会の二部構成で、部外者の学生である董介がポンちゃんの付き添いで参加できるのは一部だけとなる。これらの情報は、事前の説明会にポンちゃんが参加して手に入れてきてくれた。

「しかし気合はいやに入ってやがるよな」

大学から距離のあるモスバーガーで、資料を見ながら董介が呟《つぶや》いた。彼が読んでいるのはモアイが今日のために作成した参加者向けのパンフレットで、きちんと製本されたフルカラー仕様のそれは、一見学生団体の作ったものだとは思えないクオリティだった。

「わりとお金かかってそうだよね」

「ポン曰《いわ》く、モアイに広告出して出資してくれてるところがあるらしいぞ。ほら、パンフレットの後ろに企業名載ってる。楓の時はそんなんなかったのか？」

「誰が二人でやってる活動のスポンサーについてくれるんだよ」

「まあそうだな」

そういうのも社会人とのやり取りや駆け引きを通じた、自分磨きの一つだと今のモアイは言うのかもしれないけれど、やはりそれはもはやただの社会人育成団体だ。モアイじゃない。

「でもほんと悪い、董介だけ行かせるようなことになって」

「いんだよ、後輩の為でもあるし、それにせっかく戦いののろしあげようとしてんのにこんなとこで終わっちゃつまんねえ、俺が」

董介はよくこの手の偽悪的な発言をする。

「ま、僕らの目的とは別にポンちゃんにOBOGとの出会いでもあればいいね」

「そうだな、悪徳社会人からは俺が守ってやらなくちゃって思うけど、良い社会人と悪い社会人を俺に見分けられるのかっていう」

「良い社会人なんて多分いないから基本的に目を光らせとけばいいと思うよ」

まだ社会人にもなっていないのだから、社会人の何たるかなんてまるで知らないんだけど、自分じゃない、を繰り返してるはずの彼ら彼女らに良いも悪いもきっとないだろう。

「じゃ、俺そろそろ行くわ」

社会人のように腕時計を見て、董介が立ち上がる。僕も時計を見ると、そろそろポンちゃんと菫介の待ち合わせの時間だった。

「会場入ったらメールする、また後でな」

「おう、気を付けて」

「なんかちょっとわくわくすんな」

笑顔で鞄《かばん》を持ち、菫介はモスバーガーから出ていった。僕は関係者にばれないよう遅れて会場周辺に向かう。外は快晴、変装をして嫌いな団体を潰《つぶ》そうとしている場合じゃないくらい気持ちのいい日だ。

一人になり、バニラシェイクを飲みながら携帯をいじる。僕の喉《のど》に流れ込む、甘くて冷たいこの飲み物は、秋好の好物だった。あいつは、何かというとモスバーガーに寄りたがり、決まってバニラシェイクを注文していた。

気づけば、甘くて冷たいはずの飲み物が、僕の闘志をたきつけていた。

理想を取り戻す。秋好のために。僕は一人、改めてグッと心に力を込めた。

しばらく待っていて、背後から女子達の「ただの雰囲気イケメン」という声が聞こえまさか僕の悪口じゃなかろうなと力を込めた心が揺らめいていた時に、菫介からメールが来た。どうやらポンちゃんと会い、無事に現場に到着したようだ。交流会開始は十五分後。それまでにはモアイの重要人物達はほとんど入場しているだろうから、僕はその時間を待って会場周辺に向かう。

実は在学生で僕と面識のあるメンバーなんてほとんどいない。僕が警戒しなければならないのは、すでに卒業していてモアイに招待されているだろう社会人達の方だった。大きくなるモアイに多くの燃料をくべた人達。ばれるばれないの話を抜きにしても、会いたくはなかった。

後ろの女子達の笑い声に、ネガティブな自意識過剰だとは分かりつつ、妙なことを勘繰って神経をすり減らしてる場合じゃないので、僕はアイポッドのイヤホンを耳にさしこみ適当に音楽を流した。これで外界に気を取られることはなくなる。人に近づきすぎないという僕のテーマは、何も心的な距離や身体的な距離だけをさしたものではない。誰かからの影響を減らし、誰かへの影響を減らすこともまた重要だ。そうすれば自分も人も守られる。

ちょうど三曲分、じっと音楽に身を任せていたところで、スマホが震えた。

『まもなく開始。思ったより人が多くてひいてる』

おののく董介を想像し、それを見てポンちゃんが先頭に立つ様子を想像すると少し面白かった。

『了解。ぼちぼち向かう』

席を立つ時、普段着ない長さのジャケットが所在なげに揺れた。

外に出ると、春にしては随分強い日差しに普段かぶらない帽子がちょうどよかった。

会場まで、董介は原付で向かった。僕は自転車でもよかったのだけれど、慣れない靴で足を痛めてもつまらないなと思い、たった二駅電車に乗ることにした。

降りる駅は普段は使わない路線のもの。会場は大学内のホールではあるのだけれど、実は僕が普段通う教室の入った棟からはかなり離れた場所にあり、最寄りの駅も違ってくる。更に言えば僕はそちらのエリアには足を踏み入れたこともない。大学のキャンパスなんて必要な場所にしか行かないからそういうものだ。入学時には、こんなにも広い場所が自分達のものなんだ、なんて気になったかもしれないけど、実際のところ行動範囲の広さなんて高校生の時とさして変わらない。

電車内は空《す》いていて、駅についても大学生らしき奴らは指定のジャージを身に着けた部活生がほとんどだった。週末にも数コマ授業が開かれてはいるものの、好んで取る学生はほとんどいない。

交流会に遅れて顔を出すのかもしれないスーツ姿の社会人達に近づかないようにしながら、僕は駅を出て校門から大学に足を踏み入れた。

帽子を深めにかぶりなおして、会場の方に向かって歩く。途中、自動販売機で缶コーヒーを買った。キャンパス内に入ると学生も少しはいて、紛れられるとは思ったけれど、いざという時にはコーヒーを飲むふりで顔を隠す。

全ては念のためだ。そもそも、あいつらが僕のことなんて覚えてるのかすら分からないけれど、念のため。

ホールが見えるところまで近づくと、交流会の開催を示す看板を見つけた。少し見ていると、近くにいた女の子に「参加の方ですか？」と声をかけられた。スーツを着てクリップボードとパンフレットを持っていた彼女はきっと遅れてきた参加者の案内役なのだろう。僕が丁寧に違う理由で来た旨を伝えると、「あ、すみません。私達モアイという団体なんですが、こんなイベントやってるので、もし興味があったら」とまさかの勧誘を受けたので、これも丁重に断った。

丁重に断っておいてなんだが、僕は近くにあった屋根付きの休憩場所に移動し、ベンチに腰掛けた。案内役の彼女を観察しようと思ったのだ。モアイのメンバーを一人、こんなにも早く特定できたのは運のいいことだった。

スマホに目を落とす。あたりは静かなので、近くを通る学生の会話がよく聞こえる。案内役の彼女は時々来るスーツ姿の大人に話しかけては時に同行し、時にパンフレットの受け取りを断られていた。

変装道具として買った缶コーヒーの中身を飲みほしてしまった頃、董介からメールが来た。

『一回目のディスカッション終わり。十分休憩。社会人達のドヤ顔な話聞いてて疲れた。名刺貰《もら》った。次はモアイの目立ってる奴らと同じグループになってみようと思う』

『お疲れ様。会場外でモアイの案内役見張ってる』

見張るという言葉にはそれなりの任務についているような響きがあって、言い出しっぺの自分が潜入していないという罪悪感を紛らわしてくれた。

董介からのメールが来て数分後、ホールの方からいくらかの学生やスーツ姿の面々が歩いてきた。僕はあまりそちらに顔を向けないようにして視線だけを送る。

どうやら途中で抜けなければならない人々だったようで、モアイのメンバーらしき奴らがスーツ姿の大人達とセットになって話しながら校門の方へと歩いて行った。そのいちいちに案内役の女の子が「ありがとうございましたー」と声をかけていた。

交代はないのだろうか、ちょうどそういうふうに思ったところで、一人の男が案内役の女の子に近づきクリップボードとパンフレットを受け取った。あの子が疲れ果てる前でよかったと、関係ないのにほっとした。

心が弛緩《しかん》しかけたが、今日初めてモアイメンバー同士の接触を目撃するんだと、慌てて耳をそばだてる。

しかし結果として彼女らは特に意味のある会話はしていなかった。

「じゃあ、案内頑張ってね」

「こっちの方が絶対楽だわ。ディスカッションマジ眠かった」

「だろうね。私も営業スマイルで名刺貰ってこよーっと」

まあ、予想はしていたんだけれど、所詮《しょせん》はそんなものなのかもしれないと、意味も理想もない会話に僕は、思いがけず失望してしまって、自分に驚いた。

ただ、喜ぶべきなのかもしれないとも思った。案内役を任されるような子達まで、あの程度の感覚でやっているのだ。敵が一枚岩じゃない方が、戦いやすいに決まってる。

それでも、かつての理想をモアイ全体が貫いているかもしれないというありもしない希望が砕かれた瞬間では、あった。

結局、二人目の案内役の男の子も、自分の役割をそれなりに全うしていて、特に何かが起こることもなく、僕は次の董介からのメールを受け取ることになった。

『二回目終わった。テンって奴のいるグループに入ったら、妙に女の子達になれなれしくて腹立った。社会人女性達とも仲いいみたい。ただガチのディベートっぽくて、一回目より楽しかった。さすが幹部クラス』

『モアイ取りがモアイになって帰ってきたら笑う』

まさかそんなことはないだろうけれど、董介の考え方には極端さと共にある種の公平さがあるので、絶対にとは言い切れなかった。ポンちゃんに言っていた、一度内部に入ってしっかり見てから嫌いと断言したいというのは気まぐれかもしれない、とはいえ本心だろう。まあ万が一モアイに入りたいなんて言い出しても僕は董介を責めたりしない。本当に笑う。

『俺も笑う』というメールを受け取ってから、僕は移動することを決めた。どうやらここで案内役の子ばかりを追っていても収穫はなさそうだ。

案内役が次の女の子に交代するのを待ってから、久しぶりに立ち上がってホールの方へと向かう。

交流会が構内に人の少ない週末に開かれて好都合なのは、主に移動時だ。至近距離で鉢合わせするなんてことがあれば董介コーディネートの変装力を信じるしかないのだけれど、人が少ないことで、遠くから歩いてくるモアイ系の知人を見つけやすい。その時に僕は服装や髪形などたくさんの情報から相手を判別できるのに対し、相手は僕の普段とは違う恰好《かっこう》から誰かを特定しなければならない。

ホールの入り口が見えてくると、そこらにはスーツを着た男女が数人いて、社会人かもしくは四年生の可能性が高そうだったので、僕は遠巻きに入り口前を通り過ぎた。

歩いていくと大学のカフェがあったので、僕はそこを次の拠点とすることに決めた。週末にも学生のために開店している店内に入ると、薄く冷房が効いていて、それなりに客はいたものの運よく窓際の席が空いていた。ここからなら、ホールの入り口を直接見ることはできないけれど、入り口から一本道の先の丁字路を見ることができる。それに、期待していた通り店内には休憩中の交流会参加者と思《おぼ》しき女子四人組がいた。

コーヒーを購入して席に座り、窓の外に目をやりながら本を開く。耳は、背後のテーブル席を一つはさんでもう一つ向こう、自意識の無暗《むやみ》に高そうな女子達の雑談に向けた。

ただまあ、いくら意識が高かろうと、理想を持っていようと、雑談はどこまで行ったって雑談。そう思っていたんだけれど、やがて彼女らは少しだけ、僕らにとって有意義そうな内容の話を始めてくれた。

「あ……あー、テンっていっつも思うんだけど、どこであの自己肯定感が形成されたんだろうね」

テン。テンか。

あのブログを書いていた奴のことだ。メンバーの情報はありがたい。

僕は、ちらりとさりげなく振り返って彼女達を確認する。フォーマルめの恰好をした四人の中に知ってる顔はいなかったけど、一人の女の子が四年生であるテンという人物への敬称を略したことからどうやら同学年のようだと推測した。

「服装とか？　割と生まれつきなんじゃない？」

「生まれつきだったらあんなかっこつけなくても肯定できてる気がするー」

「確かに。ヒロに怒られてる時まんざらでもなさそうなのとか見ても、後天的に自分を作っていったタイプでしょ」

「そんな難しい奴かな？　割と最初からキリギリスなのでは」

一人、面白めな比喩《ひゆ》を用いる子がいた。

「女王アリなヒロとお似合いじゃん」

「あいつ飢えて死んじゃうけど？」

軽い笑いが起きた。どうやらテンという人物はいじられキャラというか、そういう扱いを受け、好まれているようだ。好まれているというのは、こんなところで話題に出るというだけで、分かる。

そして女王アリか、なるほど。

「っていうかお似合いってあんな奴にヒロは渡せないから」

たとえ憎まれ口を叩《たた》かれていても、敵意が感じられない。

「ヒロにはもっとこう、ほら、高級スーツ着て口ひげ生やしたナイスミドルが似合うから。多くの男どもをあしらってきたヒロのデレを引き出すの」

「それ完全にあんたの趣味じゃん」

また笑い。意味のない会話に、注意を音よりも視界の方に向けようかと思ったのだけれど、結果的に、そうしなくてよかった。

四人の中に一人いた、比較的真面目な女の子が会話の舵《かじ》を切った。

「てか、いいの？　後輩達のご指導ご鞭撻《べんたつ》に行かなくて」

「自分で言うことじゃない。ま、一応、忙しいなら別にいなくていいらしいけどね、テンが言ってた」

「あはは、忙しくないじゃん」

正しいツッコミ。

「そうね、じゃ、そろそろ行きますかー」

「女王アリと巣のために我々も働こう。キリギリスは見殺しにして」

「厳し」

ツッコミ役は決まっているようだ。

「お姉さんハンティングのために交流会来てる奴のことなんて知りませーん」

「そういえば、前お持ち帰りしてたお姉さんどしたん？」

「んーもう会ってないらしいよ」

「なにそれ」

「さあ、また捨てたんじゃない」

「自己肯定感の強い男は流行《はや》りもの好きで物持ちが悪いっていう統計がある、私調べ」

「ああ、そりゃ生まれつきで治んないやつだわ。さて」

一人の女の子が立ち上がるのと共に、いっせいに衣擦《きぬず》れの音がすると、続いて椅子の脚と床のこすれる音がした。やがて先ほどまで店内にいた四人がホールに繫《つな》がる丁字路に向かって歩いていくのが窓を挟んで見て取れた。

僕は、その四人を目で追いながら、様々な幸運が重なったことに驚いていた。

会話自体は、普段なら音楽でかき消してしまいたくなるような類《たぐ》いのものだった。

しかし、四人がカフェにいたこと、近くの席が空いていたこと、そして都合よくテンという彼の話をしてくれたこと、それら全ての計ったようなタイミングの良さに、驚き、感謝した。実際、今回は本当に何も計っていない、単純に運が良かった。

今はまだ小さなものでしかない。けれど、早速見つけてしまったかもしれない。モアイが起こす不祥事と炎上への、糸口。

僕は伊達《だて》メガネ越しにテーブルの木目を見ながら考える。モアイの幹部と言われているような奴が、モアイでの活動中に性欲を満たそうとしているなんて、僕らからすればおぞましいことだけれど、これは、ひょっとすると使えるのではないだろうか。少なくとも一人、交流会を出会いの場に使っている奴がいて、そのターゲットが招いている社会人で、なおかつ目的が達成され、しかも相手を粗末に扱っているなんて、証拠さえつかめれば、学内の反感を燃え上がらせることができたりするんじゃないだろうか。運がいいことにテンという奴は、四年生でモアイの運営に関わっているという。これは、いけるのでは。

証拠をどうやって手に入れるかだ。現場を押さえられればいいだろうけれど、四六時中付け回すようなことは僕と董介の二人では無理だ。では、テンに捨てられたという社会人を見つけ出せばいいだろうか。そんな人が改めて交流会に来るとは思えないし、どの人がそうなのかなんて誰に訊《き》くわけにもいかないだろう。

本人のメールや発言を得られれば確実だ。しかし、どうやって？

じっと考えて思考の中だけを覗《のぞ》いていた。

だから、窓の外への注意を怠っていた。

自分が知っている、そして自分を知っている人物が、すぐそこまで来ているのに気がつかなかった。

突然ガラスをノックされ、全身の皮膚がはねた気がした。

目を向けると、人がいた。しかしそこにいた人物が一瞬誰だか分からず、気がついてから、緊張が走った。

ひゅっとおかしな息の吸い込み方をしてしまい、むせる。

ジーパンにラフなシャツ姿の彼は僕の動揺なんて知らないし興味もなかったろう。相手が気づいたことだけで満足したのか、諦念《ていねん》という言葉がそっくり似合うような優しい笑みを浮かべた彼は手を振り、ホールとは逆の方向へと消えていった。

本当になんの予告もなかったから、数秒、僕は彼の出現が現実のことか分からず、呆《ほう》けてしまった。現実だという証拠は、僕の動悸《どうき》以外にはなかった。

タイミングの良さというのは、何かしらタイミングの悪さと引き換えに手に入れるものなのかもしれない。

僕はひとまず体と心を落ちつけようと、コーヒーを一口飲み、胸に手を当てて深呼吸をすることにした。

「なんで、こんなところに……」

思わず出た独り言。

驚いた。見かけることはあったけれど、顔を合わせるのはいつぶりだったろう。カフェに入って来て話しかけられるようなことがなくて良かった。

それにしても本当にこんなところで何をしていたんだろうか、順当に行っていれば三月で大学院を修了しているはずだけど、留年でもしたのか。

まさか、修了してもなお大学に入りびたりモアイに顔を出し続けてるんじゃないだろうなと思い、よく考えれば彼はそういう人だったと思い出した。

あの脇坂《わきさか》という名前の先輩は、恥や外聞を捨て、己の興味のためにだけ生きる、はた迷惑な人物だった。

少なくとも僕は、モアイの観察者だった彼をそんな風に認識している。

僕らが一年生の頃のことだ。脇坂は秋好の存在を面白がり、仲間になろうとはしないまでも、モアイを眺め、ふいに現れては助言し、色々な人にモアイのことを知らせた、そういう人。

つまり、後にモアイの価値観が変化していくその前段階を作った人物だった。モアイに、明確なとどめを刺したのは彼ではない。しかし僕は、彼、脇坂のことを、今のモアイを牛耳る奴らと同じように、嫌っていた。本当は彼のせいじゃないなんてことは理解しているつもりだ。けれど、心と頭はいつだって、表情一つぶん離れている。

それにしてもこの服装で僕だと気づかれた。意外とバレバレだったりするんだろうか。

気を一層はりながら、一杯のコーヒーでディスカッション一回分粘っていると、董介から連絡が来た。

『終了。次、最後一回。俺も疲れたけど、ポンの目が完全に死んでる。飲みにつれってやろうと思うから、そこで合流しよう』

『OK。ポンちゃんの分は僕が持つよ。もし可能ならテンの情報あったら嬉《うれ》しい。彼について社会人との良からぬ関係の噂を聞いた』

『了解。同じグループ入る』

メールを受け取って、席を立った。情報を手に入れる今日最後のチャンス。少し踏み込んで、ホール周辺をうろちょろとし、終了前に大学を去ろうと思う。

コーヒーカップとトレーを返却口に置き、店員さんからのお礼の言葉に会釈してから外に出た。気づけば時刻はお昼から夕方に差し掛かろうとしている。日差しは弱まり、風が冷たくなってきていた。

丁字路の方へと足を向ける。仕事やバイトへのタイムリミットが来たのだろう社会人や学生らしき影がちらほらとホールの方から歩いてきている。先ほど脇坂にばれてしまった反省をいかし、僕は視線を気持ち下げて歩いた。人にぶつからず、また人々の会話を聞き取れればよかった。

視線を下げて、人に見つからないように。

やっているうちに、なにやらそれはこの三年間の僕の生き方そのもののように思えた。たったの数ヶ月だけ、そんな僕も照らしてしまう光をまとった友達に見つけられていたけれど、それだけだ。いなくなってからは、ひっそりと息を殺して生きてきた。殺して、なんていうのは不謹慎かもしれないけど。

あれからできた、友達と胸を張って言える人間は董介くらい。それも僕の力なんかじゃなく、公平な董介が人を選《え》り好みせず、二年生の頃バイト先でシフトのかぶることの多かった僕にも優しかったというだけだ。その後数ヶ月で二人ともそこのバイトはやめてしまったけど、なんとなくここまで関係が続き、今や共犯者となってしまった。

急に、週末にこんなところで友達の多い董介の時間を奪うのがとても悪いことのように感じられてきて、後で今一度彼の意思の確認をしておいた方がいいだろうなと思った。

僕の足は、丁字路に差し掛かろうかというところまで来ていた。

そこで、ひときわ賑《にぎ》やかな集団がホールの方から来ていることに気がつき、視線をちらりと上げ、そちらを見た。

タイミングがいいのか悪いのか、今回はそのどちらでもあった。

そこにいた。

あと少し、あとほんの少しでも僕が視線を上げるのが早ければ、目が合い、気がつかれていたかもしれないと思う。

奴と、その取り巻きは僕が見たところでちょうど丁字路を、僕が来た方の道へと折れて行った。

僕は思わず、その場に立ち止まってしまう。

僕はまるで学んでいない。また、気を抜いてしまっていた。

ポケットの中のスマホに、董介からの慌てたメールが来ていたことを僕はあとで知った。

『りーだーがでてったぞ』

久しぶりにその姿を見て、脳より先に体に異変があった。

寒気のようなものを感じ、鳥肌が立つのが分かった。寒いのに背中を汗が伝った。思わず握りこんだ拳《こぶし》に、爪の跡が残るほどの力が入っていた。吐き気もした。

その異変にやっと脳が追いついて、一度混乱した。この感情はなんだと、困惑した。そして、理解した。そうか、テンに向けたものや、さっき脇坂に向けたものは偽物だったのか。

これが多分、嫌悪だ。

ようやく、この二年冷静でいられたのは、モアイに対して見て見ぬふりをできたのは、今まで目をそらしていたからだと知った。

数メートル後ろに、僕らからモアイを奪った張本人がいる。

実在すると実感し、初めて、人は対象への感情を真剣に抱くことができる。

奴こそがモアイを統べる人間で、僕と董介にとってのラスボス。理想を捨てたモアイ、ねじ曲がったモアイを肯定し、運営してきた人物。ヒロと呼ばれる、現リーダー。

また、全身の皮膚が粟立《あわだ》つ。例えばこの距離なら、すぐにでも肩を摑《つか》み言葉をぶつけることができる。しかし、そうじゃない。ねじ曲げられたモアイへの想いは、そんなことをして中途半端に終わらせていいものじゃない。

立ち尽くせば悪目立ちしてしまう。相手もこちらのことを知っているのだ。

僕はヒロに張り付いていた自分の感情を無理やりはがし、奴らとは逆方向へと向けた重い足を動かした。ホールに向かう道を通り過ぎ、最初に拠点にしていたベンチまで歩いた。一度、心の態勢を整える必要があった。

メガネをかけた真面目そうな案内役の女の子に「おつかれさまでーす」と頭を下げられながら、僕はベンチにようやく辿《たど》り着き崩れるように腰かける。

そこからしばらく、僕は動けなかった。ホールに近づいて、ヒロが戻ってくるところに鉢合わせするわけにはいかないという理由もあったけれど、そうじゃない。自分の感情の大きさ重さに気力を折られた。

結局、僕はそれ以上の調査をせず、鼓動のテンポがいつもと同じくらいになるまで休んでから大学を離れた。

董介の家からほど近いサンマルクカフェで時間を潰《つぶ》していると、第一部閉会予定時刻から一時間ほど経って連絡がきた。

終了後、どうやらそのままポンちゃんと二人でお疲れ様会に向かったらしく、居酒屋の情報が送られてきた。場所は以前ポンちゃんと初めて会った喫茶店の近く。つまりポンちゃんの家の近くだ。そりゃそうだな、と思って腰を上げようとした時、もう一通メールが来た。

『ちゃんとその恰好《かっこう》のまま来いよ〜笑』

言われなくても着替えていないのでそのままなんだけど、せめて、帽子とメガネとストールはトートバッグの中にしまい店を出た。

自転車もないので、電車移動し、十分ほど歩いてお店に着く。そこは半個室の席が並ぶチェーンの居酒屋で、僕と董介が違う店舗で何度もお世話になっているところだった。大学生にとってメニューの値段が大体分かっているというのは、店を選ぶ上でかなり重要なことだ。

店に入り、董介の名字を告げると、席に案内された。トートバッグにジャケットという先ほどまでと比べればずいぶん普通の恰好になった僕を、先に見つけたのは頬杖《ほおづえ》をついてけだるそうにしていたポンちゃんだった。

「あー、楓せんぱーい。お疲れさまでーす。そのかっこ、デートっすか？　いいなー」

ポンちゃんはすでに顔をほんのり赤くしていた。

「ようお疲れ、あ、お前ちゃんと正式な恰好してこいよな！」

「いや、正式ってなんだよ。二人ともお疲れ様、交流会だったんだよな」

計画のことはポンちゃんには秘密にしているので、言葉を選んだ。四人掛けのテーブル席、向かい合っていた二人の、董介がいる方へと座る。

「で、どうだった？」

僕の問いに、以前とは違いフォーマルな場を意識して白いシャツを着たポンちゃんは、顔と同様に赤くなった首元をちらつかせながら大きくかぶりをふった。

「ほんっと疲れた！」

思いきり感情がこもっていた。

「ほんとに疲れました！　就活ってこんなんなんですか？　無理！　私、マジで四年生になる前に灰になりますよ！」

「まあ、今日のはかなりハードめだったけどな、意見も何回も求められるし」

「いやホント嫌いになりましたモアイの人達、こっちがやっと意見言ったら、それはどういう意味？　なんつってくるんですよ！　いや、私喋《しゃべ》ったから！　そっちのターンだからっ！」

想像していたよりもだいぶ荒れているポンちゃんはハイボールらしきものを一口飲む。女の子一人の嘆きを飲み込んでくれるくらいに、店内が賑やかで良かった。

「しかも聞いてください、楓先輩、あ、先注文どうぞ」

熱くなっても気遣いを忘れないポンちゃんに促され、さっきから横に待機していたニコニコ顔の男性店員に僕は生中をお願いした。ビールはすぐ僕のところに来て、ひとまず乾杯をしてからポンちゃんに「どうぞ」と促すと、彼女は「そうそう」とたった今思い出したようなふりをして話を切り出した。年上と話すことになれているのだろうと思った。

「この人です、この人！」

ポンちゃんに指さされた董介はわざとらしい顔で首をかしげる。

「なんかめっちゃ楽しそうにモアイの人らと話してんですよ！　先輩がノリノリだから一緒にいた私も話ふられて、サポートするとか言っといてなんなんですか？」

「いやだから、意見求められたら答えるだろ？　それが会話になっちゃっただけじゃんか、なあ楓？」

同意を求められても僕は現場にいなかったので分からないけれど、董介にはその程度の社交性と教養は余裕で備わっている。そして属するものの違いはあれど、人との会話を楽しそうにしていたというのも本当だろう。

「あれはそんなんじゃないでしょ、董介先輩が地方での労働力確保がどうのとか、原発の経済効果とか、あんな意識高そうな話したがってるなんて、私の好きな適当で軽薄な先輩を返せっ」

後輩からの暴言に董介は楽しそうに笑う。きっといつもこんな感じなんだろう。それにしても僕がカラオケ店で董介に言われた言葉にそっくりだ。

「別に意識高くないだろ、俺でもそれくらい考えてるってだけだって、な、楓」

「いや董介、今の発言はだいぶ意識高そう」

「でしょー！　ああ、董介先輩が染まっていく、やがてモアイになってしまう」

嘆くポンちゃんの心配に「ならねえよっ」と董介から喰《く》い気味のツッコミ。

「あのな、参加するならちゃんとやんなきゃって思うじゃん」

それから必要のない言い訳。分かってる、董介はそういう奴だ。でも、それだけじゃないはず。

「実際、モアイが嫌いな董介から見て交流会はどうだったの？」

真意を聞いてみたかった。僕の問いに、董介は腕を組んで唇を尖《とが》らせる。そんな表情されても可愛くはない。

「んー、ぶっちゃけ？」

「ぶっちゃけぶっちゃけ」

「んー」と董介は言葉を選ぼうとしているようだった。

「なんつうか、自分にとっての目的のためって割り切れる奴なら、行ってもいいイベントなんじゃないかと思った」

「董介先輩はすぐ割り切るんですよー」

ちょうど来ただし巻き玉子を菜箸《さいばし》で割り切りながら、ポンちゃんが特に考えもなさそうに言った。

「目的のために割り切るって？」

「例えばさ、交流会がなんのために開かれてるのかは考えずに、自分は自分の目的を果たすのみだって奴は、参加してもいいと思う」

「ふーん」

適当に相槌《あいづち》を打ったのは、僕とモアイの距離感をポンちゃんに気取《けど》られないようにするためだ。董介もそれは分かってくれているようで、僕の相槌を無視して言葉を続けた。

「俺が思ったよりずっと、就活のコネづくりのためだけに来てるっぽい子っていたんだけど、ディスカッションはそこそこ頑張るって感じで、それよりもその後の休憩時間に頑張って色んな社会人に話しかけまくってんの。一応、ディスカッション中は会社名とか明かすの駄目なんだよな。業界だけ言ってよくて。名刺とか交換しようと思ったら休憩中しかないんだけど、馬鹿みたいなこと言うと、自分の見た目に自信がある女の子ならディスカッションなんて黙って目当てのスーツをじっと見とけばいいかもしれない」

「そういう子、きらーい」

気がつけば、ポンちゃんが三人分、だし巻きを取り分けてくれていた。お礼を言うと、「力が必要そうなの来たら先輩達やってくださいっ」と返されて、上手《うま》いなと思った。

「俺も好きじゃないのはそうなんだけどな。少なくともきちんと目的がある奴にとっては、交流会はあっていいものなんだって、思った」

「なんか董介っぽい意見だな」

感情と思考を分けているところが。

「そりゃ、俺の意見だからな。でもやっぱそれはポンが前言ってたみたいな、なりたい自分になるっていうのとは違うから、そこの温度差を気持ち悪いって思う奴には向いてなくてさ、だからポンは疲れ果てたんだと思うけど」

「私としては、むしろなんでモアイが嫌いなはずだった董介先輩が割と楽しんで帰ってきちゃってんのか知りたいんですけど」

「いや、楽しいっつうか」

董介は、僕の方をちらりと見てから、「まあ少しだけ見直したってのはあったかもな」と呟《つぶや》いた。それは董介の様子を見れば分かったし、嘘をつかれなくて良かったと思った。

「でもそれはモアイ全体がどうのってことじゃなくてさ、運営側の仕切りとか用意してるもんとかさ、意気込みがすげえんだよ。あの幹部クラスの奴らの意識高そうな態度は特に腹立つんだけど、でも単純にこんだけの就活イベントみたいなの開くのも準備とか大変だろうなと思ったわけ。だから、腹立つけど仕事はできる奴らだなって、そこはこれから社会に出ていく四年生としてな」

その菫介の建設的な意見には、なるほど、と素直に思った。

「でもまあ、そんなの大学の就職課がやってくれたらいいし、裏技的に社会人と出会ってコネ作ろうなんてやっぱ好きじゃない。あれはモアイがやらなくてもいいイベントだと思う。ディスカッションって言っても、ほとんど社会人のドヤ顔講義だったし」

「ダメな部下に休日返上させて指導した話ウケると思ってしてたおっさんいたじゃないですか？　マジ殺してえと思いました」

「へー、そんな奴までいたんだ」

口の悪いポンちゃんに笑ってみせながら、僕は、菫介がきちんとモアイを批判してくれたことに、ほっとしていた。

「まあ、入るべきじゃない会社の見極めにはなったなっ。あと一応、希望業界のリクルーターの名刺も貰《もら》ったんだろ？」

「そっすね。えーっと」

ポンちゃんは胸ポケットを漁《あさ》る。逆側の手で取らないものだから手間取り、ボタンが生地に引っ張られて苦しそうだった。

「これですね、高崎博文《たかさきひろふみ》さん。背の高いイケメンでしたね。人生勝ち組って感じで腹立ちませんでした？」

「えーめっちゃ良い人だったのに、董介先輩、ひがみがひどーい、人間がちいさーい」

「それ分かるわー」

ポンちゃんにとっても一応は実りある日だったようで良かった。僕達の計画のために、交流会に行かせてしまったようなものなので、さすがに疲れさせただけになってしまっては可哀想だ。

僕は一人、息をつく。どうやら今回の作戦は大きな失敗もなく終わったらしい。今後の作戦については、また今度か解散後に董介のうちででもすればいい。そう考えながらだし巻きに大根おろしを載せて食べたその時に、ポンちゃんが思わぬ事実を教えてくれた。

「そういえば、董介先輩もなんか連絡先交換してませんでした？」

「ああ、そうそう、テンな」

「マジで？」

驚く僕に向かって、董介がウィンクをしようとして失敗したのか、大きな瞬《まばた》きを一回した。

「え、董介、マジでモアイに入ろうとでもしてんの？」

「私もそれ思いました」

董介はなぜか肩をすくめて首を横に振る。

「違う違う。何回か同じグループになったじゃん？　ポンが名刺とか貰ってる時にちょっと話すタイミングあってさ、俺が内定もらった会社あいつも受けてて、最終前に違うところ決まったから辞退したらしいんだけど、今度飲みに行こうぜって連絡先訊《き》かれた」

それは、また、なんというか。

「楓先輩あれですよ、きっとチャラついた奴ら同士で波長があったんですよ。私達は真面目に生きていきましょうね」

ポンちゃんの言葉に笑った。でもそろりと、なんだろう、何か怖さが指の先を伝っているような、そんな気がした。

でもその怖さをそこで確かめるすべはなかった。もうそろそろ退屈な話はやめにしよう、ポンちゃんにそう提案されたからだ。ここでモアイの話に執着するのもおかしく思い、僕らは気持ちを切り替えて、しばらくどうでもいいことばかりを話しながら、酒を飲んで味の濃い料理を食べた。

それからあっという間に二時間がたった。

まだまだ賑《にぎ》やかな店内で、大きな笑い声やグラスの割れる音が響いても、テーブルに突っ伏しているポンちゃんは起きなかった。だいぶ飲んでいたし、余程疲れたのだろう。

「改めて、お疲れ様」

僕がレモンサワーのグラスを持ち上げると、トイレに立ったついでにポンちゃんの横に移動した董介が、グラスをぶつけてきた。

「ほんと疲れる役割してもらって悪い。ポンちゃんの就活もできることあったらなんか協力するよ」

「それは喜ぶと思うけど、俺は全然大丈夫。就活が終わってるって余裕で後輩達を高みの見物してた」

「いやいや……それに、まさか連絡先交換するくらいの関係になってくるなんて、凄《すご》いファインプレーだ」

董介がいなければこんなにも早くその段階に辿《たど》り着かなかっただろう。

「いや、楓から来たメールで近づいただけだし、それに相手が良かったよ。マジでノーボーダーって感じの奴でさ。正直あっちから連絡先訊かれた時、マジかって思った。俺つい、モアイには入んないけどって言っちまったもん。それは残念だけどせっかくだしって言われて交換した。楓、苦手なタイプだろ?」

「うん。他の世界の人間だろうなって思ってる」

僕のことは全部知っているというように、董介が「だろうな」と笑った。

「そんで、なんだったんだ。あいつのスキャンダルって」

そういえばまだそのことも説明していなかったと、僕はお昼にカフェで聞いた会話の一部始終を董介に説明した。

説明が終わると、董介が「なるほどな」と呟いた。

「何かそれっぽい行動、中でしてた？」

「んー直接的に例えば社会人のおっぱい触ってるの見たわけじゃねえけど」

「そんな奴が幹部だったら僕らが頑張って戦う必要ないよ」

「そりゃそうだ、だけど、確かに何回も参加してるっぽい社会人のお姉さん達とはめちゃくちゃ仲良さそうだったし、初対面でもすごい話しかけてて関係を作ろうとしてた。あの延長線上でそういうことやってたとしても不思議じゃないかもな。良い具合に遊んでそうでさ、また良い程度に男前なんだよ。かっこ良すぎないっつうか」

モテそうだと言いたいことは分かった。

「董介が嫌いそう」

「おう、任務じゃなかったら近寄りたくない」

僕はとても董介のことを全部分かってるとは思えないので、「ますますお疲れ」と言うにとどめておいた。

「んで、お疲れついでに申し訳ないけど、これからどうするかの考えを発表してもいい？」

「いえっさー、ボス」

「うん、面倒だから普通に話すけど、この件を炎上に持っていくには本人から失言を引き出すか、もしくは現場を押さえるのが一番威力があると思うんだよね。だから非常に言いにくいんだけど、テンと、僕らは仲良くなろうと思う」

「まあそうだよな。俺らって言うけど、相手は楓のこと知らねえの？」

「知らないと思うよ。違う世界の住人だし。僕がいた時にはいなかったし」

いつ頃からいたのかも知らない。いつだったとしても、出会いのため、性欲のためにモアイに入ったというのなら、そんな彼が幹部になっているというのなら、テンの存在はねじ曲がったモアイの象徴のようだ。

「んじゃあ、まずは連絡とって本当に飲みにでも行ってみるかなあ。あ、それがもし合コンとかだったとしても俺はあくまで任務で行くんだからな、こいつには黙っといてくれ」

ポンちゃんを親指で指す董介には違う理由もありそうな気がするけど、まあいいや。かすかに聞こえるポンちゃんの寝息を確認して。

「狙ってるってのは黙っとくよ」

「やめろっ」

ポンちゃんの方を見て、小声で注意してくるあたりに滲《にじ》む冗談じゃないっぽさを僕は微笑ましく思った。同い年に微笑ましいって表現はおかしいか。

「そういや、楓、リーダーは見たか？」

訊かれて、僕の薄い笑顔がひきつったのを、董介に気づかれただろうか。

「うん、見た」

「どうだった？　いや悪い、質問おかしいな」

「いいよ。んー」

僕は、実際どうだったのかを、考えてみた。そしてそれを分かりやすく、董介に伝える言葉を導き出した。

「なんか……取り返さなきゃなって、思った。モアイをっていうよりかは、僕らの理想を、取り返したい」

「そうか」

「うん」

「まあ熱くなってだいぶ恥ずかしいこと言ってる楓は珍しいし、俺も協力してやるよ」

頼もしい友人に、僕は心からの「ありがとう」を渡す。董介は「改まった礼も恥ずかしいからやめろっ」と受け取らなかった。

それから三十分ほど、僕らは今日の任務のことなんか忘れ、酒を飲んだ。

「んじゃそろそろ、ポンを送って帰るか。それからうちで着替え、あ、楓がその服気に入ったんなら貸しててやるけど？」

「一刻も早く返したいから董介んち寄る」

「んだよ、ポンもデートか、ってたじゃん。それで次の彼女でも探しゃいいのに、あ、もしかしてお前まだバイト先の子のこと……」

「いつかの董介とは違うから大丈夫。ほら、ポンちゃん起こして」

言われると、董介はポンちゃんに声をかけた。それでも起きなかったので肩をつつくと、彼女はびくっと体を揺らして、それから真っ赤になったおでこを僕らに披露した。

「すみません……私、寝て……うん」

「帰るぞ」

「うん……」

寝ぼけているポンちゃんは董介に任せて、僕が会計を済ませた。

店を出て、ポンちゃんを送り届け、董介の家に向かい、二次会を彼の家でやろうとしたのだけれど、結局二人ともいつのまにか床で寝てしまっていた。

夢には、一年以上前に付き合って別れたバイト先のあの子と、なぜだかポンちゃんが出てきた。

そういえばどのタイミングで、ポンちゃんは僕を楓先輩と呼び始めたんだろう。

朝起きて、意味もなくそんなことを思った。

※

階段を下りてきた秋好は廊下を歩く僕を見つけると、目だけで合図を送ってきた。そして僕と同じ階まで来て、一緒に歩いていた年配の女性と別れの挨拶《あいさつ》を交わす。更に下の階へ向かう女性に背を向けると、秋好は「や」と言いながら僕の前に立った。

「お疲れ楓、あれ、こっちにいるの珍しくない？」

「お疲れ、レポートの提出場所が上の教授室だったから」

「ああそうなんだ、次授業？」

「いいや、もう帰ろうかなって。秋好は？」

「私ももうなくて今から約束が、あ、そうだ楓これからご飯行かない？」

「何、いきなり」

珍しいことだと思った。誰かと楽しげにしている秋好を見るのも、秋好が誰かと約束をしているのを聞くのも。そして約束があるくせに食事に誘ってくるのは意味が分からなかった。

「実はさ、今からモアイに興味あるって人と会うの。さっき私が話してた人いたじゃん？　私が取ってる授業の先生なんだけど、前にちょっとモアイの話をしてたら、同じ授業取ってる子が興味持ってくれたらしくてね。それで今日会うんだけど、楓にも会ってもらった方がいいかなって。あ、でも、もし忙しかったり嫌だったら全然いいよ」

忙しくはなかったし、人と会うのは苦手ではあったけど嫌というほどではなかった。ただ気になったことはあった。

「それは、入社試験ってこと？　秘密結社の」

「そんな大それたもんじゃないよー。特別な人間を選抜してるとか、私らフリーメイソンじゃないんだから」

秋好はよく自分自身の言ったことに笑った。

大それたものじゃないけれど、面接みたいなものではあるんだろうなと思った。そして、次の秋好の言葉は僕の考えを更に肯定した。

「ああ、でももしその子が入りたいって言ってくれた時にさ、楓が気に入らない子だったりしたら嫌じゃん。私はあんまり嫌いな子とかいないからさ、人見知りのセンサー壊れてて」

「壊れてたんだ、最初から搭載されてないんだと思ってた」

「何それっ！」

秋好は笑いながら僕の肩を叩《たた》いて、「そういえば人見知りって能力なんだってよ」と付け加えた。

当たり前だけれど、この時はまだ待ち受ける未来のことなんて誰も知らなかった。消え去る者も、ねじ曲げる者も、戦おうとする者も、誰も先のことなんて知らなかった。

この頃はまだ、ただそこに理想を見るモアイがあった。

その日、僕は秋好に誘われるまま近くのファミレスに行き、メンバー候補の女の子と会った。初対面で少し話をした時の印象を率直に言うと、タイプが違った。モアイに入りたいなんて物好き、また秋好のように痛い奴が増えるのかと思っていたのだけれど、彼女は秋好とはまるで違うタイプの人間だった。

母親がイタリア人らしい、尋木《たずのき》ミアという名前の彼女は、一重で唇が薄く、冷たい空気をまとっていた。表情から温度を感じるような秋好とは違う人間なのだと佇《たたず》まいから分からせた。同じだったのは、彼女もまた自らの見据える先を信じていることだった。ただそこに至るまでの道程もまた、秋好とは違っていた。

「今は、宗教や経済について勉強してる。どういう仕組みで世界が動いているのか、どういう人が動かせるのかもっと知りたくて」

コーヒーを飲みながら静かに尋木は自分自身について話してくれた。言うなれば、彼女は理屈を求める人間だった。彼女にとっての理屈が、秋好にとっての理想のようなものだった。自分とは違う尋木の話を秋好は興味津々という様子で聞いていた。ほどなく彼女は、三人目のモアイメンバーとなった。

ダムが決壊していく様、というと実際には逆なんだけれど、門戸を開き二人ではなくなったモアイは、流動せずにはいられなくなったようだった。

三人は四人になり、四人は五人になり、ついに大学に団体としての申請ができるようになった。

秋好は嬉《うれ》しそうにしていたけれど、それと同時にこんな話をしていた。

「言い出しっぺだから、私が申請したけどさ。皆のものだし、楓のものだから。もしこれは違うなって思うことがあったらはっきり言ってね。ちゃんと、二人の納得のいく形でやりたい」

それが秋好の理想の形だったのだろう。

理想は崩れ、それを志すものもいなくなるなんて誰も思っていなかった。

これは、交流会に董介が出席する大体二年半ほど前の話だ。

※

そして以後が、交流会から大体一ヶ月後の話になる。

「あっ！　楓じゃん、お疲れーっ」

「あ、うん、お疲れ」

気温もだいぶ上がってもう夏の匂いが風に混じり始めている季節。僕が食堂でざるそばを食べていると、テンが大変に楽しそうな笑みを浮かべ女の子と一緒に通り過ぎていった。

「コミュ力がありすぎるのもコミュ障らしいですよ」

さっきたまたま会って、一緒に昼食を取っているポンちゃんが面白くもなさそうに妙な話を教えてくれた。

人見知りが能力だと言う奴もいれば、コミュニケーション能力が障害になりうると言う人もいる。おかしな話だけれど、価値観なんていつ反転するか分からない。だからあの時からモアイは変わってしまったんだろうし、ここから僕らが変えることだって不可能ではないわけだと、前向きに捉《とら》えておくことにする。

あれから一ヶ月、僕らはまだあの時立てた作戦のただなかにいた。

首尾はまずまずだ。あれから僕らはテンと接触し、共に食事をしたり飲みに行く関係を作りつつある。来る者は拒まず、去る者は追わずというテンの気質《きしつ》は、僕らにとって都合が良かった。知り合えば友達、と言う彼にとって僕らはとうに友達だろう。以前に董介が言っていたように、僕としては自分と違い過ぎて苦手な部類の人間ではあるんだけど、直接の害があるわけでもない。テンが、僕の知っているモアイの面々と共にいる時に接触しないようには、気をつけなければならなかったが。

「この暑い中ジャケットとか、あの人頭わいてません？」

半袖《はんそで》のシャツを着たポンちゃんがテンのことを言う。一ヶ月前のことですっかりモアイへの嫌悪が沸き上がったようだけれど、ポンちゃんの心情は僕らにとって別に問題じゃない。

ただ問題は、別のところにきちんとあった。

それは、ポンちゃんとは違い、テンがその場にいない人間の話をあまりしないということだった。それは裏を返せば僕らのことが奴らにばれづらいという利点でもあったのだけれど、彼は自身のスキャンダルに関わる女性のことなんかを自分からはまるで話さなかったのだ。それならばこちらから女性関係に話をふればいいのだけれど、あまりつっこむと不自然に思われてしまう。何か、良い手はないだろうか、僕らは今それを模索していた。

ちなみに、なんだけど、ポンちゃんが触れたテンのジャケットについて。一ヶ月前、僕が入ったカフェで後ろにいたモアイメンバーがテンの話をし始めたのを僕はラッキーだと思っていたのだけれど、違った。実は、僕があの時にしていた変装が、テンの私服と酷似していたのだ。あの恰好《かっこう》を見て、彼女達の中の一人がテンを思い出したのだろう。思わぬところで、董介のファインプレーが炸裂《さくれつ》していたわけだ。物事にはきちんと理由があるものらしい。

昼食後、ポンちゃんと別れ、僕は一つ授業を受けてからバイトに向かうことにした。

この一ヶ月の間に起きたモアイのこととは関係のない変化として、僕はバイトを始めた。始めた、とは言っても、以前のバイト先の店長に就活終了を知らせたきっかけで、復帰を頼まれただけ。モアイも大事だけれど、生活にはお金がいる。

大学から自転車を十分ほど走らせ、大きなドラッグストアの裏手に停めた。勝手知ったる裏口からロッカールームに入ると、復帰後同じ時間のシフトになることが多いヤンキー女子大生、と僕が心の中で勝手に呼んでいる川原《かわはら》さんがいた。「おざす」と来たので「おはよざあす」と返事をする。彼女は同じ大学の一年生なので、大学でははっきりと後輩にあたる。ただこのバイト先において、復帰後で考えれば僕が後輩で、けど復帰前から考えれば先輩で、この一ヶ月の間にどういう接し方をするか模索するうち、結局お互いゆるい敬語という関係性に落ち着いた。運よく、大学内ではまだ出会っていない。

ここのドラッグストアでのバイトは、楽だ。業務は品出しとレジ打ちと雑用で、住宅地にあるため面倒な客が来ることも少なく、来たとしても必ず一人いる社員に話を回せばいい。一度だけわりと無茶な理由で返品だと言ってきた客に対し、横で川原さんが「は？」と返した時には少し肝を冷やした。それくらいだ。その時から僕は彼女をヤンキー女子大生と心の中で呼んでいる。耳を隠すようにセットした髪の毛から銀色に光るピアスが覗《のぞ》くのも彼女の特徴だ。

きっとポンちゃんのように上手《うま》くは生きられていないんだろう。川原さんと特に会話も交わさずせっせと働いていると、だんだんと店の外が暗くなり、夜の時間を迎える。この時間になると客足は少なくなり、僕らは片方が掃除をしたりしてもう片方はレジにぼうっと突っ立っていたりする。

僕は店内BGMに耳を傾けながら無心でレジ周りのモップ掛けをしていた。すぐそこには暇そうに川原さんが突っ立っている。いつもと同じような店内。なんでもない日常。

レジの前を通り過ぎようとした時だった。川原さんから突然「田端さん」と声をかけられた。

「はいっ」

あまりないことだったので驚いて多少はねた声を返すと、川原さんは今から何を言うか考えでもするように斜め上を見て、それからこっちを見た。

「前に言ってたモアイっての、見に行ってみました」

「え、マジですか？」

「マジ」

唇を少しだけ動かして川原さんは頷《うなず》いた。ちらりとピアスが見える。

「説明会やってたんで、行ってきて」

「行動力、ありますね……」

「入りました」

「え、マジで？　あ、いや」

「暇やったんで」

本当にすることなかったから漫画を買いましたくらいのテンションでモアイ加入の告白をしてきた川原さん。僕は当然驚く。

が、本当のことを言うと、ここ数日、僕は彼女がモアイに入ることを期待していたはずだった。これも偶然ではない。だから驚いたのは、僕の小心さによる。

一ヶ月前から始まったモアイ討伐作戦の一環として、僕はスパイを送り込むという作戦を考えていた。董介のように部外者として入り込むわけではなく、ポンちゃんのように団体を嫌いながら参加しているタイプでもなくて、本当にモアイに興味を持って所属し、メンバーとして見聞きしたことを世間話で教えてくれるような自覚のないスパイ。しかしもちろんそんな都合のいい奴がいるわけない。現実的ではないなと諦《あきら》めかけていたのだけれど、少し前、川原さんから「面白い部活ないっすか？」と訊《き》かれた時に、万が一にでも可能性があればとモアイという意識高い系団体の存在を教えて、「面白いかもですよ」と薦めておいたのだ。

入ってくれたら情報を入手しやすくなるかもと考えての行動ではもちろんあったけれど、こんなにも早く行動に移され、あまつさえ加入の事実を告げられるとは思わず驚いた。かなり申し訳ない気分にもなる。

「ああいうの興味あったんですね」

「興味っていうわけやないですけど、運動系はあんましで、文化系も、趣味なら一人でやればいいし。そんで、モアイに入りました」

「そうなんだ」

「あれ？　実はやばいサークルとかでした？　宗教関係とか？」

サークルの在り方としては宗教と言ってしまってもよかったのかもしれないけれど、川原さんが訊いているのはそういうことではないと分かるので、「いや、そういうことは全然」と首を横に振った。

「んじゃ良かったす。なんか、モアイ一生懸命やったんすよ。他のサークルは勧誘でも、冷笑が見えるというか。私、自分に酔える人達好きなんで」

それはまた随分と、互いのニーズががっちりはまる団体を紹介してしまったものだと思った。でもまさかそんなこと言えず、かと言って自分に酔ってる集団というのは結局は川原さんの心配する宗教とやっぱり変わらないんじゃないかなんてことも言えず、僕は適当な言葉を用意した。

「あんまり知らないけど、噂じゃわりと忙しいらしいから単位には気を付けて、またどんな活動したかとか聞かせてください」

「興味あるんすか？」

「お土産話程度は」

「うす」

と言ったきり、僕と川原さんの会話は終わった。お客さんがレジの方向に歩いてきているのが見えたからだ。僕が背を向けて、掃除に戻ると、後ろで川原さんの声の高さも口角も一ミリたりとて上がっていない「いらっしゃいませ」が聞こえた。

二時間が経ち、川原さんと同じタイミングでバイトをあがると、彼女はせかせかと着替えてロッカールームを出て行った。これがよく分からないんだけれど、彼女はいつも少し早くロッカールームを出ていくくせに、僕が着替えて外に出ると、ヘルメットをかぶり原付のエンジンをかけて待っていてくれる。そうして僕を見ると、「お疲れさまです」と無愛想に言って颯爽《さっそう》と去っていく。いつもそうだ。

ヤンキーだから上下関係に厳しいんだろうか。なんて思いながら自転車の鍵《かぎ》を外し、ふとスマホを見ると、董介からメールが来ていた。

『テンに社会人の彼女が出来たらしい』

男友達の恋愛事情を告げるだけの意味のないメールに見えるそれは、僕達が待ち望んだものだった。

「そりゃ願ったりかなったりだな」

電車の席が空いていない賑《にぎ》やかな週末、扉に寄り掛かった董介に、あれから真面目にモアイに通っているらしい川原さんの話をすると、驚いたようにそう言った。走る電車の周りに高い建物がなくなると強い日が差してきて、董介のかけるオシャレ伊達《だて》メガネをきらりと光らせた。

「時間のかかる作戦だとは思うけどね。友達も出来たらしいよ」

昨日のバイトで「一緒に遊びに行きます」と言っていた川原さんの真顔を思い出す。どうやって友達を作ったんだろうかと、余計なお世話ながら気になったけど、もちろん訊かなかった。

流れる風景に目をやっていて、ふと気づくと董介が、僕の背後に向かって手を小さく振っていた。友達でもいたのかと思い慎重に振り向けば、小さな女の子がこちらに手を振っていて安心する。

家族連れやカップルを乗せた電車は乗客全員の都合を乗せてどんどんと進んでいく。彼らのうち多くはきっと、この電車の行きつく先にあるテーマパークに向かっている。

ところで僕らはというと、冴《さ》えない顔をしてとある公園近くの駅へと向かっていた。

理由は、ある会に誘われたからだ。

「バーベキュー会?」

「おう、テンから女の子達も来るから行かないかって誘われた。連絡用にパソコンのアドレスだけ教えて会費払えば誰でも参加していい、まあよくある感じのやつだよ」

「そんなわけ分かんない会をよくあるって言えるのはチャラい大学生だけだって」

「いやいやいやっ、なんか誰が主催かもよく分かんないやつあんじゃん。テン曰《いわ》く、モアイの奴らは誘わないから勧誘される心配とかしなくていいってよ。まあそれこそ他の関係で来てるかもしれないけど、危険度は低そうだし、俺行ってみようかと思うけど、楓はどうする?」

そんな会話をしたのが四日ほど前。結果、僕も董介だけに任せっきりは悪いからと参加することにした。テンの情報を開放的な集まりで聞きだすため。初めての董介と二人での潜入ということになる。

潜入、ということで、少しでも心配ごとをなくそうと言い出した董介は、今回もまた妙なはりきり方をしていた。

「やっぱ馴染《なじ》んでんじゃん、楓」

半笑いの董介に「いやいや」と否定の意を示す。

「知り合いに見られたら舌《した》噛むつもり」

「そんな楽しそうなかっこで死んだら捜査難航するだろな」

ふざけた笑う董介に、僕は今一度自分のしている服装を見る。薄緑のアロハシャツに真っ白なTシャツ、下は黄色の短パンに、真っ白いスリッポン。白い麦わら帽子に、ネックレス。確かに遠目から見れば僕だとは思われないだろうけど、リゾートにでも行きそうな恰好《かっこう》がひどく恥ずかしい。対する董介が、ポロシャツに伊達メガネという控えめな服装なのも嫌だ。

「董介は別に変装しなくていいんだから、その伊達メガネ意味あんの？」

「メガネなめんなよ、男の見た目を簡単に盛ってくれるアイテムだ」

「ホントに目が悪い人に怒られろ」

董介はまた楽しそうに笑う。いつもわりとテンションが高い男だけど、今日いつにも増して高いのはこの陽気のせいだろうか。それとも女の子が来るという情報ゆえだろうか。

ポンちゃんを呼べば良かった。そう思っていると、電車が徐々にスピードを緩めて停まった。董介が寄り掛かっていた扉から少し離れると、まもなくそこが開いた。僕らは弱冷房の車内からむっとする外へ、果敢にも飛び出す。

「あっちーな」

「今からこんな中、肉焼くんだよ肉」

アウトドアが特別に嫌いなわけではなかったけれど、まだ暑さに対する心の準備が十分でない六月、炭火の想像は僕をげんなりさせた。

改札を出ると、僕らの目的と関係あるのかないのか、ピクニック姿の若者達が公園の入り口と繋《つな》がる大きな交差点へと向かっていて、僕は念のため知り合いがいないか周りの人々の顔をつぶさに観察した。

「あ、テンだ」

隣にいた董介の言葉に僕は思わず緊張で体を硬くする。

董介が「おーい」と手を振る方向を見ると、確かにテンがコンビニの袋を片手にスマホをいじりながら横断歩道を渡っていた。僕に相談もなく声を上げた董介に気がついたテンは、笑顔になって手を振り返し、横断歩道の向こうで待っていてくれた。

「おはよっ、董介、あ、楓はいつもと感じ違うじゃーん。気合入れてきたんだ、いいじゃんそういうのっ」

「いや、ははっ」

笑ってごまかしたけれど、もちろん僕にそういう気はなく、対するテンこそ大きなハットにシャツを合わせ、指にはシルバーアクセサリーが光っていたりして気合十分なようだった。いや、彼にはこれが日常なのかもしれないけど。

数回特に意味のない会話のキャッチボールをしてから、テンは僕らをバーベキュー会場へと案内してくれた。実は人が少ない時に変な注目をされないよう、開始時間よりわざと少し遅れて到着したんだけれど、現時点でもまだ半分しかいないと聞かされ、さすがは大学生の集まりだと思った。後から来た人々にも知り合いがいないか注意を向けなくてはならないのは、だいぶ神経をすり減らされそうだ。

バーベキューをすることが許可された広場に行くと、何組かのグループがすでに陣地を拡げ始めている様子だった。テンからどういう関係の参加者が来ているのかなんてことを聞いていた僕らは、広場でひときわ大きなスペースを占拠している団体へと案内された。近づくにつれ、驚いた。人数にだ。高校の一クラス分以上はいそうな人数で、それでもまだ半分が来ていないなんて、本当に一体なんの会なんだろう。

全員に対する自己紹介なんてないのが救いだった。作戦どうこうもあるけど、この人数から注目されるのはなかなか辛《つら》い。僕らは会計係の男のところに連れて行かれ、会費を支払うと、テンの知り合いである数人に紹介された。

「天野《あまの》くんと同じ大学なんだー。ってことは頭いんだねー。まあ適当に飲んでってよ！」

なんてことを異口同音に言われ、なるほど、良い悪いということではないんだけれど皆ノリが軽くて、僕がこういった会を知らずに大学生活を過ごしてきたのにも納得した。

誰かに促されてクーラーボックスから僕らがビールを一本ずつ取ったところで、面倒見よく隣にいてくれたテンがスマホを耳に当てた。会話の内容で、僕らとは別に誘った人が迷っている様子なのが伝わってきた。

「ごめんちょっと友達迎えに行ってくる、誰かと遊んでてっ」

爽《さわ》やかな笑みを浮かべ、テンは早歩きでついさっき来た方向へと去って行く。忙しい人だ。とりのこされた僕らは、なんとなく目を合わせてビールのプルタブを開けて乾杯した。一口飲むと、太陽の下で罪悪感の味がした。

さてどうしたものか、一呼吸置き周囲を窺《うかが》うと、隣から「あっ！」という声がした。見れば、董介が向こうで肉を焼いている男と小さく手を振りあっている。「誰？」と訊《き》く前に、「来年から同期になる人」と董介が説明してくれた。つまり董介が入る会社の内定者だ。

「ちょっと挨拶《あいさつ》だけしてくるわー」という董介は、炭火の方へと行ってしまい、僕は一人立ち尽くした。手持ち無沙汰《ぶさた》を隠そうと、もう一口ビールを飲む。こういう時、僕は僕で誰かに話しかけるような性格であれば、そもそもこういう会の存在を知ってたはずだと思うのだ。

少しの間ぼうっと楽しそうに話し込む董介を見ていると、自分の横に人が立ったのに気づいた。そちらを向く前に、名前を呼ばれた。

「田端さん何してんすか？」

名前を呼ばれると同時に見て、思わず飛びのいた。反動でビールが少し、地面にこぼれる。

「か、川原さん？」

疑問調になったけど、そこにいたのは間違いなくバイト先のヤンキー女子大生川原さんだった。

この場にいた人間の顔は、来た時にざっと確認した。さっきまで、いなかったはず。

何してんすかって、こっちの台詞《せりふ》だ。

「こんちゃ。こんなん来るんすね」

「ま、え、まあ」

「あと」

川原さんが僕の頭から足元をそれとなく見る。

「私服、意外です」

舌を嚙《か》んでやろうかと思った。

「や、これはちょっと、友達に遊ばれてる感じで……」

「似合いますよ」

「それは、ありがとう、ございます」

お世辞だろうけれど、川原さんの口元はバイト中よりは緩んでいるようだった。彼女の私服は、いつもと一緒で黒を基調としてる。普段よりラフで、Tシャツにジーパンだ。

「川原さんこそ、なんでこんな、いや」

いくら意外だったとして、自分も来ているのだから、彼女に来る権利がないような言い方をするのは違うと思えた。

「川原さんも、こ、こんなの来るんですね。っていうか、言ってた遊びに行くっていうのは」

「これです。友達と来ました」

川原さんが目で指した方向では、元気そうな女の子が、誘ってくれた先輩なのだろうか、男にお辞儀をしていた。

「田端さんは、どういう関係で来たんですか？　チャラい感じの？」

どうやら僕の服装が友達から遊ばれたものだと信じていない感じの川原さんにきちんと説明してあげなくてはならなかった。

「いや、あの、モアイのテンって知ってます？　結構メインメンバーだと思うんだけど、あそこにいるメガネの奴が、董介って僕の友達で、あいつとテンが友達で、その関係で、来ました」

我ながらあまり上手《うま》くない説明を焦って早口でしてしまった。変なふうに思われないだろうかと心配していると、川原さんは「テンさん、話したことはないですけど、知ってます」と頷《うなず》いてくれた。

お互いプライベートでそんなに会話もしたことがない者同士、そして恐らくは口下手同士、会話が続くわけもなく少しの沈黙が生まれる。気まずいと思わせてしまっただろうか、その答えを空気で感じる前に、ありがたいことに董介が戻ってきてくれた。

近づいてきた董介は、僕に見つかると、目配《めくば》せで、川原さんが誰か訊いてきた。

「ああ董介、えっと、か……川原さん。うちの大学の一年生で、バイト先が一緒なんだ」

別に名前を嚙んだわけではなく、彼女は、と言おうとして少しかしこまり過ぎているかなと躊躇《ちゅうちょ》した。

川原さんに「友達です」と董介を指すと、彼女はぺこりとお辞儀をして「こんにちは、川原です」と淡泊に言った。こういう時、僕なら初対面は敬語になるところだけれど、ポンちゃんとの関係を見ても分かるように、董介は後輩になれている。

「お、はじめまして！　楓の友達です。バイト先かあ、どうせ楓がいっつも迷惑ばっかりかけてると思うけど、許してやってー」

「お前バイト先来たこともないだろ」

ついいつもの感じでツッコんでしまってから、川原さんにひかれてやしないだろうかと見ると彼女は少し口角をあげてくれていた。

「いえ、いつも田端さんにお世話になってます」

「あ、いえ、こちらこそ」

そんなにお世話した覚えなんてなかったので言葉を返すと、お世話というワードに何か間違った感じ取り方でもしたのか、董介が人をいじる十秒前の目で僕を見てきた。

話題を変える。

「川原さんが一緒に来た友達は、モアイ関係なんですよね？」

「はい、戻ってきたら紹介しますね」

川原さんがそう言うや、友達はこちらに歩いてきて、僕らと挨拶を交わした。底抜けに明るい子という感じで、そういう子と川原さんが仲良くなるというのは少し意外な気がしたけれど、そういうものかもとも思った。友達というのは、足りない部分を補いあう存在であることが多いのかも、と。

今度は川原さんが友達の先輩に挨拶に行くということだったので、僕は一応大学での先輩として「僕らに気を遣わないで遊んでください」と冗談っぽく伝える。すると「田端さんも」と言われた。そういうわけにはいかないけど、ありがたく受け取っておいた。

二人になると、董介が予想通りにやけて肘《ひじ》で小突いてきた。

「またバイト先の後輩っすか、田端先輩」

「ち、が、う。女の子に会うためにバーベキュー来てんのポンちゃんに言いつけるぞ」

「それこそ違うわ！　ま、いいや、にしてもいきなり知り合いに会うなんて気をつけなきゃな」

それは本当にそうだ。

これからはきちんと新しく来る人物にも注意しておかなくてはならない。

「この恰好《かっこう》で思いっきり気づかれたし、もう着替えたい」

「えー、でも変なふうには言われなかったろ？」

「チャラい感じだってよ」

お世辞の方の感想は、董介には伝えなかった。

しばらくすると、綺麗《きれい》めな女の子を連れたテンが帰ってきた。その子はこの会に知り合いの多い人物だったようで、数人が沸くような声をあげた。

「可愛い子だな」

董介の言葉に、やっぱりポンちゃんに言ってやろうかと少し思った。

もちろん僕らは美人な子を見て目の保養をする為に来たわけでも、炎天下で肉と酒と罪悪感を味わいに来たわけでもない。任務を、こなさなければならない。

基本的には、テン自身の口から女性関係の悪事を暴露してもらうことが目的だ。モアイを出会いの場として利用し、社会人女性を毒牙《どくが》にかけ、最終的には一方的に捨てている、というような武勇伝を喋《しゃべ》らせたい。そこから事実を洗い、モアイの悪事として広める。実は僕の胸ポケットにはボイスレコーダーが入っていて、今も全ての会話を拾ってくれているはずだ。本当はテンの発言をそのままネットにさらすことも考えたけれど、やった人間が誰かばれかねないということで断念した。

僕らは少数精鋭。地道な活動しかないのだ。

まずはテン達のグループの会話に交ざらなければならないのだけれど、僕はとかくそういうのが下手だった。近づいてなんとなく交じるという、それは相当に高度な技術だと思う。やれないことはないけど、どうしても不自然になる。

その点、董介はそれが上手かった。より自然に、目当ての相手と会話をすることができる。僕の足りない部分を補ってくれる。

テンは主催者に近い側の人間としてなんだろう、頻繁に誰かに名を呼ばれ、飲み物の場所を訊《き》かれたり、肉を焼かされたりしていた。その度に笑顔で悪態をついたりしながらもテキパキと要領よく役割を果たすさまは、さすが組織の中で幹部の位置に上り詰める人物ということなんだと思う。軽薄なだけでは、誰もついてこないはずだ。

　董介は、僕に作戦開始ともなんとも宣言せず、「せっかくだしなんか食おうぜ」と先陣を切って肉と炭の匂いのする方へ向かった。僕は後ろからついていく。

「なあテン、これもらっていいの？」

「好きなだけ使ってー！」

　董介は肉を配っていたテンに話しかけると、皿と割りばしを二セット取って僕に一つずつ渡し、それから更にテンに近づいた。

「俺らにも肉ちょうだい」

「ったく、皆して次から次に俺に肉注文すんなよっ！　ちょっと待ってろ！」

　一見迷惑そうに、その実楽しそうにするテンに、董介が「さっきから皆に頼まれてるからテンが肉焼くの上手いんだなと思って」と笑顔で言うと、周りにいたテンと同じ種類の男達が笑いながらテンに肉をせびった。その様子に、周りの女の子も笑う。僕はそれを、董介の傍らで見て薄ら笑いを浮かべていた。

　肉が焼けるのを待っているのだから、その場にとどまるのは不自然ではない。董介は、テンと同じ大学で今年になって知り合ったんだということを周りの奴らに話した。

僕らよりもテンと長い付き合いなのだろう彼らが、董介が知らないだろう情報をもってテンをいじる。それに合わせ董介は「俺はまだ知らないテンの姿だな」と、周りの奴らに関係の優位性という気持ちよさを与えつつ、テンを軽くいじり話を盛り上げた。僕は、笑って見ていた。

会話は自然と、どこで出会ったのかという話に移った。董介が気遣いとテクニックでだろう、「それは」と切ってテンを見ると、彼の方から「董介がモアイのイベント来てたんだよ」と切り出してくれて、こちらから無理やりに話を引き出した感はなくモアイの話に持っていくことができた。

それに対する周りの反応は、妙なこと、でもなかったと思う。

テンがモアイの名前を出すと、周りの皆が一様に笑った。そして彼らの中の一人が「天野、まだ世界平和を願う活動やってたんだ」と言った。皆の笑いは、モアイのそういったイメージに対するものだ。

「はいはいはいはい、いつも言ってるけど、俺べつにヒーローじゃねえから」

テンの見た目にその台詞《せりふ》は嫌みじゃなくはまっていて、それがまた周りの笑いを引き出した。

「そこで結構偉いんだよな？」

「んなことねーけど、まあお前らよりは社会に貢献してるかな」

テンのかっこつけた言葉に「なーにを」というふうに沸く。

そこに、さっきテンが連れてきた女の子が飲み物を持って入ってきた。

「リーダーに信頼されてんだよねー」

その言葉に、テンが噴き出した。

「いやいや、んなこと全くない。あいつ俺がちょっと手を抜いたらすぐキレるし、いっつも喧嘩《けんか》ばっかしてるよ。あー、ヒロってやつがリーダーなんだけど、すっげーうるさくて、お前は俺の母さんかってくらい色々言ってくんの」

これまで、あまり人について話さない印象の強かったテンが、饒舌《じょうぜつ》だった。

「女の子？　可愛いの？」

「ここにいる皆の方が全然可愛い」

テンの冗談も含まれるだろう賛辞に周りの女の子達は笑って、メガネの子が「そんなことばっか誰にでも言ってるからすぐ捨てられるんだよ」と、僕らにとってアシストとなる話の持っていき方をしてくれた。テンの恋愛の話は、こちらの望むところだ。

そう、望むところ、なん、だけれど。

正直、聞いていて、気分はよくなかった。

利益と、僕の感情は全く別のところに置かれていた。

ただ、自分でもおかしなことだとは思った。宗教のように、現リーダーを信仰するようなモアイが気に入らないと思っていたくせに、いざ幹部がリーダーを批判するさまを見ると、そんな上層部ですら陰口を叩《たた》きあう組織になってしまったのかと、また一つ、失望し、怒りがわいた。

感情に走ってはいけないことは分かっている。冷静に耳を傾けなくてはいけない。

そういえば、さっきの女の子の発言、捨てる、ではなく、捨てられると言った。周りにはそういうことにしているということだろうか。

さっき董介が可愛いと評した女の子が缶チューハイを傾けながら「んー」と思わせぶりに唸《うな》る。

「私、ぜーったい、そのリーダーの子、天野くんのこと好きなんだと思うなー」

「いや、だから喧嘩ばっかしてんだって」

「女の子ってそういうもんでしょ」

自分が女の子代表のように発言できるのは、やはりその容姿を自覚し、力だと感じているからだろうかと思った。

「同じ学校の仲間的にはどう？」

突然ふられたので、普段ならばわたついてしまっていただろうけれど、運よく気をはっていたので、董介よりも先に反応することができた。

「そのリーダーのこと全然知らないから、なあ？」

「そうそう、まあイベント行った時の感じ見たら確かに好き嫌いって感じじゃなかったな」

合わせてくれた董介の答えを聞くと、それが自らの望むものではなかったからなのか、そもそも僕らに興味なんてなかったからなのか、彼女はこちらに一応は向けていた目をすぐにテンへと戻して「天野くん惚《ほ》れっぽいからなー」とまるで今までの会話に繋《つな》がらないことを言った。

こんなことを気に入らない、だなんて思い始めたら、僕の人生なんて生きていられない。それに、彼女のその発言は僕らへの思わぬアシストとなった。

「そういや、彼女できたんだろ？」

男達の中の一人が言うと、周囲が一気に盛り上がった。その盛り上がりに群がるように今まで輪の中にいなかった奴らも入ってくる。大学生という生き物には、自分が盛り上がりの中にいないと不安でしょうがない人種がいて、今日もそういう人達が含まれているようだった。

テンは「いいよその話はっ」と、手元にあったチューハイを一口飲む。その顔に、あまり今までの笑みがなかったのが印象的だった。自らの不貞に罪悪感でもあるのだろうか。もしそういったことがばれたとしても、注意なんてせず笑って受け入れるような、『仲間』なんじゃないのだろうか。あるいはさすがに、女の子達の前ではそうもいかないのだろうか。

「マジか、おめでとう！　どんな子？」

「まさかまた社会人じゃないよな？」

「祝おう祝おう、おい、今度は大丈夫なんだよな？」

　こういう時、祝福というよりもいじりの色が強い言葉の数々を投げかけられるのはありがちなことだけれど、僕が気になったのは、彼らの言葉の中に心配するようなトーンが交じっていたことだった。

　テンは、唇をわざとらしく尖《とが》らせた顔で彼らの祝福をあらかた受け入れると、使っていたトングをかちかちと鳴らして皆から再び注目を奪ってみせ、一言だけ返事をした。

「付き合ってないって」

　僕と董介は、顔を見合わせた。

「おい、情報が錯綜《さくそう》してんじゃん！　どゆこと？」

　一人の金髪が、先ほどテンの恋愛事情をばらした彼とテンの間で視線を行き来させる。僕は、ずっとテンを見ていた。口元に缶をくっつけてあまり凝視しているのがばれないように。

「や、本当ダサいから言いたくないんだけど」

彼は、眉尻《まゆじり》を下げて、自嘲《じちょう》していることを一発で分からせる笑顔を見せた。

その表情は彼がこの社会を生き抜くための能力なんだろうと思った。

「俺、モアイで連絡先の名簿管理とかもしててさ、だから、あっちにも俺の連絡先教えるんだけど、イベントで喋《しゃべ》った人からご飯に誘われることとかたまにあんの」

「ナンパして？」

「してねー！　あっちから労をねぎらってって感じでだよ。アドレスも専用のだし。んでも、ほら、たまにやっぱどうしてもちょっといい感じの雰囲気になる時あるわけ、イベントの解散後とかメールしてて、んで、あっちから明らかにデートの誘いとか来て」

「のこのこ行っちゃったんだー」

にやつく女の子の台詞にテンが「いやいや」と首をふる。

「俺がチャラいとかじゃなくて、こいつらも誘われたら絶対行くって」

テンが僕ら男達を順番に指でなぞっていく。

「大人のエロいお姉さんから誘われたら行っちゃうなあ」

わざとらしく神妙な顔をした一人がテンに賛同してくれたのは良かった。更に、

「私も、エロい大人に誘われたら行っちゃうなあ」

さっきの女の子代表彼女が、恐らくは何か自らの望む印象を誰かに持ってもらうた

めに入ってきた。流れとしては全く必要のない一言だったけど、女の子達の盛り上がりが増し、結果としてテンの話が先に進む燃料にはなった。

僕は早く、テンの話の続きが聞きたかった。あっちから、誘ってきて？

「そーそ、だから誘われてデートすんのは別に悪いことじゃねーじゃん？　で、行ったらやっぱそういう雰囲気になって、何回か会ってさ、んで、もーこっからすげーダセーんだけど」

自覚している、というのを示すことでそのダサさを軽減することはテンだけじゃなく誰もが使う術だ。

「結局、何かって、俺だけ付き合ってると思ってたわけ。あっちからしたら、別にそんな気はなかったってこと。でもさー、はいちょっとアンケートっ！」

「さすが、意識高い団体っ」

ツッコミに笑いが起きる。さすがにねじ曲がったモアイでもこんなことでアンケートは取らないだろう。

「あのな、何回も二人で会って手繋いだりしてたけど、付き合ってなかったっていうのと、これは二人とも言わないだけで付き合ってるっていうのと、どっちが普通の感覚だと思う？」

どちらが普通かなんて、そんなもの各々の経験値によるもので、果たしてテンの望み通りの答えがここで得られるのか疑問ではあったのだけれど、挙手を求められたので、僕と董介は、交際は暗黙の了解であろうという方に手を挙げた。つまりテンに肩入れしたのだ。

結果は、僕らを入れてほぼ半々だった。

しかし、そんな結果よりも気になるのは、テンのパーソナリティのことだ。

「マジかよ、こいつら付き合ってもない子と平気で手を繋げる奴らしい、俺よりよっぽどチャラいでしょ」

テンは自分側に投票してくれた女の子達に投げかける。彼女達はどちらともつかない優しい笑顔を見せた。

彼の言葉を、僕はそのまま信じて解釈してみる。テンは、付き合っていない子と手を繋がない。その主張が正しければ、もちろんその先もない？

「まあ、天野はこう見えて純粋だからな。心は童貞だからっ」

「誰がだっ！」

童貞というワードは彼らの中でなかなかに盛り上がる話題だったらしい。ひとしきり無駄な盛り上がりをした後、一人がそろそろ頃合いだと思ったのか、テンの肩をついた。

「まあ良かったじゃん、そんな本気になる前に相手がどんな奴か分かって。次いこうぜ次」

「本当だねー。前の時はもっと落ち込んでたから良かった」

「なー、俺の年上好きどうにかなんねえかなー」

笑いを誘ったのだろうテンに、前の恋愛で何があったのかはこの場では訊《き》けないなと思っていた僕の思惑は、少なくともこの場面では良い方向に外れた。世界には、デリカシーというものがない人が、そこそこにいる。

「前なんかあったの？」

外見は、白を基調としたふわふわとした服装に、垂れ目の、今までニコニコと輪の中に交じっていただけの、いかにも連れてこられただけです感を演出していた女の子が、テンに訊いた。

一瞬の冷えた空気。テンは、場の雰囲気を読んで操るのが上手《うま》かった。

「いやいや、なんでもねー！　なんでもねー！　ただ気づいたら相手に俺よりもっと良い男がいただけ！」

事実をかき消すさまを表現しようと大げさに頭上で手を振るテンに、周りの男達も「やめてやめて！　泣けるから！」「自虐芸！」と盛り上がり、その場の冷えた空気は一瞬で霧散し、人工天然の彼女はハッとしたような顔を作っていた。

テンの恋愛についての話題はその地点を境に、徐々に収縮し、そして十分後にはすっかりと別の話題にすり替わっていた。僕らは、ひょっとするとそれからも何か重要な事実をテンと周りが漏らすかもしれないと彼らの近くにいたのだけれど、肉を食べ、勧められるままに酒を飲んで、少し自分達の内定先のことについて喋らされ、バーベキューは片づけの時間を迎えた。

僕と董介は、二人でゴミ捨てを買って出た。中途半端に残ったペットボトルの中身を捨てて、近くのスーパーの資源ゴミ回収ボックスまで運んでいく役目だ。

ゴミ袋を持って、歩く途中、周りに人がいないことを確認してから、董介が先に口を開いた。

「思ってたのと、違ったみたいだな」

僕は、頷《うなず》くべきかどうか一度考えた。

「まだ分からないけどね、テンが嘘ついてるだけかもしれないし」

「でも、嘘には見えなかったな」

また頷くべきかどうか一度考えて、結局何も言わずに僕らはゴミを捨てた。この時の息遣いが、僕らの失望として、ボイスレコーダーに残されていた。

三週間ほど後、思いもよらぬところから真実らしきものが舞い込んできた。川原さんだ。

「あの人やばいっすね、テンさん」

バイト中、川原さんがふって来た話題が、そんな言葉から始まったので、僕は期待してしまった。

「田端さん友達ですよね？」

「そこまでじゃないですけど、なんかありました？」

「や、チャラいイケメンってイメージやったんですけど、最近一緒に飲みに行って」

川原さん、現役入学じゃなかったっけ、なんて野暮なことは自分の一年生の時を思い出せば言えない。

「伊達男《だておとこ》っすねあれは」

なかなか聞かない言葉だ。

「それは、なんとも……どういうことですか？」

「なんかモアイに入ってたまに、テンさんは女遊びがひどいから気をつけろ的なこと言われてたんすよ。んで、酔ってるしいいかと思ってそのこと訊いてみたら」

凄《すご》いこと訊きますね、とは言わない。僕らにとって有益な情報かもしれないということもあった。

「あの人、社会人と付き合って、まあ悪く言えば捨てられてること多いみたいですけど、相手を悪者にしないようモアイの中では全部自分がふってることにしてるんですよね。あ、もちろんそんな言い方はしてなかったですけど、要約するとそういうことみたいです。いや、いいっすね」

声のトーンは変わらないが、言葉数で少しばかりテンションが上がってると分かる川原さん。かっこつけている男が好きだとは意外だと思ったけれど、そうではないらしかった。

「最高に自分に酔ってる感じで、すげーいい」

「……前も言ってましたけど、それ、いいんですか？」

川原さんはグッと頷いた。

「自分に酔ってる人が、他人を酔わせられるんすよ。モテるのも、一枚上手の大人に手出されるのも、分かんなって感じでした」

川原さんが、自分に酔ってる誰かから被害を受ける未来が見えたことはともかくとして、僕は彼女からの情報を嚙《か》み砕き、吞《の》み込んで、がっかりとした。

カフェにいた彼女らと僕らは、テンの思惑どおりに勘違いをしたということなのか。

バイトが終わって董介に電話すると、「なるほど」と彼は言った。董介も董介なりにテンをつついているが、どうにもテンの方から社会人をもてあそんでいるようなことはないようだった。加えて、テンによると、テンを勘違いさせたことのある女性が勤める企業の連中は今でもまだモアイと繋《つな》がりがあるらしい。完璧《かんぺき》にテンに非があるなら、そのようなことはあまりないように思われた。

僕らは話し合い、この線でモアイを攻めることを中断することにした。あまりいい結果が待っていそうではなかったからだ。

僕らの作戦は、失敗に終わった。

※

秋好に恋人なる存在が出来たと聞いた時にはそれなりに驚いた。

「ああ、まあそういうこともあるんじゃない?」

「反応うっす」

彼女は、自分から言うのは恥ずかしいんだけど、と前置きをしていた。つまりは少なからず意を決した報告が僕に響かず、若干不服なようだった。怒りか照れか、彼女の顔は上気していた。

僕も驚いてはいた。その相手が、モアイ関係で僕の知っている人間だったこともあるんだけど、それよりなにより。

「秋好みたいな奴も、そんなのに興味あったんだ」

「楓は私をなんだと思ってるんだ」

秋好寿乃だと、思っていた。

だからと言って大学生なのだから、そのようなことがあるのも当たり前で、それに秋好に恋人ができたからと言って僕らの間になんらかの変化があるのかと言えば、特になかった。彼女に恋人ができる前から、僕らが二人で会うような時間は減っていたからだ。

時期としては、モアイが学内でその存在を認められ、人も増えはじめて組織として急成長を遂げていた頃の話だ。

ボランティアや災害支援の活動を主催するなどの活動を始めていたモアイには、新メンバーだけではなく、後押しする大人達までもが加わった。後ろ盾ができると、学内で以前とは違う印象を持って秋好はその存在を知られるようになった。とある女性教員は秋好をゼミに迎え、組織運営へのアドバイスをし、学内で配られる小冊子の誌面において秋好を、新たな一つのリーダー像とまで称した。また、学内にかねて存在していた、学生達に主体的な進路選択をさせることを目的として活動する院生達の団体が、秋好を疎ましがるどころか、彼女を自分達の後継者でもあるかのように支援し、金銭面などで助けとなるOBOGの人脈をモアイに提供した。このことももちろんモアイの成長を加速させた。今思えば、現在のモアイが行っている交流会はそれらの団体が活動の一環として小規模で行っていたものが基となっているようだ。

そうしてモアイは、一挙に数十人のメンバーを抱える大所帯となった。驚いていた。物事というものがこんなにもタイミングよく、都合よく、転がるものだなんて。誰の都合にとってよかったのかは、未《いま》だに分からないけれど。

何度か、秋好に訊《き》かれたことがある。このまま進んでいってもいいと思うか、楓は嫌じゃないか。僕は、秋好の理想に沿ってモアイが動けばいいと思っていた。だから伝えるべき不平不満なんてなかった。

より規模の大きな活動ができるようになり、秋好はとても忙しそうにしていた。周りの支援があったとはいえ、まだ一年生だった。どれほどのプレッシャーを感じていたのだろうか。どれほどの責任を感じていたのだろうか。時に力及ばずの失敗や、活動自体が意味をなさなくなるような事態を経験し、苦悶《くもん》の表情を浮かべる秋好を見ていた。

それでも別れの時、彼女は理想を持ったままいられたのだろうか。少しでも心の中に残せていたなら、いいと、願う。

だからモアイ変動の時期に、彼女を内面から支える存在がいたことは、きっと良いことだったのだ。あの時もう少し喜んでやればよかったなんて、今さら思ったとして、もう遅い。

テンのスキャンダルを暴こうという作戦が失敗に終わり、僕らはさっそく行き詰まっていた。所詮《しょせん》は後ろ盾も協力者もいない大学生、できることなんて限られている。次の交流会もまだ先だ。

※

卒業までの限られた時間の中で、僕らはひとまずできることなら何でもやってやろうと、細かなことを色々と試していた。

まず僕らはSNSでいくつかのアカウントを作った。幾人かの架空の大学生や社会人を装い、適当な日常のつぶやきに交えて、モアイへの誹謗《ひぼう》中傷を発信するという我ながら地味かつ陰湿な嫌がらせを始めた。当然モアイを壊滅に追い込むような効果はなく、とはいえやらないより少しは良いだろうという感覚で、僕と董介は暇な時にスマホとにらめっこをした。

SNS関連で、モアイの反乱分子を探すことも始めた。モアイの中に、モアイを疎ましく思っている者がいれば、協力を仰げるかもしれないと思ったのだ。僕らとは違い、何の目的もなく思いのままモアイの悪口を言っている学生は、SNS上に意外と多く存在した。僕らは彼らの日常を観察し、モアイのメンバーかどうかを探った。

しかしよくよく考えてみれば当たり前なのだけれど、悪口を言っているメンバーがいたとして、ポンちゃんのようなモアイの端っこにいる人物では、モアイに致命傷を与えるような能力を持っていないだろう。致命傷を与えられるような人物、例えばテンはツイッターもフェイスブックもやっていたけれど、モアイが不利になるようなことを発信したりはもちろんしなかった。

これら以外に、スマホと足りない知識でできることと言えば、SNS上で見つけた、モアイによって被害を受けたという人々の言葉をコピーして広めてみたり、モアイメンバーのアカウントへ直接送りつけたりというようなことだった。ヒロやテンのアカウントに、交流会でできた人間関係のせいで希望とは違う業界に入ってしまった社会人の嘆きや、社会人に彼女を寝取られた男の子の叫び、など虚実入りまじっているであろう情報を送り続けた。僕らの行動に触発された元々モアイに不満を持っていたらしきアカウントも、いくつかは協力してくれた。

基本的にヒロやテンは沈黙を続けたが、なかには僕らに抗議のメッセージを送ってくるモアイメンバーもいた。しかしそもそもこちらは架空の人格なのだから痛くも痒《かゆ》くもなかった。

少しだけひやりとしたのは、川原さんからその話題を突然ふられた時だ。

「安全圏で笑ってる奴らってゴミっすよね」

ひょっとしたら川原さんは僕らがやっていることを知っているのかと勘繰ったけれど、そんなわけがなく、ただの雑談だった。バーベキューで会って以来、川原さんは前よりも話しかけてくることが多くなった。なぜだか気を許してくれたということなのかもしれない。

川原さんが話題に出したということは、モアイ内でも少しばかりの話題になっているということだろう。この火の手に燃料をくべられないか、僕と董介はチラシを作りばらまいてみることにした。

董介は文化祭に張り切るタイプの学生だった。チラシ作りを提案すると彼はワードを駆使し、まるで殺人予告のようにさまざまな形や大きさの文字が切り貼りされたチラシを一枚作って僕の家に持ってきた。

「完全に間違ったこと言うけど、暇か」

「言い出しっぺ誰だよ！」

董介は作戦が終わってからもまだテンとの友達付き合いを続けているようだった。

「こないだ二人で飯行ってさ。腹立つことに、良い奴なんだよな」

とっくに離脱してしまった僕と比べ、そして僕に協力してくれてることも含め、なんと律儀で良い奴なんだろうかと、改めて思う。チラシを寮に投函《とうかん》することに関しては、友人が多数住んでいるからと断られてしまったけれど、作ってくれただけでも感謝だ。

「ポンが楓に会いたがってたよ」

ネット上のファイル共有スペースに保存されていたデータを、うちにある最低限の機能しかついていないプリンターに送り、大量のチラシが吐き出されていくのを眺めている最中、ピルクルを飲んでいた董介がそんなことを言った。

「そういえば、大学でも最近会ってないかな」

会いたがってた、は明らかに董介の誇張だと分かったので、反応しないでおいた。

「また今度三人で飲みにでもいこーぜ」

「うん、バイトの日以外だったらいつでもいいから、ポンちゃんの予定に合わせるよ」

適当にした返事だったのだけれど、僕らの予定は意外にも早く合ってしまった。しまった、といって、別に嫌なわけではないんだけれど。

三日後、僕らはまた三人で飲むことになった。

今回は董介の家での開催だ。理由はお金の節約と、董介がたこ焼き器を買ったから。なんだそりゃという感じだけれど、就活後の持て余した時間を彼はモアイ討伐と自炊に充てているらしい。

終電のことを考え、早めの午後六時から開始。まだ空の明るい時間帯から、事前に二人で買い出しに行った食材を、董介はキッチンで、僕は居室に置かれた小さいテーブルで刻んでいると、チャイムが鳴った。

玄関まで董介が迎えに行き、小競り合いみたいなことをしてるのが聞こえてきて、やがて部屋にポンちゃんが入って来た。

「楓先輩、久しぶりです。元気でした？」

「うん、おかげさまで何事もなく」

「それは何よりです！」

ポンちゃんは相変わらず元気そうだった。夏っぽい服装から健康的な二の腕が覗《のぞ》いている。その手には、紙袋がぶら下げられていた。

「董介先輩、これケーキです。ありがたく受け取りやがれ」

「お、サンキュー。冷蔵庫入れといてもらっていいか？」

来客を迎え入れるやすぐにキッチンでタコを刻むのを再開した董介に頼まれ、ポンちゃんは勝手知ったるという様子で冷蔵庫を開けた。空いたスペースにケーキの箱を押し込む後ろ姿も、女子って感じだ。

「ポンちゃん、董介の家来たことあるの？」

ケーキの箱が入っていた紙袋を丁寧に畳むポンちゃんに、ネギをザクザクしながら訊《き》く。

「ゼミの飲み会がここでたまに開催されるんですよー。ほら、ちょっと広いじゃないですか？」

確かに董介の部屋は居室だけで十畳あるうえに、整理が行き届いていることもあって、大学生の部屋にしてはかなり広く感じる。

「何したらいいですかー？」

洗面所で手を洗ったポンちゃんに訊かれ、家主の方を見ると、董介はシャカシャカと小気味よくたこ焼きの生地をかき混ぜながら、「冷蔵庫にタッパー二つ入ってるから、テーブルに置いといて」と言った。指示通りにタッパーを持ってきたポンちゃんは、紅ショウガを刻んでいる僕の目の前に座った。開けると、一つにはたたききュウリ、もう一つにはカプレーゼが入っていた。

「おー！」

ポンちゃんは歓声をあげてキュウリを摘まみ、ぱくっと食べる。

「うまー。楓先輩いります？」

「あー、食べたいけど。後で貰《もら》うよ」

と言って、赤くなっている手を見せると、ポンちゃんは床に置いてある袋から覗いていた割りばしの束を取り出した。そこから一膳《ぜん》を引き抜いて割り、摘まんだキュウリを僕に向けた。

「どうぞー」

目の前に差し出されたキュウリを無視するわけにもいかず、ましてやこの状況を恥ずかしがっている方がより恥ずかしいことは分かったので、僕は馬鹿のふりをして後輩からのあーんを受け入れた。

キュウリは、ラー油と醤油《しょうゆ》と一味で味付けしているのだろう。歯ごたえもちょうどよく残っていて、とても美味《おい》しかった。

やがて董介がたこ焼き器をセッティングしてくれて、具材が床のお盆の上に置かれたところで、いよいよ今日のたこ焼きパーティーが始められるところまできた。

たこ焼きを焼く前に、乾杯をする。三人でちびちびとアルコールを舐《な》めながら鉄板があったまるのを待っていると、誰かのスマホが震えた。三人で同時にスマホを見るというなんとも現代っ子っぽいことをしてから、董介が「俺、俺」と名乗り出た。

「あ、ちょっとごめん、一瞬出てくるわ。あったまったら、生地流し込んで好きな具入れといて」

「はーい」

なんだろうと思う僕とは対照的というか、ポンちゃんは良い返事をしてスマホをすいすいといじっていた。董介は、僕が理由を訊く前にそそくさと外に出て行く。

内定先からの電話か何かかな。そんなことを考えた僕は真面目だ。

董介の指示通りにたこ焼きを作っていると、やがて玄関のドアが開く音がして、それから「ただいま」の声と、なぜか「お邪魔します」という声が聞こえた。

部屋と廊下を繫《つな》ぐ扉が開かれ、顔を上げると、そこに董介と、黒いワークシャツを着た川原さんがいて、口に含んでいた発泡酒を噴き出しそうになった。

「出っ、やっ！　え、か、川原さん？」

バーベキューの時の記憶が自分の中で蘇《よみがえ》り、危うく「出たっ！」と叫びそうだった声も、発泡酒と一緒にすんでのところでこらえた。

「お疲れ様ですっ」

いつものようにぺこりと首の関節だけで頭を下げる川原さん。

「わー、川原さん、初めましてー、董介先輩と楓先輩の一つ後輩でーす。ポンちゃんって呼んでくださーい」

「初めまして、川原です」

初対面らしい二人が挨拶《あいさつ》をした後、董介に促され、川原さんは洗面所に消えた。

居室に残った董介を、精一杯怪訝《けげん》な目を作って見てやった。

「おい、なんで」

「んー？」

董介は完全にニヤついている。その笑顔で、こいつが余計なことを企《たくら》んだことと、その理由は分かったけれど、どうやって、川原さんと繫がったかが不思議だった。バーベキューの時は、連絡先交換なんてしてなかったと思ったけど。

川原さんは戻ってくると、董介に座るよう言われ、空いていた僕の横にちょこんと座った。そのスペースにまで董介の意思があるんじゃないかと思えてくる。ポンちゃんも川原さんが来るのは知っていたようだし。

何事もないかのように、川原さんは酒と自己紹介を勧められ学部や出身地を自己申告した。彼女が関西出身なのだとそこで初めてはっきり聞いた。

川原さんが関西からこっちに出てきた理由は志望学部と試験科目の関係が大きかったらしい。申し訳ないけどそんなことより僕が気にしていた、今ここにいる理由は、再びの乾杯の後に董介が説明してくれた。

「この前さ、楓を冷やかそうと思って夜にあのドラッグストア行ったの。サプライズかまそうと思ったから黙ってな。そしたらお前いねえじゃん。でも川原さんいて、今度たこパやるけど来る？　って訊いたら、来てくれるっていうから、呼びました」

「呼ばれました」

「ノリが良い後輩が楓のバイト先にいて先輩はとても嬉《うれ》しい」

何度も自分の言ったことに頷《うなず》きながら、董介は発泡酒を飲んでいた。ポンちゃんが「可愛い女の子にはとりあえず声かけるのが先輩のやり方っ」と茶々を入れる。僕はこれで二度目になるが、川原さんがそんなにノリが良いということに驚く。そして、なるほど彼女はそもそもそういう人なのかもしれないと考えを改めた。

そんな割り切り方で、川原さんが来たことをすんなり受け入れていいのかという問題もあると思うけれど、受け入れようと受け入れまいと来ているのだから、仕方がなかった。帰れなんて言えないから、後は上手《うま》くやり過ごすしかないと、腹を決める。

それが僕の基本的な生き方だ。

董介と僕の関係や、董介とポンちゃんの関係を特に面白くもなく川原さんに説明していると、たこ焼きの生地がふつふつと気泡を作り、やがて固まり始めた。それぞれ四隅から竹串《たけぐし》でひっくり返してみる。

結果は、川原さんと董介が上手くて、ポンちゃんと僕がそれなりだった。笑えるほどに下手でもなく、程よく下手なのがエンターテインメント性に欠ける。

たこ焼きソースとマヨネーズを四人で回し、食べてみると、見様見真似にしてはそれなりにいけた。

第一陣は意外とすぐになくなった。次のたこ焼きができるまで、董介が作ったおつまみと川原さんが持ってきてくれた、スナック菓子を摘まんで待つ。

しばらく他愛ない会話をしていると、ポンちゃんが川原さんの大学生活に興味を持った。

「バイトはドラッグストアだけ？」

「そっすね、今のとこ」

当然、話はあちらの方向にも、とんだ。

「部活とかやってるの？」

ポンちゃんからの問いに、川原さんはなんのてらいもなく淡々と答える。

「モアイっていうサークルに入ってます」

「マジで⁉ 私もだよー！」

川原さんは切れ長の目を見開いて「おお」と声をあげた。

「ま、幽霊部員だから今まで会ったことなかったんだけど」

「ああ、そうなんすね」

事実を事実として受け止めた様子の川原さんは、特に話題を広げようともしなかった。それを見越してか、ポンちゃんが「よく行ってる？」と会話を追いかける。前に、ポンちゃんと川原さんを比べて考えたことを思い出した。ポンちゃんは器用な子で、川原さんはきっとそこまで器用じゃない。だからといって、二人の間で交わされるモアイの話にひやひやとすることはなかった。器用なポンちゃんが、モアイに能動的に参加している川原さんの前で、組織を貶《けな》すようなことを言うとは思わなかったからだ。

「割とよく行ってます、ちっちゃい集会とかも。人の話聞くの好きなんで」

「へーどんな話するの？」

ポンちゃんがモアイの話を広げようとしてくれるのに感謝する。川原さんは「んー」と宙を仰いだ。

「最近は、戦争ビジネスの話とかですかね。こないだは建築系のOB来てて、復興と建築業の話とかしてくれてました」

「楽しい？」

「楽しいです。本気の人が多い時は特に」

川原さんは本気の人、ポンちゃんは本気じゃない人。単純な疑問が浮かんだ。

「本気じゃない人も、小さい集会に来たりするんですね？」

「小さいって言っても十人くらいはいるんで、終わった後に皆でご飯食べに行くのを楽しみに来てる人とかもいますよ。悪いとは思いませんけど」

川原さんは思ったよりずっと柔軟な考えの持ち主のようだ。それならなんでクレーマーにも上手く対処してくれないんだろうとは、もちろん言えなかったけど、その理由を本人が説明してくれた。

「まあごくたまに、女子の品定めに来てるの丸出しの奴いて殺そうかと思います」

「おー、どうやって？」

「まあその時持ってるのなんてペンくらいなんで、こう眼球にぐっと」

そう言って、川原さんはたこ焼きを回す串《くし》を空中に突き刺した。なるほど、敵と見定めた人間に対し柔軟な考えなんて持つ必要なしということか。それにしても、さすがはヤンキー女子大生。なんて極端で、物騒な。

「でもそういう集まりってカップルできやすいんじゃない？　考え方がぴったり合う相手いたら、最初から恋愛感情なくても二人きりの時間とか作っちゃいそうだし」

「そうなんですよっ」

とても嫌そうに、しかしそのことを非難するわけにもいかないというような、煮え切らない複雑な表情を川原さんは浮かべた。

「じゃあ川原さんはそんな感じになることはないんだねー」

ポンちゃんはなぜか川原さんにぐいぐいと踏み込む。

「そうっすね、考えてることは全部、ミーティングで言うようにしてるので」

「あ、そうじゃなくてモアイの男の子といい感じにってこと」

川原さんは薄く笑って「ないっすないっす」と首を横にふった。

「あ、じゃあ、本命の彼がいるんだ？」

「や、いないっすけど」

一瞬、本当に一瞬、きっと僕にだけ分かるように意識してくれたのだろう。ポンちゃんがちらと、僕を見た。なるほど、はいはい、こいつらそういうことか。二人で結託し大きなお節介を焼いてきているということか。

僕はもちろん、表面上は何も顔に出さず、心の一層目でも呆《あき》れて笑ってすませるんだけど、心の二層目ではあまり気分のいい色を浮かべてはいなかった。

川原さんに迷惑じゃないかと、気にする僕がいた。

だから、意地悪な気持ちで牽制球《けんせいきゅう》を放った。

「ポンちゃんは、高校の時から付き合ってる彼氏いるんだよね？」

「だっ！　ちょー、董介先輩余計なこと教えてー」

固まりかけてきたたこ焼きをつつく串を、ポンちゃんが董介に向けた。董介は明るい笑顔で「あぶねーよ！」とツッコんで、それから「事実だからいいだろ」と続けた。

「高校からって、えっと、ポンちゃん先輩、長いっすね」

「ポンちゃん先輩って呼び方可愛いなっ！」

楽しそうなポンちゃんに対して川原さんは笑顔で「似合いますよ」と答えた。彼女は人見知りなのじゃなく、人に対しての平熱が他の人より低いだけなのかもしれないと思った。

「まあまあ、もうよく分かんないけどね。遠距離だから一ヶ月くらい会ってないし」

少々ダウナーな吐息を笑顔に混ぜるポンちゃん。お互いの環境が変われば色々とあるのだろうかと、さっそく僕は振った話題を後悔した。

「あ、そろそろ回しましょう」

川原さんが僕の失敗をリカバーしてくれようとしたのか、それともただ単にたこ焼きが焼けてきたのかは分からない。僕らはさっきまでの会話を忘れたようにきゃっきゃとたこ焼きを丸めた。今回はさっきよりも上手くできた。川原さんの示したタイミングが絶妙だったのかもしれない。モアイの話が流れたことは、残念ではあったけれど、深追いすれば怪しまれてしまう。

もちろん自分の使命も頭の中に置きつつ、僕らは普通の大学生でもあった。なのでそこから普通の大学生のように酒を飲んだことも決して間違いではない。僕らはたこ焼きを堪能《たんのう》し、中身のない会話を繰り広げた。モアイに関する重要証言のようなものは、特に出なかったので、酔っても問題はなかった。

一時間が経ち、二時間が経った。

今日はどうやらこのまま何の収穫も問題もなく、愉快な飲み会を過ごすのだと、そう思った。平穏と少しの緊張を楽しんでしまっていた。恐らく皆もそうだったのだろう。ねじが緩んでいた。

ポンちゃんが持って来てくれたケーキも食べ終えた飲み会の終盤。僕らはかなり飲んでいた。僕は視界がふわふわとし、ポンちゃんも肌が赤く、董介はよく笑い、川原さんは頭部が揺れていた。

川原さん、帰宅大丈夫だろうか。そんなことを思って「大丈夫ですか？」と訊《き》くと、

「はい、うす」という二重の返事があったので大丈夫じゃなかった。

そろそろお開きに、というところで、ポンちゃんがふいにずいっと僕の方に身を乗り出した。

「そういえば、なんで楓先輩、川原さんに敬語なんですかー？」

酔った口調のポンちゃんに、何を今さらそんなデリケートなところを、と思ったけど顔には出さなかった、と思う。

小首を傾げるポンちゃんと目が合った僕は、小さな頃、周りの子達が母親をお母さんと呼び始めたことを知った時のような気持ちになっていた。

「あの、バイト先で、どっちが先輩か微妙な感じで」

事実をかいつまんで説明する。

ちらり、川原さんを見るとなぜかじっとこちらを見ていた。

「へー、でも大学じゃ完全に先輩なんだからバイト先以外ではタメ口でいいんじゃないですか？」

ポンちゃんからの思わぬ追撃に、僕はついまた川原さんの方を見てしまいそうになって、やめた。彼女の顔を今見ることが妙な意味合いをポンちゃんの心に持たせてしまうかもしれないと思ったからだ。

でも、ポンちゃんに僕の意味深な動作なんてものは必要なかった。なぜなら彼女はすでにその時、酒の入った頭の中で、向かうべき先を決めていたからだ。

「先輩からの敬語ってなんか距離感じちゃいますよー」

「距離……」

僕の口から漏れたその音を、ポンちゃんはどう受け取ったろう。

距離なんて誰との間にもあるのだから、感じて当たり前だ、と僕は思っていた。僕と川原さん、ポンちゃん、董介との間にも当然距離はある。

けれど粒立てて口に出し、その距離を不躾《ぶしつけ》に見えるものにする必要はない。

「ねえ、川原さん」

川原さんが名前を呼ばれてようやく僕に彼女の方を見る理由が生まれた。川原さんは、眉間《みけん》にしわを寄せていた。

あまりに愉快そうではないその表情に、ひやりとした。

「………私は」

身構えた。お世辞にも彼女が何かポンちゃんの望むようなことを読み取り、言えるとは思えなかったからだ。きっと表情をそのまま言葉にしてしまう。貶《けな》しているわけではなく、川原さんのことをそういう人間だと認識していた。

「私は……」

しかし僕の身の強張《こわば》りは、なんの役に立つこともなかった。

「…………帰ります。すいません」

突然そんなことを言うや、川原さんは立ち上がり、一度よろけてから体勢を立て直すと、僕ら三人に頭を下げ、反応も待たず勝手に玄関の方へ向かおうとした。僕らが呆然《ぼうぜん》と見ていると、途中で振り返り「すいません、お金は……」と言って、董介を見た。

「いやお金は今度でもいいけど、それより、大丈夫？　酔いさめるまで待った方がいいよ」

「いえ、大丈夫、す。じゃ、お金、また今度田端さんに払います。失礼します」

ふらふらと、壁に腕をぶつけたりしながら玄関に向かう川原さん。董介とポンちゃんの顔を見ると、ポンちゃんが僕らよりも一層呆然とした様子でいて、董介は僕に向かって指と顔の動きで川原さんを追うように言った。それには僕も概ね同意だった。

僕は立ち上がり、川原さんの背中を追う。すぐに玄関で靴を履こうとする彼女に追いつき「川原さん」と声をかけた。

「か、帰り、大丈夫す。歩いて帰るんで」

「あ、大丈夫ですか？」

「いや、それは大丈夫じゃなさそうですけど……。ちょっと待った方が」

川原さんは、そこで僕の方へと振り返り、目を合わせた。

その目を見た時の感覚に、シンパシーとか共感とか、そういう名前を付けてしまえばそりゃあ楽に自分達に酔えるんだろうけど、そうじゃなくて僕はただ単に自分ならどうかということを考えて、言葉を選んだ。

「じゃあ、大丈夫そうなところまで、送っていくのは、いい、ですか？」

「………悪いす」

「もしなんかあったらって、気になるんで」

川原さんは観念したように頷《うなず》いて、僕の背後に向かって「お邪魔しました、すみません」と言ってから、ドアノブに手をかけた。力が入らないのか、ただドアを開けて出るということに少し時間を要していたので、僕はその間に部屋に一度戻り、残る二人に送っていくことを伝えた。二人とも文句は言わなかった。ポンちゃんは「怒らせちゃいましたかね……」と心配していたので、きっと違うと伝えた。

川原さんの後に続いて靴を履き、二人で外に出ると、ぬるい空気が右から左に流れていった。階段で足を踏み外さないよう気をつけながら一階まで下り、自動ドアを抜けて外に出た。

「自転車取ってきていいですか？」

「うす」

帰りは自転車でここまで帰ってこようと、僕は一年生の頃からの愛車を駐輪場から取ってきた。川原さんを後ろに乗せることも考えたけど、僕も結構飲んでいる。二人でこけたりしたら笑えない。

川原さんの家はここから徒歩で二十分、来る時も歩いてきたということだった。僕は自転車を押しながら、川原さんの隣を歩くことにした。

「すいませんでした……」

公道を歩き三分ほどして、静かだった川原さんが言った。

「いえ、一年生の頃、僕も飲み過ぎたこと何回もあったんで」

「いやあの」

気まずそうに、口ごもる。

「それも、なんすけど、逃げてきちゃって」

逃げる。その言葉の意味を、多分分かっていたのだけれど、とぼけた。

「逃げたってわけじゃないと思いますけど」

「いや、その、ひかれるかもしれないんすけど」

川原さんは僕の方を見なかった。

「気に入らないけど、でも、相手の意見を否定するほどでもないし、相手が間違ったこと言ってないのも分かるし、でもきちんとそれを説明できるほど頭がちゃんとしてなかったんで、ひとまず、逃げて、しまって」

懺悔《ざんげ》、という言葉がぴったりな顔で川原さんは項垂《うなだ》れた。

「ひかない、ですし、そんなに気に病まなくてもいいと思います、けど」

僕はどうせきっとそんなことだろうなと思って、ついてきていた。

別に川原さんを馬鹿にしたニュアンスで言っているのではない。ただ、玄関であの時そう思っていたのだ。

彼女の目を見て、上手《うま》く生きていけない人間が緊急回避する時に発する、罪悪感と逃避願望の色のようなものを感じ取った。きっと、どこかで同類なんだと思った。

「今度、お二人にちゃんと謝りにいきます」

「はい。董介に言えばいつでも会う機会つくってくれると思いますよ」

「ありがとうございます」

へろっとした足取りでも、川原さんは前を見据え続けていた。本当に一応は大丈夫なようで安心する。

川原さんの家の方向にゆっくりと歩いていると、眩《まぶ》しい光を放つRPGのセーブポイントのようなファミリーマートを見つけ、立ち寄った。水を買ってあげると、川原さんはぐびっと一口「飲み過ぎたー」と自戒だろう言葉を地面に吐き捨てた。

たった百円の水と引き換えに何度かのお礼の言葉を貰《もら》いながら再び帰路につく。川原さんの足取りはまだ怪しかったので、ついてきたのは間違いではなかったと思った。

たとえ、どこかで変な勘違いをされていようとも。

あいつらにははっきり言って聞かせておかなければならない、そんなふうに考えて文面をぼんやり頭の中に描いていると、隣で川原さんが「あの」と、話を始める助走を言葉にした。

「はいっ」

なぜか言葉がはねてしまった。

「あの、ポンちゃん先輩が言ったことを気に入らないとか言ってすみませんでした」

「ああ、いえ、全然」

「嘘じゃないんすけど、なんで何が気に入らなかったのか説明だけしていいすか？」

「あ、はい、お願いします」

微妙な関係性に踏み込まれたことを気に入らないと思ったのなら全く同じ気持ちだったけれど、それを蒸し返すということはどうやら違ったようだ。川原さんの気持ちが、少し気になった。

「あの、つまり、簡単に言うと、人と人の距離なんて一対一で決めるもんやと思うんすよ」

「……えっと、グループがどうとかじゃなくてってことですか？」

「それもそうなんすけど、あと、定型文にあてはめられても意味ないっつうか」

川原さんは自らの考えに最も当てはまる言葉を探しているようで額に手の平をあて て、そろそろと喋《しゃべ》った。

「こういうの、言うの恥ずいっすけど、酔ってるから許してください。あの、田端さんの方が完全に先輩やっつうのは、ポンちゃん先輩の言う通りで、やから私タメロでも当然いいんすよ、でも敬語でももちろんよくて」

息を一度、川原さんは吸う。相変わらずこちらは見ない。

「つまりその、それが田端さんが私に対して摑《つか》んでる、距離感なんやと思って、それって世の中で思われてるよりもずっと尊重されるべきことやと思うんですよ」

距離感の、重要性。

「距離感は、仲の良さとかそういうのともまた違う人の価値観、主義？　そういうものやと思って。すいません、語彙《ごい》力がなくて上手く言えないんすけど」

「いや、なんとなく、分かります」

自分と他人の距離感をずっと意識して生きてきた僕には、それを自らのテーマだとしている僕には、よく理解できることだった。

でも、次に川原さんが言ったことは、僕にはあまり理解できなかった。

「私は田端さんが人との距離を自分で決めてる感じ、凄《すご》い良いと思っています」

「…………え？」

疑問符をうつのが数秒遅れたのは、言葉を脳内で反芻《はんすう》したからだった。

「あ、酔ってますけど、私、別にお世辞言える人間やないんで、本当に思ってますよ。自分に酔ってる人間が好きっていうのと同じくらい、きちんと自分で価値観を決めてる人間も好きです。距離感とかもそうです」

人を褒め慣れていないのだと思う。川原さんは、水をもう一口飲んで前を向いたまま照れ笑いのようにふふんと鼻をならした。

また、驚いていた。川原さんの言葉に。

人との距離を詰めすぎないということを肯定されるのは、あまりに久しぶりだった。ひいては面と向かって、いや、向かってはいないのだけれど、誰かから価値観を肯定されることになんて、まるで慣れていなかった。

「それは、なんか、ありがとうございます」

そんな言葉以外に何を用意すればいいのか分からず、川原さんも同じくなんと続けていいか分からない様子で「うすっ」と言った。

まさかそんなふうに肯定的に捉《とら》えてくれていたとは知らなかった。僕は彼女のことをヤンキー女子大生とだけ思っていたのになと思った。過去形なのは、ここ何度かプライベートの彼女と会うなかで印象が追加されていったからだ。変わってはいないけれど、多角的に見るようになった。

川原さんは、不愛想だけどノリが良くて、関西人で、どこか、僕に似ている。上手く生きていけないのだろうというところもそうだ。

そして特別に会話を長引かせる努力をする人ではなかった。

それからは僕ら二人特別な会話をすることもなく夏の夜道を歩いた。途中に猫がいて、「あ、猫」と川原さんが言ったのが、一番意味のある発言だった。川原さんが猫好きなのだと分かった。

やがていかにもな学生マンションの前に着き、僕はお礼を言われ「いえいえ」と答えて、お互いに「おやすみなさい」と軽くお辞儀をした。

「あ、そうや、あのさっき言ってた距離感のことなんすけど、別に田端さんに敬語使えって言ってるんじゃないすからね。タメ口でも全然ＯＫっす」

「ああ」

ここですぐさま、「じゃあお疲れ」なんて言えるなら僕は、もっと友達が多くて面倒の多い大学生活を送っていたんだろうなと思う。

「じゃあ、川原さんの隙を狙っておきますね」

僕の精一杯の冗談に川原さんは笑ってくれた。

「はい、待ってます」

川原さんはもう一度礼と謝罪を僕に告げると、またぺこりと頭を下げてマンションの中に入っていった。僕はなんとなく、その場に立ちどまって、上の方の階の扉が閉まる音を聞いてから自転車に乗った。

そこで乗るのは自転車じゃねえだろ、なんて下品なことを言ってきた董介をどう成敗してやろうかなんて思った日もあったけれど、彼がツテを利用して割のいい単発バイトを紹介してくれたので水に流した。

董介は就活に入る前、大手予備校のチューターとしてそのコミュニケーション能力をいかんなく発揮していた。僕は予備校に足しげく通ったタイプではないからチューターという制度にあまりなじみもないのだけれど、高校生達の相談に乗るという作業がある時点で僕には絶対にできないバイトだ。

そこでのツテを利用し、董介は模試の試験官というバイトの枠を手に入れ、分け与えてくれたのである。給料もいいし、下ネタくらい大目に見る。

就活以来のスーツに着替え、朝早く件《くだん》の予備校前に集合。董介と軽く挨拶《あいさつ》を交わし受付で指示された部屋に行くと長机が並んでいて、すでに何人かのスーツが座っていたので僕らも後ろの方に腰かけた。静かな空間で待っていると、やがて前方に若い男性が現れ仕事内容の説明を始めた。詳細は省くが、テスト用紙を配って受験者を見張って解答用紙を回収する簡単な仕事だ。

資料を確認すると、僕らはそれぞれの教室へと振り分けられる。僕が担当するのは百人ほどが収容可能な縦長の教室。机は長机のタイプではなく一つ一つ独立している。受験者達が来るまでの手持ち無沙汰《ぶさた》な時間を、机を綺麗《きれい》に揃えることに使った。机と床のこすれる音がやけに響いた。

やがて時間が来ると受験者が続々と教室に到着し、僕は彼らに向かって前方の黒板に大きく書かれた注意事項を定期的に読み上げる。受験票の番号を確認しうんぬんかんぬん。試験開始十分前にはうんぬんかんぬん。基本的に受験者は黒板を読むので、僕の言葉を真剣に聴いている人なんていないだろう。気楽だ。

時間が来れば問題用紙を配付し、スタートを宣言。あとは試験終了時間まで前方のパイプ椅子に寝ずに座りつつ、たまに見回るふりをしてゆらゆら歩けばいい。

教室内を一周した後、椅子に座って一息つき、受験者達の並んだ頭頂部を見る。髪の毛の色や長さ、体形や服装、その程度の違いはあれど基本的に皆がほぼ同じ動きをしていて、そういう生物の巣みたいだと思った。

就活をしていた僕らも社会人からこう見えていたとしたら、人事というのはさぞかし大変な仕事なのだろう。所詮《しょせん》見かけも土台もさして変わらない人間達の中から優秀な人材を探し出さなければならない。そりゃあ学歴で判断でもしていなければやっていられない。履歴書に性格診断に面接にグループディスカッション。そこまでして優秀な人材を探し出そうとしているのに、結局僕みたいなのに騙《だま》されるわけだから、可哀想にすら思える。

モアイのホームページにはメンバーのご立派な就職先がこれ見よがしに記載されていた。しかしきっとモアイが優秀な人材をつくり上げてるわけでも、個性の突出している人間が集まっているわけでもないのだと思う。僕が最近嫌がらせのついでに見ているモアイ関係のＳＮＳアカウントは、リーダーから端っこのメンバーに至るまで誰も彼も量産型の大学生そのもので、皆がそんな自分を隠そうと必死になっているばかりで、なんの興味もわかなかった。

今のモアイが教えるのは凡庸な人間達が就活で生き残るための、自分じゃない、のやり方に過ぎない。媚《こ》び方と自らに膨らし粉を混ぜる方法だ。理想の自分を目指すのとは真逆の方向だ。

それそのものを全否定するわけじゃない。僕だってそうした。社会で生きるのだからその姿勢は大いに必要なものだ。でも、それは本来のモアイじゃないというだけの話だ。

百人単位の講義室においてたった一人だったあいつが、理想を目指して作った組織じゃないんだ。

自分の中にあるテーマや理想をそのままに、生きることができる自分を目指したのが僕らが作ろうとしたモアイだったはずだ。変わらずにいてほしかった。

もちろん、作ったくせに放棄してしまった僕にも責任があるのは分かっている。だから、戻す責任が、僕にはあるのだと思う。あの頃に。たとえ、今を壊してでも。

とはいえ、どうやって壊せばいいのか、その方法を早く見つけ出さなければならない。いつまでも嫌がらせだけしているわけにもいかない。リミットは卒業まで。きっと時はすぐに過ぎ去ってしまう。一人になってからの時間は長かったけれど、期限を決めてしまえばきっとすぐ過ぎ去る。

もしかすると、もう少し考え方を広くした方がいいのかもしれない。僕はこれまでモアイの活動停止を望んでいたけれど、そこまで辿《たど》り着く必要はないのかも。例えば信用を失わせ弱体化させる程度でも十分なのかもしれない。もしくは、幹部達の信用を失墜させる程度でも。ようは今のモアイを、モアイじゃなくすればいいわけだ。そして新たに本当のモアイの価値観を持った団体を作れれば万々歳だ。本当のモアイには、実績も名声もいらない。ただ、理想に純粋であればいい。あの頃みたいに。

モアイ弱体化のハードルを下げ、考えを巡らせていると、やがて一時間目の試験終了のチャイムが鳴った。僕は解答用紙を回収し、次の開始時間を告げる。教室の空気が一気に弛緩《しかん》し、すぐさま廊下に飛び出し談笑するグループもいた。かつてこういう模試を受けていた自分を思い出したくもなく思い出す。あの頃、大学の合否のようなたった一つのことで人生が大きく変わってしまうと信じていた。でも、そんなことは結局なかった。僕が受験者の子達よりも知っていることと言えば、その程度のことだ。数年で何が変わるというのか。よくもまあ、自らの体験をまるで貴重なものであるかのようにぺらぺらと喋《しゃべ》る自意識過剰な社会人が、あんな交流会なんてものが開けるほどにいたものだと思う。学生たちの前で、役に立っている気でいるのだろうか。

十五分後、二時間目が始まっても、僕のやることは変わらなかった。受験者達が集中できるよう、余計なことをしないようにだけすればいい。得意だ。特に大学に入ってからはそういうふうに生きてきた。

さっきの考えの続き。自意識過剰な社会人達は後輩に何かを伝えたくてやってくるのだろうけれど、まあもし後輩の役に立っていたとしてよくもそんな労力を関係の薄い人間に割く気になるものだと思う。

僕にもゼミの後輩はいるけれど、ある一定の距離を取っているから彼らの役にわざわざ立ってあげようとは思わない。もう少し近しい、日常会話をするレベルの後輩だったら川原さんがいるけど、わざわざ自分からお節介を焼こうとは思わないだろう。

董介はしそうだ。特にポンちゃん相手になら、困っていたら自分から助けに入りそう。それは董介がポンちゃんを狙っているというような冗談の範囲内でそう思うのではない。董介がそういう律儀な人間だからだ。僕のことを助けてくれているように、ポンちゃんや他の後輩のこともきっと助ける。

董介とポンちゃんは不思議な関係だなと僕なんかからしたら思う。ああいった後輩との友情のはぐくみ方もよく分からない僕に、ちょっと家まで送ったくらいで色んな関係踏み越えろなんていうのは馬鹿な話だし、きっと董介だってそんなことしやしないのだ。

董介のこれまでの恋愛遍歴について考えていると二時間目も終わった。

その後、また十五分休憩と、三時間目も特に意味のない時間が過ぎ去って、そこからは長めの昼休みを取ることになる。

受験者達は食堂や近くのコンビニを利用し、僕達には弁当とお茶が支給された。朝集まった場所で弁当の置かれた席に座り、食べる。ガソリンスタンドみたいだなと思った。

少し遅れて横に董介がやってきて、互いの労とも言えない労をねぎらい合い、ふにゃついた魚フライをかじった。

「懐かしいよな、もう二度と受けたくねーって思いながら見張ってた」

苦手な梅干しを無許可で僕の弁当に入れながら董介が感慨深そうに言う。

「就活よりマシだけどね」

「そりゃマシ」

ほぼ全ての就活経験者から賛成票を貰《もら》えると思う。

僕が二つある梅干しのうち一つを口に入れたところで、董介が「あ」と何かに気づいたような声をあげた。

「そういや一昨日《おととい》、川原さんとポンが食堂で飯食ってるの見た」

「あ、そうなんだ、へー」

適当な相槌《あいづち》だと、董介には受け取られたかもしれない。心の中では、あの日のことが尾を引いて、誰かと誰かの間に亀裂が生まれなかったことに安堵《あんど》していた。

その心の動きは、董介に読まれていたのだろう。彼はニッと笑い、お茶を一口飲んでポケットからスマホを取り出す。

と、画面を見るなり「まった迷惑メール」と呟《つぶや》いて机の上に置いた。

「最近、迷惑メール多いんだよ」

「変なサイトに登録したんだろ」

「優良サイトにしかお世話になっておりません」

なんのサイトの話だと思いつつ、僕もおもむろにスマホを出してメールボックスを見た。特になんの動きもなかった。続いてＳＮＳも見てみたけど、こちらにも特に動きなし。

「優良学生の僕には迷惑メール来てなかった」

「再審査だ再審査」

ほら、と董介からスマホを見せられると確かに多くの未登録アドレスからのメールが来ていた。スマホを取ってメールを開いてみると、董介は迷惑メールと呼んだけれど、それは就活の人事担当者からの面接への招待や、イベントの開催を知らせてくるものだった。どちらにしろ僕らにはもう必要のないメールだが。

「こんな企業の説明会行ってたんだ」

「んやー、行ってねえ。なのになんで俺のアドレス知ってんだよっていう。優秀な学生のアドレスって闇で売買されてたりすんのかね」

「優秀かはともかくあるかもね、大学名だけで」

学歴社会の恩恵を僕らは明確に享受している。

「俺のアドレスいくらくらいだろ」

「さすがに個々で売ってないと思うよ。多分、学生達の情報を名簿か……なん……かで……」

言いながら、僕は自らの発言に首を傾げた。

何か、ひっかかるものがあった。

こめかみがぴりっとするような。何だというのだろう。

学生達の情報を、名簿……。

自分の発言が、過去の何かと結びつくような気がした。痒《かゆ》いところを探すみたいな感覚。僕はこのイメージを手放さないように、董介からの「どうした？」も無視して最近のことを思い出す。

辿っていくと、それはすぐそこにあった。

手が届いた。

「董介、その迷惑メール来るようになったのいつから？」

「三、四週間前じゃね」

「具体的に、いつから？」

不思議そうな顔をして、董介はスマホ画面をスワイプし、「ここらへんかな」といくつかのメール欄を見せてきた。

その日付と部屋の前方にかかっていたカレンダーを見比べた。

想像が当たっているような気がした。

「これ、テンとバーベキューした週末の、次の週だ」

「そうだっけ……」

「迷惑メールが増えたのには、きっかけがあったんじゃない？」

「ん？ って、それ、お前」

物分かりのいい董介も僕の言わんとすることを理解してくれたようだった。

もし、もし、僕の想像が正しければ、もし本当にそうならこれは。

決定打にならないか。

「ちょっと待って」

何か言いたげな董介を制し、僕は自分のスマホから、いつも使っているのとは違うフリーメールのアドレスにアクセスする。

少々の処理時間の後、スマホ画面に受信トレイが現れる。

少し鳥肌が立った。

「当たりかも」

僕は、董介に画面を見せる。そこには董介に来ていたメールと似たようなものがずらりと並んでいる。きっと文面が同じものまであるだろう。

「つまり」

言いかけて、一度、つばを飲み込む。

「テンは、名簿を企業に勝手に渡してるんじゃないか」

「……これで、分かんの？」

「これ、捨てアドなんだ」

董介が眉間《みけん》にしわを寄せるので説明する。

「普段使ってるのとは別に、適当に作ったフリーアドレスってこと。なんか悪用されたりしないように念のため信用してない人にアドレス渡す時は捨てアド作ってる。就活の時とか専用のアドレス作っただろ？」

「いや、全部一緒でやってた」

「マジで？　めちゃくちゃメール来そう」

「来るよ、だから迷惑メール鬱陶《うっとう》しいんだって」

まめな董介にしては意外だと思った。ＩＴには意外と無頓着《むとんちゃく》なのだろうか。だとしたら知らなかった側面だ。

「まあとにかくこの捨てアド、今回作って初めて使ったやつなんだ。つまりさ」

「つまり」

「テンにしか教えてないのに、企業からメールが来てるのはおかしい」

「だよな。でも、モアイでもねえ俺らのまでなんで」

「見境なんかなく、うちの大学の学生ってだけで連絡先を分類して企業に送信、とかしてるんじゃないかな。普段細かい董介がアドレスの管理がずさんだったみたいに、意外なところで詰めが甘かったのかも」

言いながら、身震いをしていた。

僕は考える。

ついに見つけた。

これは、やり方によってはモアイ弱体化の一手になる。少なくともテンは引きずり下ろせるだろうし、ひょっとしたらもっと上まで噛《か》んでいる話なのかもしれない。この個人情報にうるさいご時世だ、人々のモラルに訴えかけられる。

しかし、もっと強い証拠が欲しい。僕の捨てアドだけでは、テンにしか渡していないという証拠がないため、そこまでの痛手にはならないだろう。何か手に入れられないだろうか。

「理想は、テン達が企業に渡してるはずの名簿自体が欲しいけど、どうにかできないかな」

「んー、テンがくれるはずないしな」

「それはさすがに、川原さんやポンちゃんが持ってるとも思えないし」

「それなら幹部の家に忍び込むしかねえか」

それもさすがに、と笑ってしまった。

結局、僕らはそれから昼休み中考えたけれど答えは出ず、模試中にアイデアを考えておくということにして一度仕事に戻ることにした。

教室で待機していると、徐々に受験者が揃い、真面目な顔で席についた。問題用紙を配付している最中、もちろん表面上は平静を装っていたのだけれど、僕は、興奮していた。武器をようやく摑《つか》んだのだ。

ここからが肝心だった。知ってしまった重要な事実。手にした大きな武器。一体どう敵を攻撃すればきちんとダメージを与えることができるのか。そう時間をかけてもいられない。せっかく奴らがミスをおかしてくれたのだから、そこからダムを決壊させなければならない。

教室前方の椅子に腰かけ、僕はさっそく考えに考える。しかし、焦れば焦るほど考えは同じ場所をぐるぐると回るばかりで、着地しない。見回りをするのも忘れ、考えているうちに四時間目は終わってしまった。

次が最後の時間だ。受験者達の疲労と、最後のひと踏ん張りに向けた気合が充満した教室内で、僕もまたこの時間内にアイデアを出すためにもうひと踏ん張り、頭を酷使しなくてはならない。

ただこれもまた受験者と同じ境遇で、思考が上手《うま》く結果を出してくれるとは限らない。更に僕の場合は、歓喜が邪魔をしていた。やっと、ようやく、僕の手に返ってくるかもしれない。その喜びが、冷静さの邪魔をした。

同じところを回り、遠心力が限界に達した時、何かをひらめきかけるような瞬間があって、また最も単純な形を成す。モアイのメンバーが名簿をくれないかな、企業側が名簿をくれないかな、なんて。そしてそんな馬鹿なと、また考える。

『全員が幸せなのが一番いい。単純なことが一番大事で一番威力があるに決まってる』

今回もまた振り出しに戻り、同じように考えを進めようとして、あいつの声が聞こえた。もう何年も聞いていないのに、当然のように聞こえた。全員を幸せにはできなかった、今のモアイにはない声。

立ち止まる。単純に、名簿を手に入れる。交流会の時、外で待ち構えていた時のことや、もっと前、最後の面接の時、エレベーター前でのことを思い出す。

ふと、思う。

社会人って、そんなに優秀なんだろうか。

年齢も入社数年の社員ならさして変わらない。僕と今、大学受験のための模試を受けている彼らの間にさしたる差なんてないように、社会人達が僕らと比べてとんでもなく経験を積み優秀であるなんてことはないんじゃないだろうか。もちろんそういった社会人だっているだろうが、でも、ほとんどの人間が僕と同じように、自分じゃない、を構築し就活を乗り切ったに過ぎないはずだ。

だったら、当然ミスをする社会人もいるんじゃないか？　今回僕らに重大な事実を知られてしまったテンのように。

そして今僕が社会人を舐《な》めているのと同様、自分の通ってきた道にいる学生を舐めてくれている可能性は大いにあるんじゃないか。

一つのアイデアに辿《たど》り着く。アイデア、なんて言うのが恥ずかしくなるような代物だった。けれど、これ以外に思い浮かばないような気もする。僕は、もし菫介がもっと有効なアイデアを見つけていなかったなら、これでいいのではないかと思った。

いつのまにか時間も過ぎ去り、五時間目はこれまでの全ての時間に比べて早く終わった。受験者達に明日《あした》も他教科を受ける場合についての注意事項を説明してから退室させた。その後もテキパキと仕事をこなし、再び朝と同じ場所に集められた僕らは、明日の予定について確認し終えた後、帰宅を許された。

僕は、すぐに菫介を近くの喫茶店に誘った。できるだけ奥まった席に座りアイスコーヒーを注文して、さっそく話を切り出した。

「菫介、なんか思いついた？」

菫介は苦笑し「やる気満々だな」と言ってから首を横に振った。

「相当難しいな、楓はなんか思いついた？」

「うん、一個だけ思いついた」

概要を説明しようとしたタイミングで頼んだ飲み物が来たので、僕は口をいったん閉じた。アイスコーヒーが目の前に置かれ、僕はストローを使わずグラスに直接口をつける。

「馬鹿みたいなんだけど」

「おう、聞かせて」

「迷惑メールを送ってきた社会人に訊《き》く」

菫介は分かりやすく、そこが好きな部分ではあるんだけど、彼はとても分かりやすく批判の表情を作った。「はあ?」という言葉にのせて。

「悪いけど、意味分からん」

「いや、確かに馬鹿みたいなアイデアなんだけど、ちょっと思ったんだよ」

僕は次の言葉に意味をのせるために、一度くぎった。

「社会人にも馬鹿がいるんじゃないかって、例えば、そうだな、ヒロの名前とテンの名前を出して、連絡先載せて、名簿の担当が替わりましたって言えば、名簿をくれるような馬鹿がいるかもしれない」

「いるか、な、そんな人」

「分からない、でも」

僕は、スマホを取り出し、先ほどの捨てアドの受信トレイを菫介に見せる。

「可能性は、これだけある」

そこには、ご丁寧に会社名と人事担当者の名前、連絡先を記してくれたメールがずらりと並んでいた。

「まあ、もしかしたら意外と社会人達は優秀なのかもしれない、危機管理能力がきちんとあって、教えてくれる奴なんていないかも」

「そっちの方が希望はあるな」

その通りだと思う。

「でも、この方法が案外現実的なんじゃないかと思う。捨てアドいくつか作って、やってみようと思うんだけど、どうかな。メールの文章とかは僕が作るから、ネカフェとかで、送るのだけ協力してくれない？」

菫介の目を見てしっかりお願いすると、彼は一度目をそらしてからこっちを見た。

「……いいよ。指揮官は楓だからな」

友人の頷《うなず》きに、そしてひとまずの方向性が決まったことに僕は安心する。轍《わだち》はなくてもいい、しかし目的地はあってほしい。

「悪い、お礼にポンちゃんに菫介が狙ってるのは黙っとくよ」

「あー、んー、頼むわ」

何かを喉《のど》にひっかけたような菫介の態度が、その時、気にはなっていた。

結論から伝えることが話し合いをはかどらせる。

馬鹿はいた。

僕がメールを送った相手のうち、一人の人事担当者がご丁寧にも翌日返信をくれたのだ。これには僕も驚いた。

こちらから送ったメールは、新しく名簿担当となり最新の状況を確かめたいのでお持ちの名簿を確認させてください、というのが主な内容だった。

人事担当者からの返信は、ネット上のファイル共有サービスで見られる最新のものを使っていますというものだった。優しいことにURLまで載せてくれていた。

僕はメールを受け取ってすぐに董介に電話をした。明日、董介の家に集まり更なる作戦会議を開くことになった。

「おー、明日なら何時でもいいよ。ゴミ捨てあるから朝から起きてるし」

「じゃあまあ適当に行くよ」

「おー」

何の気もなさそうな董介と電話をしたのが昼のこと。僕は電話をしながらコンビニで買ったシラスのパスタを食べていた。心は、闘志で燃えていた。送られてきたURLには、足がついては駄目だと思いアクセスしなかった。

午後からバイトに行くと、今日もシフトが川原さんとかぶっていた。あの日からも足繁《しげ》くモアイに通い続けている様子で、前より口角をあげてくれるようになった川原さんに僕も微笑みを心掛けて挨拶《あいさつ》をする。

「田端さんなんかいいことあったんすか？」

「え、あー、銀のエンゼルが出ました」

「マジっすかすげー」

という誤魔化《ごまか》しの会話以外には特に何事もなくバイトを終え、いつも通り駐車場で待ってくれていた川原さんに別れの挨拶をしてから家に帰る。コンビニで買ってきた弁当を食べながらパソコンをつけ、複数の捨てアドを覗《のぞ》いてみると、また一通、人事担当者からの律儀な返信が来ていた。ばーか、と液晶画面に向かって言ってみても言い返してはこなかった。

その夜、なぜか僕はポンちゃんと川原さんの出てくる夢を見た。

夢を見たということは、眠りが浅かったということで、そんな朝は損をしたような気分になる。ただ見てしまったものは仕方がないので、僕は損をした気分のまま着替えて菓子パンを食べ、だらだらとSNSのチェックをしてから、十時ごろに家を出た。

思いのほか日差しが強く、自転車で行くのを諦《あきら》めた僕はむしろ遠回りになる地下鉄の駅に向かった。数分間冷房の効いた箱の中にいるだけで数キロの距離をショートカットできるのだからありがたい。汗だくにならずにすむ。

階段を上がって地上に出ると日差しは数駅前に経験したもののままで、ここから董介の家まで少し距離があることが恨めしかったけど、あたり一帯の歩道に屋根をつける財力が僕にあるわけもなく仕方がない。諦めて炎天下を歩く。

この道を通るのは、川原さんを送っていった時以来だ。

あの夜、董介の家に荷物を取りに帰ったら、ポンちゃんがまだいた。僕がいない間、二人はどんな会話をしていたんだろう。僕の前では川原さんのことを心配していた。

しばらく歩いていくと、前回セーブポイントとして使ったファミリーマートが見えてきた。今回も立ち寄り、熱中症対策にお茶と、それから缶コーヒー二つにスナック菓子を二つ買った。支払いをICカードで済ませ、商品を受け取って外に出る。日差しに辟易《へきえき》しながら董介の家の方に足を向けたところで、立ち止まった。

車道を挟んで向こう側の歩道、駅とは反対側からポンちゃんが歩いてきていた。スマホを見ているのでこちらには気がついていない。

こんなところでどうしたんだろう。住んでいるのはここから乗り換えも必要な駅の近くのはずだ。

声をかけるべきかどうか考えていると、ポンちゃんはそのまま駅の方へと歩いていった。

汗のせいだろう、こころなしか化粧がいつもほど派手じゃなかった気がする。そんな感想はもちろん無理に伝える必要がないので、ポンちゃんの背中を見るのをやめて、僕は再び董介の家に向かうことにした。

背中に汗がにじんでくる頃、董介の住む少しだけ学生にとっては贅沢《ぜいたく》なマンションに着いた。エントランスの日陰に入ると、それだけでもだいぶ涼しく感じられた。

階段をいくらか上がり、先日以来の董介の部屋の前へ。

インターホンを鳴らすと、中で響く音がして、数秒後がたがたと慌てるような音がした。

がちゃりと中から鍵《かぎ》が開く。現れた董介はパンツ一枚で首からタオルをかけていた。

「早いなっ」

「お取り込み中?」

「いやいや大丈夫」

董介に続いて部屋に入る。靴を脱いで、董介のむきだしの背中を追いかけて居室に入ると、これまで何度も来たことのある部屋なのに、いつもと違う気がした。

うっすらと、食べ物でも石鹸《せっけん》でもない甘い匂いがした。

「ああ」

今日のいくつかの情報が繋《つな》がっていることに気がついて、思わず声が出てしまった。

どう聞こえたのかは分からないけど、董介は僕の顔を見た。

「楓あの」

「まあ、そういうこともあるんじゃない」

遮ると、董介は苦笑して、「まあ、そうだな。そんな感じ」と言った。洗面所を借りて手を洗うと、端っこに視力の良い董介には必要のないコンタクトの空の容器が落ちていた。

いじっても良かったけど、今日はそんな話をしている場合ではなかった。

部屋に戻り缶コーヒーとスナック菓子を買ってきた旨を伝えると、短パンとTシャツを身につけた董介が冷えたジュースを出してくれた。夏休みに友達の家でゲームをする準備みたいだけど、これから僕らは戦いを始めるのだ。

「送られてきたURLをパソコンで見たいんだけど、借りていい？」

「まだ見てねえの？」

「一応一緒にと思って」

董介は机の上に載ったパソコンを起動させ、僕が買ってきた缶コーヒーを開けた。しばらく無言で待つと、ウィンドウズ特有の起動音が流れる。

「任せた」

指示され僕はニトリで買ったであろう椅子に座り、作ったばかりの捨てアドにアクセスする。ちなみにこのアドレスの設定は大学三年生の聡明《そうめい》な女性ということにしていた。

「しかしまさか本当に来るとはな」

菫介が後ろから覗き込む。

「ホントだよ。この会社に入る奴らが可哀想」

馬鹿な人事担当者からのメールに載る一行のURLに、僕はカーソルを合わせる。ひょっとしたら罠《わな》かもしれないなんて想像が頭をよぎりドキリとしながらクリックした。

すると罠ではもちろんなく、しかし僕の想像とも少し違っていた。

「あー、マジか」

思わず口をついて出た。

「どうした？」

「パスワードがいる。じゃなきゃ、名簿を見れない」

なるほど、人事担当者も馬鹿なりに最後の鍵は渡さなかったということか。

そんな冷静ぶったことを考えながらも、想定外の事態に僕は少し焦っていた。てっきり、これを開いて名簿を手に入れ、どうやって拡散するかを菫介と話し合うものだと思っていたからだ。

パスワードだなんて、もちろん僕らが知るわけないし、人事担当に訊《き》けば当然怪しまれるだろう。テンに訊くのも論外。端っこのメンバーである川原さん達が知ってるとも思えない。

「パスワードを解かないといけない」

「暗号解読かよ、スパイみてーだな」

董介は笑って言ったけど、笑っている場合なんかじゃなかった。時間がかかり、どこかの人事担当者がモアイの誰かに確認すれば保存場所を変えられてしまうかもしれない。それまでに見つけ出さなくてはいけないのに。

パスワード、パスワード。

「どんなの設定、するかな？」

「んー、ゼミのこういうのはそん時流行《はや》ってた言葉だったりするけどな」

「そんなのだったら絶対分からないって」

試しに、代表のあだ名、hero と打ち込んでみて、ひょっとしたら入力の回数制限があったりするのだろうかとクリックをいったんやめた。

「董介のゼミもこのサイト使ってる？」

「うん。あんま詳しくはねえけど」

「パスワードって入力回数制限ある？」

「ねえと思う。一回忘れて何回もやり直したことあるし」

それは朗報だ。董介の情報管理が雑で良かった。僕は安心して、パスワードのエンターキーを押す。はずれだった。

次にうちの大学の名前を入れようとすると、八文字までしか入力できないことが分かった。moai と入力してみる。これもはずれ。

「これは、長い道のりになりそう」

「……まあ気長にやろうぜ。名簿は逃げねえだろ」

逃げるかもしれないから言っているんだけど、それを理解してもらう必要も特にないので黙っておいた。代わりに、必要なことを訊く。

「流行りの言葉じゃなかったら、何をパスワードにしてると思う？」

「んー、モアイに関係ないのかもしれないけどな」

「それ言い出したらきりがない」

「合言葉みたいなのないのか？」

当たりなわけがないと思いつつ、risou と入れてみるも当然はずれ。

それからいくつか、僕が知る限りでモアイに関係があるものを入力してみたけれど、いずれも名簿への壁を突破するには至らなかった。

自力でどうにかするのは不可能だろうか。パスワードを教えてくれるような馬鹿が現れるまで待つべきだろうか。そんな時間があるか？

「どうしよう」

ここでイライラとしても仕方がないのは分かっている。一度椅子から立ち上がって、自分が買ってきた缶コーヒーを開ける。多少ぬるくなっていたけれど、甘みが脳を潤す感じがした。

僕が休憩を取っている間、董介にも思いついたパスワードを続々入力してもらう。しかしやはり一向に壁が口を開けてくれる様子はない。僕は床に座って考える。モアイのパスワード。誰が考えたものなのかというのも大事な気がした。テンが考えたなら半ばお手上げな気もする。ああいう人の価値観は僕には分からない。他の、例えばもっと上の奴が考えたというのなら……。

董介が椅子に座ったまま大きく伸びをする。

「んー、やっぱモアイに関係することなのかね。だったら楓に解いてもらうしかねぇな」

「……日付を、パスワードにするとかあるかな？」

「おお、あるんじゃね？」

「０６、２１」

自分の声が願いのようになってしまっていないか心配になった。

董介はそれが何の数字か訊くよりも早く、打ち込んでくれた。

エンターキーを押す董介の指を注視してしまう。タタッというあってないような音が、いやに大きく聞こえた。

「あー、違うみたいだな」

パスワードが違います、という文言がもう何度目か液晶画面に現れ、はずれだったこと以上の落胆が、僕を襲った。

「なあ、これ何の数字？」

「モアイの結成日」

「すげえな覚えてんだ。あ、じゃあ、こんなんどうかな」

董介が再び英数字を枠の中に投げ込む。

moai0621。

エンターキーが再び、叩《たた》かれた。

「うぉっ」

董介が驚きの声をあげた。僕も彼の背後で、肩を跳ね上がらせていた。

息と唾《つば》を同時に飲み込んだ。

さっきまで何度も見ていた入力無効の画面とは違うものが、液晶に映っていた。

いくつかのファイル名が並び、その中に「企業共有用名簿」というものがあった。

何も言わず、董介がそれにカーソルを合わせ、クリックする。

出てきたのは、エクセルを使って作られた学生達の連絡先の名簿だった。

「すげえ、すげえな、楓」

振り返った董介に称賛されても、僕は返す言葉を持たなかった。褒められるのに慣れていないことや、結成日を覚えていたこと自体がそう凄《すご》いこととは思えなかったというのもある。

しかし、本質はそうじゃない。

そうじゃなくて僕は、ある感情に全身を包まれていた。

「いや、僕もまさかだった」

喜びに似ていた。

似ていた、というのはつまり喜びそのものではないということだ。この感情をなんという日本語で表現すればいいのか僕は知らない。ただこの感情を恐らくはもう少し小規模ながら抱いたことがある。僕らの意思が残っていた喜びと、企業にモアイ全体が違法な協力をしていることがほぼ確定したという戸惑いに、似た感情を抱いたのはいつだろう。あれは、いつだろう。

秋好が逃げる僕を授業後に走って追ってきた時、だろうか。いや、そうじゃないと思う。あの時の感情は驚きや戸惑いだけだったはずだ。じゃあ、いつ、だろう。

「お、楓いたぞ」

今は自分の感情分析をしている時じゃない。画面を覗《のぞ》くと、確かに僕の名前と学部、連絡先がエクセルに入力されていた。董介に「保存して」とお願いすると、「企業共有用名簿（レジスタンス用）」というファイルがデスクトップに生まれた。これでひとまず、証拠は確保できた。

「んで、これ、どうするんだ？」

さっそく行動に移そうとするせっかちな董介に合わせて、僕は考えていたことを彼に教える。

「人事担当者のメールと一緒に、ネットに投稿しようと思う。掲示板とか、ツイッターとかでやれば大学に抗議の電話来たりしてモアイにダメージ与えられると思う」

「そうだな、そっか」

自分から訊いてきたくせに、董介は少し声のトーンを落としそっけなく言った。どうしたのだろうか、いよいよこれが最終作戦かもしれないということを、感慨深く思っているのだろうか。その様子に、僕は特に深い意味を求めなかった。

なのに董介は深く息を吸い、吐いた。

明らかに、僕に何かを伝えようとして。

「あのさ、楓」

「何？」

「えっとさ、この段になって、言うことじゃないかもしれねえんだけど、俺、ちょっと思ったことがあって、いいか？」

彼はこっちを見ずに、言った。このタイミングでなんだろうと思った。

「うん、何？」

振り返った董介は、それ以上持てないというくらいに色々なものを抱えた笑顔をしていた。

「あのさ……」

一瞬、点のような沈黙が時間を止めたような気がした。

「ここらへんで……やめにしとかねえ？」

「え……？」

室内にあった甘い匂いは、とうにどこかに行っていた。

※

僕らがもうすぐ二年生になるという頃、食堂に行くと、ときどき秋好と脇坂が一緒に食事しているのを見ることがあった。

極力見つからないようにしたけれど、たまたまどちらかに見つかってしまった時は、秋好にならず手をあげて、脇坂になら頭を下げて、離れた席に座り一人で食べた。

思えば僕は大学生活において入学当初の目標を達成していた。それなりの、静かな大学生活を手にしていた。

モアイはいよいよその規模を大きくし、本格的な団体としての活動を行っていた。今のような交流会はなかったものの、大教室を借りての集会や、大学のOBOG達などから力を借り社会人ゲストを招いた特別授業なども行われていた。僕が参加するのは一週間に一度の集会だけだった。秋好に参加してほしいと言われていたからだ。秋好はモアイに恋に勉強にと忙しそうだった。

対して僕は平凡に授業を受け、平凡にバイトをし、平凡にその後仲良くなるとも知らない董介と出会っていた。

僕と秋好の行動サイクルが合うはずもなく、二人だけで会うことなんてもう数週間していなかった。初めて秋好を見たあの授業も、後期に入ってからは、僕らの知り合いが周りに座るようになった。僕らが二人並んで座ることは、その頃にはもうなくなっていた。

友達としてもの寂しくはあったのかもしれないけれど、僕も僕なりの大学生活を送っていたのだから、秋好なりの大学生活に口を出すほど不躾《ぶしつけ》な人間じゃなかった。

「もっと意見を言ったらいいのに」

と、秋好以外の人間から何度か言われたことがある。モアイを手助けしていた先生だとか、関係のないOBOGだとか。

彼らは誰も僕の生きる上でのテーマを知らなかった。知らないくせに何を、と言って反論してしまうことは、僕のテーマの一つ、人の意見を否定しないに反することであるので、僕はそういう時、薄ら笑いを浮かべてやり過ごした。

脇坂は特に何も言ってこなかった。諦《あきら》めを体現したような表情の彼は自分達が大きくしたモアイを悠々と観察していた。世間話くらいはしたことがあるけど、秋好とは違い、特に面白みもない僕と脇坂は親しい仲にはならなかった。

何か大きな変化があるわけでもなく日々は過ぎ去った。あの頃の秋好には、変化のない平凡な大学生活なんて想像もつかなかったことだろう。彼女の大学生活は目まぐるしく、刺激に富んでいることが外野から眺めていても十分に分かった。僕はそのことを良いとも悪いとも思っていなかった。

ただ、やがて彼女の生活の変化は、彼女自身にも影響を及ぼした。

その日も僕は週に一度の集会に参加していた。特に意見も持たず、ただ今後の活動についての活発な話し合いを聞いているだけなので、いつも僕はできるだけ後ろでできるだけ端っこの席を選んでいた。その日座っていたのは、後ろから二番目、窓側、ちょうど秋好を初めて知ったあの席に似ていた。

秋好がどうして僕もこの集会に必要だと思っていたかなんて知らない。聞いていなかったからだ。

集会での話し合いもきちんと聞いてはいなかった。

けれどその中で、今でも耳に残るほど、はっきりと聞こえた言葉がある。

集会中、誰かが秋好に意見をしたのだと思う。こういうことがやりたい、こういう方針で進めていきたい。きっとそういう旨のことを言っていたのだと思う。

秋好は、「んー」と考えるように、その誰かが用意したレジュメを見て、諭すような口調を使った。

「分かるけど、現実的には厳しいかなぁ」

僕は、耳を疑った。

その言葉の目的がなんであれ、僕は秋好の口から出てきたことを、信じられなかった。

現実的。現実的。現実的。

頭の中で反芻《はんすう》してみても、言葉の意味が裏返ったりはしてくれなかった。

理想を目指すために作られたはずのモアイで、誰かが提言した理想を追った案を、秋好が現実を持ち出して否定した。

信じられなかった。信じたくも、なかった。

僕らは一緒に、理想だけを見てきていたんじゃなかったのか。

それから僕は、秋好がさっきの発言をせめて訂正するのではないかと、じっと彼女を見ていた。

しかし集会が終わるまで、秋好が僕の方を見ることは、なかった。

僕はその日を最後に、週に一度の集会に行くこともやめた。

※

董介からの提案に、僕は耳を疑った。

「ここらへんって？」

「うん、まあ、やめどきなんじゃねえかと」

「なんで？」

彼は「んー」と唸《うな》ってから、椅子を回転させて、こちらに体ごと向いた。

「ちょっと前から考えてたんだけどさ、楓、本当に、モアイを潰《つぶ》すのやっていいのか？」

「そのために数ヶ月間やってきたんだから、いいよ」

間髪を容《い》れずに答えると、董介は難しそうな顔をした。相手の意見を受けいれるふりをしているような表情だった。

「そりゃそうだし、俺もそれに乗ってきたんだけど、あの、んー」

「はっきり言えよ」

「いや楓の気持ちもすげえ分かるんだよ」

菫介のそれは、フラットな自分を誇示するような物腰だった。

「自分が作ったもの変えられてさ、それに怒るのも分かるけど、でもさ、今やってるあいつらのこともちょっと考えると、潰そうとしていいのかなって。楓自身が、後悔しねえかなってのも思うんだ」

「……いやいや」

まず、何が分かるのかと思った。僕の気持ちのどこを分かるのだろうかと。後悔なんてするならこれまでで散々してきた。今更そんなことを言われるとは思わなかったし、そして何より、まさかモアイをねじ曲げている者達のことを菫介がかばおうとするなんて思わなかった。

僕はその理由を考える。

「ひょっとして、テンに説得でもされたわけ？」

「そうじゃねえよ。ああ、でもある意味そうかも。あいつとまだ時々遊んでんだけど、すっげえ良い奴だよやっぱ。まあ、今回のこの名簿の件は完全に悪いことだけど」

「だろ？　潰されて当然だよ。僕らは、こんなことやっちゃいなかった」

理想に満ちて、たった二人しかいなかった僕らは決して悪いことをしなかった。

もし自分が今のテンの立場にいたとしても、こんなこと決して許しはしなかった。

「なんで、あっちにつくような」

「んー、そうじゃなくて、人事の人が、俺らに不用意にメールしてきたの見て、ちょっと思ったんだよ」

「何を」

「テンやこの人事みたいなこと、俺だってやるかもしれない。魔が差したとか、悪いことだって分かってなかったとか、そういうことだってあるだろ。お灸《きゆう》すえる他の方法があるんじゃねえかな。モアイをなくそうとしなくても、昔の楓みたいに、あそこを居場所にしてる奴らがいるわけだし。これは、交流会とか、あとたこパの時の川原さんを見て思ったことだけど」

僕は呆《あき》れた。

「分かってなかったとか言うけど、見てみろよ名簿、あいつらが個人情報集めて企業に渡してるんだ。金か、モアイと企業の関係をつなぎとめるか何かのために。つまり自分達のために僕らのことを交渉の道具にしてるんだよ。その程度にしか、思ってないんだ」

そうだ。それじゃなくたって、テンのような人間達は。あの、自分と人の領域を弁《わきま》えることも知らず、不躾に立ち入ろうとするような人間達が、僕らのことをどう思っているか。

「バーベキューの時も感じただろ」

奴らの、人を軽んじることをなんとも思っていないような唇の動きを思い出す。

「あいつら、僕らのこと馬鹿にしてんだよ」

「そうじゃない」

すぐさま否定の言葉が返ってきたことに僕は驚く。董介はじっと僕の目を見た。

「俺達も、あいつらを馬鹿にしてるんだよ」

「……」

「最近、やっと気づいたんだ。俺達は、あいつらを軽薄な奴らだ、痛い奴らだって言ってレッテルを貼って、馬鹿にしてる。そりゃ気に入らねえとこもあるよ、ああいう奴らに。でも、俺らもあいつらと変わらねえくらい、ずるいじゃん」

董介が訴えかけるように僕に言葉を投げてきた。僕が少し沈黙を作ってしまったからなのか、董介はハッとした顔をして目をそらした。

「悪い、別に楓に説教したいわけじゃ」

「あいつらの軽薄さに影響を受けて、後輩に手出したの？」

すぐには僕の言ったことの意味が董介に伝わらなかったようだった。言葉をよく嚙《か》んでから、董介は一瞬眉間《みけん》にしわを寄せ、静かに息を吸って吐いた。

「そうじゃない」

「狙ってるんじゃないって、言ってなかった？」

「だから、うん、それは、嘘じゃなかった」

「でも、遠距離恋愛の彼氏と上手《うま》くいってなくて心が弱ってたポンちゃんに手を出したのは事実だろ」

　董介は、頬に手を当ててうつむき、何も言わなかった。言い返せる言葉なんて、なかったのだろう。董介は友達だ。しかし間違っていることは間違っていると言わなければならない。

　しばらく返答を待っていると、白旗をあげる意味だったのか、単にこの空気に耐え切れなくなったのか、董介はうつむいたまま一つ、ふっと笑った。

「いやまあそうだけど」

　董介は両手で顔を覆う。恥ずかしいことを隠すように。

「でも楓さっき、まあそういうこともあるって言ったじゃんかあ」

　そのおどけた言葉に僕は、安心する。

「なんとなく言っただけだよ、ねえよ」

　董介がまた笑ったので、僕も笑ってしまった。なんだこのやり取りはと思った。

　実は、出会ってから今までこの手の軽い口論は幾度かあった。その度に決まってどちらかが噴き出しては、何俺達真面目になってんだと、笑いあって関係を保ってきた。

どうやら今回もそういう類《たぐ》いのものだったようで安心する。

モアイのことは誤魔化すことなく、きちんと分かってもらわなければならないけど、きっとそのことだって董介はすぐに理解するだろう。

考えていると、董介はパソコンへと向き直り、机の上に雑に置いてあったUSBメモリを本体に差し込んだ。何をしているんだろうと思っているうちに、そのUSBメモリはパソコンから抜き取られ、なぜか僕へと向けられた。

「楓、悪い」

「え？」

「俺は、もうやめとく」

その顔は、まだ薄く笑っていた。

「協力するって言ったのにごめん。でもこの数ヶ月通して、俺にはモアイが悪いって、決めつけられなくなったんだ。だからいったん、この件からおりる」

董介は椅子に座ったまま、頭を下げた。

「やっちまえっつっといて、ほんと、悪い」

差し出されたUSB、董介のつむじ。きっと、これらはセットで、どちらかが失われないといつまでもそこにあり続けるのだろうと思い、恐る恐るUSBを受け取った。

「けど、楓がむかつくってのを、間違ってるって思ってるわけじゃないんだ」

「それなら」

「やり方がな、かなり気になるんだ。ごめん」

董介の笑顔は、頑固だった。僕は、USBをポケットにしまい、そうして一歩後ずさった。テーマ、人に近づきすぎないこと。人の意見にできるだけ反しないこと。

「ああそうだ、ポンとは仲良くしてやってくれよ。あいつ、特に楓とはまた違う人種かもしれないけど、良い奴なんだ。ちょっとこずるくて、寝たふり上手過ぎるけどな」

色々知ってたらしい、と董介は笑った。僕はまた一歩下がる。

「テンともうちょっと話してみたらいいんじゃね？　モアイのテンって思うと、敵に思えるかもしれねえけど、同学年の天野だって思ったら、違うかもよ」

僕はまた一歩、董介との距離を取る。

「それから、ひょっとしたらリーダーのヒロも、本名なんつったっけ。交流会で聞いたんだけどな」

決別の覚悟を決めた様子の董介はいつもと同じように楽しそうに、ただ苦いものをなかなか飲み込めないような様子で天井を見上げていた。

「ああ、そうだ、秋好だ」

董介は、僕の目を見た。

誰かがその名前を呼ぶのを、久しぶりに聞いた。

「秋好だって、ちゃんと話せば、良い奴かもしれない」

僕は、董介に背中を向けた。そうしてふわついた足取りで、玄関へと向かい靴を履いた。

ドアを開けて部屋を出る時、たった一言、董介から声をかけられたけど、僕は何も返さず、ドアを閉めた。

「また来いよ」

きっと、ポンちゃんが残していった匂いのように、その言葉もやがてなかったことのように消えるのだろうと思った。

※

モアイのたった一人のリーダーである秋好が、ヒロというあだ名で呼ばれるようになった原因は、三人目のメンバー、尋木にある。

三人での会話で、そのころ流行っていたロールプレイングゲームが話題に出た時のことだ。

「寿乃はさ、勇者というよりヒーローだよね」

普通ならば、尋木のその発言を、当然ゲーム中での役割ならばという話だと理解し、照れるなり謙遜《けんそん》するなり笑うなりしたことだろう。しかし、秋好はそんな凡庸な反応を見せなかった。

「まだ違うよ」

未来を、希望を、信じるその言葉をたいそう気に入った様子の尋木は、いじる色合いも含ませつつ、秋好をヒーローと呼ぶようになった。

そこからは馬鹿みたいな話だ。メンバーの増えていったモアイの中に一人、尋木の冗談を勘違いし、秋好の名前がヒロなのだと思い込んだものがいた。

このエピソードがいやに周囲にうけ、秋好は徐々にヒロという名前で受け入れられていった。由来によるのだろう、秋好もまんざらでもない様子だった。僕は決して、そんな名前で彼女を呼びはしなかったけれど。

秋好に妙な記号を与えた尋木も四年生となった今はモアイと道を違《たが》え、自らの大学生活を気ままに謳歌《おうか》している。今頃は研究留学でアメリカにいることだろう。三年生の半ば頃、たまたま会った本人からその予定を聞いた。そういえば彼女から秋好への言伝《ことづ》てを頼まれたけれど、伝えていない。確か「元気でね」だった。

どこかで尋木はその言葉が伝わらないことを知っていたのではないだろうか。彼女にはそんなところがあった気がする。

伝わるわけがない。最後に僕が秋好と対話をしたのは、二年生になってすぐのことだ。

変わってしまったモアイと、変わってしまった秋好に、僕が自分の意思で決別を告げた日。

その意思はいかにして伝えるか、というような計画をたてて、告げたわけではない。タイミングは偶然だった。その時、僕らは珍しくキャンパス内で鉢合わせした。駐輪場から講義棟に向かう途中の道、空はいやに晴れていた。

「あ」と一瞬、戸惑いの声をあげたあと、秋好は意志の力で不自然なほど自然な笑顔を作り上げて、「お疲れ」と僕に歩み寄ってきた。

「……お疲れ」

「会うの久しぶりじゃない？　何してたんだよー」

「学校にはちゃんと来てたよ」

僕の声色が秋好にどう聞こえたのかは分からないけれど、彼女は僕から半歩、距離を置いた。それでも笑顔の演技をやめる気はないようだった。

「楓は、次、授業？」

「うん」

「どっち？」

「B棟」

「あ、じゃあ一緒だ」

先に歩き出そうとした秋好の横を、僕はさっきまでの距離を保ったまま並んで歩いた。僕らはどういうふうに見えただろうか。仲のいい友人や間違っても恋人ではなかったと思う。間に、感情が一つ余分に置かれていた。

先にその会話を切り出したのは、秋好だった。

「楓さ」

「うん」

「最近、全然来ないね、モアイ」

それは事実だったから、僕は「うん」とだけ答えた。

「もしかしてさ、今の感じが嫌だったりしたら、もう少し変えようかと」

秋好に伝えてどうなるものでもなかったから、「別に」とだけ答えた。

「そっか……」

沈黙が下りた。

秋好は僕と違って沈黙を嫌う人間だった。だからその次の言葉はどうにか場を取り繕おうとしただけの、何の意味もないものだったのだろう。

「皆いる方が、楽しいよ」

僕にとってはそれが、決定打だったように思う。

「……あのさ」

隣でうつむく秋好の顔に、きちんと自分の意思を伝えた。

「僕、モアイやめるから」

その時、秋好は久しぶりに僕の方を見たのだ。

こちらを向いた秋好の顔を覚えている。驚いたようであり、悲しそうであり、そしてどこかに怒りのようなものが混ざっている気もした。

「なんで……」

その顔も声も秋好だった。でも僕は知っていた。そこにいるのは、僕が出会った秋好ではもうなかった。理想を捨て去った、面白くもないただの大学生がそこにいた。

ひどい言いぐさだと思う人がいるだろうか。しかし、僕の考えが正しかったことは、モアイのその後によって証明された。彼女達は肥大化を続け、我が物顔で学内に存在するようになった。あの頃の秋好が求めたものなんて、どこにもなかった。秘密結社モアイは、もうどこにもなかった。

小さな理想は、軽い音をたて、いとも簡単に割れた。

モアイに失望し、僕は見ることをやめた。

けれど、それでも心のどこかで信じていたのだと思う。秋好が再びいつかの理想と姿を取り戻し、誰からの評価もどんな責任も関係がなかったあの頃へと立ち返り、モアイを元に戻してくれることを。

でも、僕が四年生になっても、そうはならなかった。

僕は、役割を果たさなくてはならない。

理想を見ていた、本当のモアイの意志は僕が継がなくてはならない。

変わってしまったモアイが傷つけた全てのもののために、あの頃の僕と秋好のために、今のモアイを許しておくわけにはいかない。変わってしまった秋好を、そのままにしておくわけにはいかない。

そんなの駄目に、決まっている。

※

董介のことを、仲間だと信じていた。なのに突然手の平を返された失望が、董介の部屋を出てからずっと僕の頭をひどく重くしていた。

あいつから、やってしまおうって言い出したくせに。あいつの方が、モアイを嫌いだって言っていたくせに。

一人で家へと帰り、手も洗わず僕は身を投げ出すようにデスクチェアに座った。すぐさまパソコンを起動し董介のUSBを接続する。

USBの中には、「企業共有用名簿（レジスタンス用）」の他に董介が消し忘れたいくつかのファイルがあった。開いてみると、恐らくはゼミでの発表のために用意されたのだろうレジュメで、専門的な知識があるわけでもない僕にはよく分からなかった。邪魔だったので、名簿以外のファイルは全て消した。放置してたのだから、どうせいらないものだろう。

改めて名簿を開いてみると、そこに掲載されていた人数の多さに驚かされた。せっせとあんなバーベキュー会みたいなものを開いて集めたものなのだろうか。交流会に参加した人達を片っ端からという方が効率は良い気がした。

共有ファイルを見るためのパスワードがモアイ結成日だった。つまり、秋好がその設定を行ったということだ。あの日付はモアイが大学に認められた日付、ではない。僕と秋好が、僕らたった二人にモアイという名前を付けた日だ。ということは当然秋好も名簿の存在は知っていることになる。問題はどこまで秋好が指示をしていたかということだ。大ごとになった時に周りからリーダーに指示されたという証言が出ればモアイの存在は一層危うくなるだろう。

有名大学の就活系団体代表が、集めた個人情報を無断で企業に流していた。若者と学歴を嫌う奴らが燃やしてくれそうだ。

そういえば、誰が主導していたにせよ、モアイは何と引き換えにこの名簿を企業に渡していたのだろう。活動資金？　しかし正当にスポンサーをつけていると聞いた気がする。やはり企業との関係を保つためだろうか。もしくはモアイメンバーが面接で優遇されるみたいなことか？

まあいい、その辺のことは適当に疑問符をつけ、答えは周りが悪意を持って付け足してくれるようにしよう。ネット上の噂と炎上なんてものは、そうやって成り立っていっている。

一人になったのだ、考えていても何も進まない。僕はさっそく、この名簿や人事担当者のメールを画像ファイルにして、拡散しやすいよう一つに集めて加工した。難しい作業じゃない。大学の授業で習った程度のことですぐにできる。

ひとまずこれで爆弾の完成。これをネット上に置き爆発が起こることを願う。

一息つき、董介の言ったことを思い出してみた。

正直なことを言えば、僕だって全く罪悪感がないわけじゃない。でもそれは秋好やテンなどモアイを動かしている連中にではなく、モアイに巻き込まれた人々に対する罪悪感だ。今のモアイは間違っていると思う。しかし董介の言うようにそこを救いとして、受け皿として選んだ人達もいるはずだ、例えば、川原さん。

彼女のような人のことを考えれば、モアイの破壊や弱体化を望むだけではだめだ。

その先が必要になる。その先、現在のモアイの在り方が否定されたその先に、元の、ただ理想を追い求める場所が必要だ。

そんな場所ができれば、そこはきっと川原さん達の居場所になる。

そして、僕の居場所にだってなるかもしれない。

そこに、今のモアイはいらない。

僕は作った画像ファイルを董介のUSBの中に移し、パソコンとの接続を切ってポケットに入れた。慎重を期して、爆弾投下は別の場所で行う。

秋好が嘘にしてしまったことを、もう一度僕が本当にする。

まだ燃え尽きないどころか、一人になって一層強く燃え盛る体内の熱。

僕は、歪《いびつ》に並べられたドミノの、最初の一つを押すようにしてドアを開き、外にでかけた。

バイト先の裏口のドアを開け、「お疲れさまです」という言葉を挨拶《あいさつ》と認識されるだろうギリギリまで崩しながら入ると、置かれている丸椅子に座った川原さんが膝《ひざ》に頬杖《ほおづえ》をついてスマホを見ていた。きりきりと音がしそうなほど眉間《みけん》にしわを寄せ、その目は大きく見開かれている。そんな表情は見たことがなかったけれど、意味は分かる。ぶちぎれているんだろう。

彼女の怒りの領域に足を踏み入れないよう、できるだけロッカールームの端っこを通っていると、「こんちゃす」と聞こえてきたので観念して「おざす」と返した。こっちに向けられた目はやはりぶちぎれていた。

何かあったんですか？　なんて白々しすぎるので訊《き》かない。恐らく川原さんが怒っている件についてうちの学内で知らないのは余程の世捨て人か、人格者だけだ。僕はどちらでもないので、どちらでもない言葉を選んだ。

「大変みたいですね」

「そっ、や、も、ほんと……あー、もー」

自分の感情を上手《うま》く言葉にできない様子の川原さんは盛大に舌打ちする。久しぶりにヤンキー女子大生な側面がダダ漏れだな、と思っていると、スマホをポケットにしまってぺこりとこちらに頭を下げた。

「すいません」

「いえ、あんまり事情知らないんで、あれなんですけど、大変らしいってのは」

「大変っつうか、ほんと腹立つんすよ」

そこで聞く時間があれば川原さんはこの世に存在する理不尽について熱く語ってくれたのだろうけれど、残念ながら僕らのシフトが始まる時間が来てしまった。

時間は流れる。しばらく働いていれば、また例の持て余す時間が来た。今日は僕がレジ番をしながら地味なポップを作っていると、川原さんがモップを持って寄って来た。

「愚痴を聞いてください」

直球だった。

「な、なんでしょう」

川原さんは、んふーと鼻から息を吐く。まるで怒りで膨らみきった自分の頭から空気を抜いているみたいだと思った。

「なんでこの世界には関係ない他人の不幸を笑えるゴミがこんなにいるんすかね」

「え、えーと、分かりません」

「私もです」

それでこの会話は終わった。ただこんな短い会話の中でも、川原さんがなんのことを言っているのかは分かったし、実際に彼女がそういった奴らに怒りを抱くに至った経緯も分かっていた。しかし僕は、努めて部外者であるという顔を作りやりすごした。彼女がその顔を見ていなくたっていいのだ。こういうのは癖にしておかないと、いざという時、ボロが出る。

普段なら、川原さんとする必要のある会話は帰りの挨拶を残すばかりとなる。しかし、一つ訊いておきたいことがあった。

シフトを終えた帰り際、僕はいつものように川原さんより少しだけ遅くロッカールームを出て、原付にまたがる彼女に追いついた。

「あの、川原さん」

彼女が別れの挨拶をする前に、先手を取った。こんなことは初めてだったからだろう。川原さんは開きかけた口を閉じて驚いた顔をした。

いきなり本題に入るのも具合が悪いので、まずワンクッションを置く。

「あんまり思い詰めないでくださいね。多分、体とかにも悪いと思うし」

無難に相手のことを心配する言葉を選んだのは正解だったようで、川原さんは口元を緩ませて「あざす」と頭を下げてくれた。

「今のとこ大丈夫す」

「部外者なのにあれですけど、モアイ、どうなるんですかね」

「気にしてくれてるんすね。あんま興味ないと思ってました」

「いや一応、川原さんにモアイの存在を教えた者なので」

その回答と若干の冗談のニュアンスは、すでに用意してあった。川原さんは笑ってくれた。

「んー、どうすかね、今のところ、上の方はドタバタと謝罪とか各所への説明とかで走り回ってるみたいす。責任の所在とか色々はっきりしないとなんとも言えないけど、何かしら処分はあるかもって先輩達が言ってました」

「じゃあまだ行く末を見守ってる感じなんですね」

「今度リーダーからメンバーへの報告会があるんすけど、なんせ人数多いんで場所おさえるの大変でまだ先っすね」

「確かに学内だとホールくらいしかないかな」

「そうなんすよ」

これ以上の深追いは不審がられるだろう。僕は川原さんに「川原さんの気が休まる方向に行くといいですね」と一応は本心で言った。

「あざす。ま、なるようになるんやないすかね」

「呼び止めてすいませんでした」

「いぇ、ゴミやない人に気にしてもらえて気が休まりました。それじゃおやすみなさい」

そう言うと、川原さんは笑顔で颯爽《さっそう》と去っていった。今日はお疲れさまですじゃなくおやすみなさいだった。そんなわずかな変化はともかく、僕は、無意識で善良なスパイとしての川原さんに感謝していた。彼女のおかげで、僕は、外部からだけでは知りえない、モアイの活動予定や、流れている空気などもなんとなくではあれ、知ることができる。

今のところ、今後のモアイについて末端のメンバーに伝えられるほどの結論が出たわけではなさそうだが、メンバー向け報告会があることは知れた。モアイの幹部達が今回の件について、沈黙で押し通そうとするのではなく、向き合って責任を取ろうとしていることの表れだと考えれば、良い流れだ。川原さんはぶちぎれていたけれど、いつか今回のことを、良き方向への転機だったのだと捉《とら》えてくれるかもしれない。そのための、良い流れだ。

今回のこととは、もちろん、モアイが外部企業に無断で学生の連絡先を渡していたという、一つのスキャンダルについてだ。

この件について僕は現時点で、確かな手ごたえを感じるのと同時に、すでに自分の判断がつかぬ場所で物事が突き進む、ある種の怖さすら抱え始めていた。

あれからわずか三週間だ。

僕がばらまいた爆弾は意外なほど早く、恐ろしいほど度を越して人々の注目を集め、そして無差別に傷つけていた。

いくつかのSNSやネット掲示板に投稿した例の画像。

最初は誰にも注目されず、このままネットの海の中に消えて行ってしまうかと心配になったが、すぐにその心配は解消された。

最初に分かりやすく火がついたのはＳＮＳの方だった。目をつけた誰かが事情も知らず誰かに教え、そしてその誰かが誰かに教え、いつしかその情報はネット上で多くの人々から注目されているような過激アカウントへと届き、そこで一度目の大きな爆発が起こる。それをきっかけにネット掲示板の方でも動きがあった。いくつかのスレッドがウェブメディアの記事にまとめあげられていく様を見た。画像は際限なく拡散され、ＳＮＳでもネット掲示板でも嘘か本当か、これまでモアイの被害にあったという奴らが次々に現れ始め、今回の件がたまたま起こったことではなく、そもそもモアイにはそういう気質があったのだという一つの風が起こり始めた。

当然の流れとして、やがてモアイや大学、ひいては僕にメールを送ってきた企業に直接今回の件についてのコメントを求める者達も現れ始めた。これも嘘か本当か、電話やメールでの問い合わせを実際に行った奴らもいた。しかし、そこで特になんらかの意味ある回答があったわけではないらしく、その頃は川原さんも「何か起こっているらしい」という程度の認識しか抱いていなかった。

ひょっとしたら、ここで終わりかというところで、二度目の爆発が起きた。ネタに困っていたのだろう週刊誌がネット上での騒ぎを嗅《か》ぎ付け、小さな記事ではあるけれど、モアイのことを取り上げたのだ。その記事を読んでみると、どうやら週刊誌としてはモアイがそういったことをしていたということよりも、企業が学生から罪の意識なく連絡先を受け取っていたことを問題としているようだった。その記事には何をどこで調べ上げたのか、関係者からのコメントでモアイメンバーを面接で優遇していたという証言が載せられていた。この記事によってスキャンダルを知った人々がモアイや企業を悪だとネット上で論じる理由は、むしろ後者が原因だったのではないかと思う。人というのはおかしいほど、自分より誰かが得していることを許せない生き物らしかった。モアイは川原さんの言う、他人の不幸を笑うゴミ達の餌食になっていった。

改めて、すでに、僕の想像を超えていた。

まさか週刊誌が報じるとは思いもよらなかった。大人達がこうも簡単に動いてくれるなんて、やはり僕らと、少し年の離れただけの人間の興味や行動に、大した差はないようだ。

川原さんが去った後の静かな駐車場から一人、自転車に乗って家路につく。あれから董介とは会っていない。もちろんポンちゃんとも。今回の件をどう思っているのか、聞いてみたくはあったけれど、聞いたところでどうにもならないとも思っていた。もう、どうにもならない。

特に事故ることもなくスーパーで半額の弁当を買ってから家に帰り、手洗いとうがいをしてすぐにパソコンをつけた。弁当は温めるとべちゃべちゃになるのでそのまま食べる。

SNSを開き、もともと使っていた無害なアカウントから、モアイについての検索を始める。日に日に増えていくモアイのアンチ。ネット上に吐き出される嫌悪と嘲笑《ちょうしょう》。それを眺めているだけで僕は一種の催眠状態に陥るような感覚を味わった。脳がくらくらと揺れ、心拍数があがり、多少の吐き気を催す。

中には擁護の声もあり、そんなことは今時どこの大学や企業でもやっているだのという恐らくは一般的な意見も、一つスクロールするだけで悪意にかき消される。

モアイはただのよく分からない団体という受け取られ方から、今や一つのエンターテインメントへと変化していた。

僕もまた世間に問いかける形でこの祭りに参加している。今朝もまた一つの餌をこの世界に放った。その効果も、随所に見られているようだ。

ここまで事態が大きくなると、僕の手がまるで届かないところに行ってしまっているのも不本意で、僕なりに、この遊びを手元に置いておきたかったのだ。

とはいえ特別で新鮮な何かをしたわけではない。新たに、前回画像に加工したのとは別の企業からのメールをスクリーンショットで保存し、ネカフェからネット上にアップした。

今回は画像が一つだけということもあり味気なかったので、文章をテキストとして打ち込んだものも画像の中に組み込んだ。

『理想とは何か。正しさを問う。』

それだけで終わろうかと思ったのだけれど、あとほんの少し、感情が指を動かした。

『人に不用意に近づき、身勝手に肯定し否定してきた者達の理想とは何か。』

結局、それを最終の文章とした。多少、董介やポンちゃんへの皮肉も込めた。新しい画像は、また勇者気取りの奴らの手によってよく拡散されていた。

この画像だっていつかは秋好のもとにも届くだろう。そうして彼女の改心の一助となればいい。悔い改める理由となればいい。

秋好の反省や後悔の表明はまだだろうかと、僕は彼女のSNSアカウントをいくつか覗《のぞ》いた。しかし、ここ数日まるで更新されていない。並ぶのは、面白くもない交流会の様子や日常の風景ばかりだ。

もう少し、時間と爆発が必要だろうか。思案しながら、SNS内で「モアイ」で検索し、スクロールで流し見している最中だった。

それが目にとまった。

僕は、一度通り過ぎたそれを見間違いだと思った。しかし、スクロールバーを上部へと戻し、自分の動体視力が案外捨てたものではないという、無駄なことを知った。

驚き、じっと、見入ってしまった。

手の届かない、ネットの海、そこに、一枚の画像が貼られていた。

見間違うはずがない。

それは、秋好とテンのツーショットだった。

何かの打ち上げの最中なのだろう。満面の笑みの二人が、グラスをこちらに向けて掲げている。まるで気の置けない親友みたいに。

最近のものなのだと思う。僕が持っている写真の中の秋好よりも、幾分か髪が短く、化粧っ気がきちんとあって、落ち着いた服を着ていて、交流会の日に見た彼女の方に近かった。

事態を知らない呑気《のんき》なモアイメンバーが写真をあげたのだろうかと思ったけれど、そうではなかった。そのアカウントはいわゆる捨てアカウントのようで、写真の他にはたった二つの情報しか載っていなかった。

そのたった二つは、どちらも電話番号だった。そのうちの一つに、僕は見覚えがある気がした。慌てて、スマホを確認する。

案の定、一つはずっと使われることなくスマホの中に残っていた秋好の電話番号だった。ということは、もう一つはテンのものだろうか。

とっくに変わっているだろうと思っていた秋好の電話番号。望めばすぐにでも彼女との対話ができてしまうことに戸惑いつつ、僕は、事態が僕の想像すらしない方向にいよいよ進み始めたのだということを感じた。

まさか、ここまで手加減のない者がいるとは思わなかった。

ひょっとしたらそろそろ僕が事態を拡大させる行為から手を引くべきなのかもしれないと、ちらり思った。しかし確認すると、画像はすでに拡散されており、僕一人の力では止められないだろうことを悟った。

もう一度、二人の写真を見る。

この笑顔は、不正を働き、人を傷つけ、理想を捨てたうえに、成り立っている。

自分自身の意思だったのか、大勢の意見に身を任せたのか。僕もまたその画像と情報の拡散に、一つ手を貸した。

ここまで来てしまったのは、僕のせいではない。

モアイが、批判を受けるに足る悪だったのだ。

そう理解できると、クリックする指が極めて軽い調子で動いた。


大学がモアイに対しなんらかの処分を行うと正式に発表したのは、次の週のことだった。気がつけばもう夏休み。できる限り混乱を防ぎたかった大学にとってみれば唯一の救いだったんじゃないかと思う。

僕もすでに授業には出なくなっており、バイト先と家を往復する生活を送っていた。

今日もいつも通り、夜シフトでバイト先に着くと、ほぼ同時に駐車場に着いた川原さんが僕を見て笑いかけてくれた。

「おざす。あの、大丈夫です」

「え、何がですか？」

「ぶちぎれてないんで」

どうやら、ここ何回かシフトがかぶる度に怒っている川原さんに怯《おび》えている様子が伝わってしまっていたようだ。にしてもその笑みはなんだろう。

「それは、どっちかというと安心しました」

一緒にロッカールームに入りながら言うと、川原さんは、んふーと息をついた。

「や、もう処分があるって決まったからには受け入れようと思って」

「受け入れる？」

「私も一応、モアイなんで。悪いことは悪いことですし、責任、なくはないです」

「いや、川原さんにはないと思いますけど」

これは心からの気持ちで言うと、彼女は首を横に振った。

「ゼロではないです。直接関わってなくても、ゼロって言ったら自分を裏切ることになるんで」

「ああ」

その相槌《あいづち》は川原さんの意見に納得したものではなかった。

ああ、なるほど。

川原さんもまた、自分に酔うタイプの人間になろうとしているのだ。

一種の寂しさを感じたけれど、彼女には、せめて笑顔で「凄《すご》い考え方ですね」と伝えた。

「んなことないっすけどね。ま、分かんないす。モアイ内でも、今回のこと批判してる人達は結構いるみたいやし。いよいよ土曜に報告会あるんで、そこでの話によっちゃまたぶちぎれてるかもしれないんすけど」

「あ、いよいよなんですね。まあ落ち着いた感じになるといいですね」

「はい、あ、もしぶちぎれてたら飲みにでも付き合ってくださいよ」

まさかの川原さんからの誘いに、どう答えるのが正解なのか考えた一瞬の間をどう取られたのか分からないけれど、慌てた様子の川原さんは「まあもしよかったら」と一度謎の会釈をして、店頭の方へ姿を消した。

川原さんも生き辛《づら》い人だ。後輩への心中だけでの労《ねぎら》いも程ほどに、僕はモアイで行われるという幹部達からの報告会の日程を手に入れたことについて考えた。

どうにかしてその報告を聞くことはできないだろうか。その報告会は、いわば今回の事態に対する秋好の想いや今回の顛末《てんまつ》が語られる場だ。人づてで聞くのもいいのだけれど、どうせならばこの数ヶ月の自分の戦いがどのような結末を迎えるのか、自ら確かめたい。

更に言えば、自分の中にこっそりと悪役のような想いも存在した。

負けた秋好の顔を、見てみたかった。

けどそれは半分冗談のような想いで、実際にはそこから秋好がもう一度、原点に立ち返る姿を期待してもいた。

あのパスワード。ひょっとしたら秋好は、すぐにでもあの頃の理想を思い出してくれるんじゃないかという希望があった。

だからこそ、できることならその報告会に居合わせたい。

どうにかならないだろうか。考えているうちに、川原さんが戻ってきてバイト開始の時間になった。

ここ数日そうであるように、バイトも食事も会話も何もかも、モアイに関すること以外は全てもやがかかったようにぼやけていた。

※

「楓さ、次の日曜、暇ー？」

モアイが二人だけだった頃。

「特に予定はないけど、なんで？」

なんでもない授業の後だった。僕は秋好の方を見ずに中庭を歩きながら訊《き》いた。

そのころ僕らは、なんのしがらみも余計なものもなく、友人として、ただの二人だった。

「ＮＰＯやってる院生の人がいじめについてのシンポジウム開くらしいから会いにいってみようかなと思って。暇なら一緒行かない？　あれ、ていうかバイト始めたんじゃなかったっけ？　日曜とか入らなくて大丈夫なの？」

少し迷ったけれど、嘘をつくことも無駄だったので、正直に答えた。

「日曜は入れないようにしてるんだよ。秋好がそんなのに誘ってくることもあるし」

一瞬きょとんとしてから、秋好はすぐに口角を限界まで上げる。

「楓はなんだかんだモアイのことをよく考えてくれてるよなー」

別にモアイの活動だけが理由で日曜を空けているわけではなかったけれど、せっかく喜んでいる友人に水を差す必要もなかったので、そういうことにしておいた。

「でもせっかくの日曜にいじめのこと考える必要ある？」

「その人、平日は働きながら院生やってる人で、会える機会なかなかなくてさー。それに、月曜日に考えるよりマシじゃない？」

「それは確かに」

嫌な日に嫌なことを考えたくはないなと思った。

「内容的には、いじめる側のケアについてもやるみたいだから、多分教育系の人が来たりすると思うんだよね」

「僕ら教育系じゃないよ」

「でも、目の届くところでいじめがあった時に、何か出来ることを出来たらと思って」

その透き通った目に、僕は相変わらず弱かった。

「暇だし行こうかな。秋好がいじめられてたら一応助けようかと思うし」

「一応じゃなくて、ちゃんと助けてほしいんだけど？　うん、でも」

わざと作ったニヒルな笑顔のようなものが、まるでできていなかったのを、よく覚えている。

「期待してる」

慣れない表情をするのが、彼女はとにかく下手くそなのだった。

※

たまに、大学の四年間とはなんだったのかを考える。

この、生きている実感も責任も持たず、少年の意気や厭世《えんせい》を捨てきれず、嫌気がさすほど自由になる、そんな季節。

自由を背負って、我が物顔でいることが大学生の特権だとしたら、僕は大学生ではなかったのかもしれない。

僕は自由を使って何もしなかった。何も手に入れなかった。ただその場の空気に身を預け、ただ時が経つのを待った。就職活動も、皆が正しいとすることに倣いクリアした。

何か、本当の意味でしたことがあるだろうか。

もしあるとするならば、この数ヶ月間だけだった。

歪《ゆが》んでいても前を向き、生きていた、数ヶ月。

だからこの数ヶ月間が無意味でないと知りたかった。

モアイ幹部達からメンバーへの報告会の日。結局、秋好やテンに顔の割れている僕は忍び込む手段を思いつかなかった。それならせめて声だけでも聞けないかと、こっそり音漏れを狙うことにした。大勢を相手にマイクを通さないということもないだろう。ついでに、早めにどこかで待ち伏せておいて秋好達の様子も一目見られればと思い、今日の目覚ましを報告会開場の四時間前にセットした。

場所は例のあのホール。近づくのは、あの日以来だ。

懐かしい夢から目覚めてすぐ、多少の吐き気は無視して体と脳を叩《たた》き起こすため、化け物という名前の少々危なそうな味がする飲み物を流し込み、コンビニで買っていたおにぎりを二つ、口に押し込んだ。

糖質とカフェインで全身に火がともったような感覚があり、目が覚めた瞬間から強烈に浮き上がってきていた鼓動をよりはっきりと感じられた。吐き気も依然としてあるけれど、これはもう仕方がない。

変装はしない。すればきっと余計に目立つ。大学構内ではこそこそとしなければならないけれど、僕は僕なりの恰好《かっこう》で集大成の場に出向く。変わってしまったモアイへ、僕からのメッセージのつもりもあった。

家にとどまっていてもそわそわとして落ち着かない。僕はエネルギー飲料の最後の一口を飲んで、もう出かけてしまうことにした。

スニーカーを履いて外に出ると、まだ朝だというのにもう日差しはじりじりとコンクリートやアスファルトを焼いていた。鍵《かぎ》を閉めて、退路を断つ。

この広い世界で、僕が今、戦いに出ようとしていることなんて誰も知らない。近所の人はもちろんのこと、董介も、ポンちゃんも、川原さんも、知らない。けどそれが当たり前なのだし、それでいいように思った。僕の四年間のほとんどの時間は、一人だった。誰も僕の心の隣に立ってなんてくれなかった。唯一、あいつ以外は。でもそれも過去のことだ。今は正真正銘、一人になった。

一人になると、一人であることを覚悟し受け入れると、随分と身軽で、またまるで体が薄い殻のようなものに包まれ外気に強くなっているような気がした。

気づけたこともあった。一年生の頃の僕は、自分が一人であることを認めてなんかいなかった。似非《えせ》の孤独を気取っていた。

それに比べて、きっとあいつはあの頃、本当に一人だった。

出会った時から。あいつは自分で自分を信じることができていた。だから真実はどうあれ、強くいられた。心の隣に立つ奴なんていらなかった。僕はそんなあいつを、ばかばかしくもどこかで同類なのだと勘違いした。本当は、見た目通りにまるで違う生き物だった。あいつは、僕のことなんか忘れていった。

僕が見ていなかったあいつの二年半は、どんなものだったろう。持ち上げられ煽《あお》られ大切なことを見失い誤魔化し、もちろんそれだけではないはずだけれど、根本のところで間違ってしまったあいつは何を考えていただろう。知りたいけれど、知りたくない。もう僕は、失望に疲れてしまった。

階段を下りていると、マンションの他の住人とすれ違う。互いに会釈だけで挨拶《あいさつ》をした。きっとお互い、相手のことを慮《おもんぱか》ったりなんて一切しなかった。

僕の頭の中には、あいつがいた。

変わってしまった友人。交流会の日に見た険のある顔つきも、日々更新される面白みのないSNSも、どこかから流出した写真にいた笑顔も、あの頃の本当のあいつにはなかったものだ。それが悲しくて、そうなってしまったあいつに、理不尽だとどこかで分かっていても憤りを覚える。

実は、先日、もし運と縁があれば対話をしてみようかと思い立ったことがあった。あいつに電話をかけてみたのだ。しかし運はともかく、縁はもうとうの昔に千切れていたようで、その電話番号はすでに使われていなかった。

しかし繋《つな》がったとして何が言えただろうとは思う。間違ってるって言えただろうかこの僕が。元の君に戻れと言えただろうかこの僕が。

もし繋がれば、あいつのことだ、きっと何もなかったかのように「どうしたの、楓」だなんて言葉をかけてきたことだろう。そしてその演技が一向にばれていない気でいるはずだ。

ばればれだった。あの最後の会話をした時、あいつは僕をほんの少しだけ引き留めようとしたけれど、実のところ、活動に消極的なメンバーに構っている余裕なんてなかったんだって。その証拠に、あいつは僕の袖《そで》をつかむ程度の名残惜しさを見せ、すぐに僕の脱退を認めた。その程度、だったのだ。

全く悲しくないと言えば嘘になるけれど、どこかで、仕方ないことなのかもしれないとも知っていた。あいつは特別な人間だった。僕はその特別な人間の視野に入ってしまっただけ。

だから、僕のことを思い出してほしいだなんて思っているわけじゃない。ただ、特別だった人間に戻ってほしい。就活のための人脈作り、そんなことに奔走するつまらない大学生でいてほしくない。そんな程度の人間じゃないことを僕は知っている。

駅までの道のりをしっかりと汗をかきながら歩き、ただでさえ沸騰しそうな頭がやられては敵《かな》わないので駅前でお茶を買う。

土曜日の朝早くだというのに、たくさんのワイシャツ姿の大人達がホームにいた。電車が来ればまるで工場から出荷されるように、全員が同じ動きで乗り込む。

ダサい大人だとか、つまらない大人だとか、思わない。僕らと年齢以外に変わるものなんてさほどない。僕もいずれ、あそこに飛び込む。きっとその時に改めて思うと思う。ダサい大人だ、つまらない大人だ。その感情を今はまだ使わずにとっておく。

ほんの十数分。僕らの大学、普段は使わないエリアの最寄り駅について電車を下りる。土曜日に大学にいるのは部活生か研究生か、よっぽどのもの好きだけ。それも朝早くからいるわけではない。ほぼ無人のホームを、僕は一人で足音を立てて歩いた。

地上はやはり暑かった。帽子くらい持ってきていても良かったかもしれない。早く日陰に入りたくて、出口からすぐの校門へそそくさと向かう。後期は取るべき授業もない。大学という安全地帯に来られる機会もあと何度あるか知れない。やはりまるで感慨深くはないけれど。

構内に人はほとんどいなかった。学生らしき姿に交じって、近所の一般人なのだろうランナーが一人。

僕はひとまずホールに向かう途中にあった、木陰のベンチに腰掛けた。スマホを見ると、まだ報告会開場までは三時間ほどある。事前の準備などがあったとしても、幹部達がやってくるのはいいところ一時間前くらいだろう。万が一に備えたのだけれど、早起きが過ぎたことを反省した。

買ってきていたお茶を飲む。周囲では蟬が程よく鳴いていて、まるで健康的に散歩をしにきた人みたいだとおかしくなった。

余った時間をどうしよう。どこか涼しい喫茶店にでもしばらく入っていようか。時間を潰《つぶ》すのは得意だ。僕の大学生活はとにかく時間を潰すことに腐心したものだった。一時間半の授業に頭が慣れてくれることもついになく、何もない時間に学内をうろついて出会えるほど知り合いが多くもなかった。一人きりで、ときどき董介と一緒に、暇を持て余し意味もなく潰した。無駄な大学生活だったとは思うけれど、そもそも無駄じゃない大学生活がどこにあるだろうか。あまつさえ、世の中には大学で覚えたことが原因で犯罪に手を染める人間や、大学自体が原因で命を落とす人、それに例えば、もともと持っていただろう輝きを失う奴もいる。それに比べて僕はマイナスにはならなかった。上等だ。

考えてみると、今回やろうとしたことも言うなれば、過ぎた時間を元に戻そうとするような行為だ。モアイが変化していなければ、しなくてもいいことだった。時間を潰すことと何の違いもない。

もちろん、いつか流れゆく時間に希望を抱いたことが一瞬たりともなかったと言えば、嘘になる。それもまた他の大学生達と変わらないだろう。

入学してあいつと出会い、あのころ僕は確かに未来への希望を抱きつつあった。理想の自分、そんなものに出会える日が来るのかもしれないとすら思いかけたかもしれない。

あの時間が無駄だったとは、思わない。僕ら二人は少なくともあの時、何かをなそうと、何かになろうとしていたのではないか。何かを覆そうとしたのではないか。たとえその方向が自分本位で理解されないものだったとしても、光を持っていた。

今もまだ僕だけは、理想を背負って嘘を覆そうとしている。寄り道はしたけれど、自分を自分のまま、理想を追える自分で今、いられている。

自分を初めて、少しだけ肯定してやれるような気がした。

自分の考えで自分を肯定できるかもしれなかった。

僕が、三年とこの数ヶ月でやってきた全てのことを肯定してやれる。

僕のテーマ、あの画像のメッセージ。

気づかれたらどうしようという思いと、半ば、気づかれて初めて意味をなすのだというような予感もあった。

たったの数年だ。

たったの数年に意味なんてない。僕らと高校生に違いがないように。僕らと社会人に違いがないように。

だったらそれは、ゼロに戻せるということだ。

戻そう。

あの頃に、帰るんだ。

そこからもう一度、やり直せばいいのだから。

僕の中で熱い気持ちが沸き上がってくるのと一緒に、気温もどんどん上がっているような気がした。さすがにどこかに移動しよう。このままだと誰かが来る前にばててしまう。開場まであと三時間。一時間くらい休憩してたってお釣りがくるはずだ。

そう思って、僕は立ち上がった。

そして踏み出そうとした小さな小さな一歩を、

「あの」

止められることなく、僕は少し先の未来を踏んだ。

振り返る一秒に色々なことを考えた。

こんな時間に学校にいる奴のこと。僕なんかに声をかける人間のこと。

一年生の時の理想。二年生の時の失望。三年生の時の諦念《ていねん》。四年生になってからの闘争。

一瞬を行ったり来たりするような圧縮された時間の中でそれらの全てを思い出したような気がしたけれど、本当かどうかは分からない。何が本当かなんて、分からない。

分からない中で、人はいくつかを自分にとっての真実として否応《いやおう》なしに選ばなくちゃいけない。

振り返った先のことを、僕は受け入れなければならなかった。

秋好寿乃が、いた。

※

もう、回想はいらない。

※

目の前に真実があった。いた。

秋好………、秋好だ。

そこにまぎれもなく、秋好寿乃がいた。

多少やつれて、目の下にくまができてはいたけれど、その服装は前に交流会の日に見た彼女で、その化粧は、テンとの写真にいた彼女で、でも他のことに気を取られている秋好も、笑顔の秋好もそこにはおらず、ただ僕の方を戸惑うような目で見る現実の秋好がいた。

二年半ぶりだった。対面するのは。

どうしてこんなところに、と、僕から訊《き》くのはあまりにも白々しかった。僕はその理由を恐らく正確に知っていた。きっと、責任者として誰よりも早く会場を訪れたかったのだ。それにしてもこんなに早く来るなんて思ってもみなかった。もう少し、用心深くいるべきだった。

秋好がこちらに差し出しかけた手からは、僕の後ろ姿を見て声をかけようかどうか悩んでいたところ、僕がどこかに行ってしまいそうになったので慌てたという、内心が読み取れた。

僕が突然のことに立ちすくんでいると、秋好が一度視線をそらしてから改めてこっちを見た。

「えっと、あの……」

言葉を、慎重に選んでいるのが分かった。

「久しぶり、田端くん」

田端、くん。

「………ん」

それは相槌《あいづち》でもあったし、違和感から漏れただけの一音でもあった。

楓、じゃなく、田端くん。

どちらも、僕には違いない。

「あの、ごめん驚かせて」

「いや、別に」

僕らはまるで、何年も会っていない友人同士のように見えただろうし、実際にそうだった。

何を言うべきなのか、考えていると、訊いてもいないことを秋好が説明しだした。

「声、かけたのはちょっと」

「……」

「できたら話したいこと、あって」

僕の目を見たり、僕が座っていたベンチを見たりしながら、秋好は喋《しゃべ》っていた。

話したいこと。心当たりが、あり過ぎる。

「あ、そうだ、私、この前、電話したんだけど、番号変えちゃってた、でしょ。アドレスも」

「…………二年半も経ってるから」

二年半も無視しておいて、今さら接触を図ってきたことへの当てつけのように聞こえたかもしれなかったけど、秋好は戸惑うように笑ったまま「そうだね」とベンチを見て言った。

迷っているのがありありと分かった。

何に対しての迷いなのかは、いくつか想像できた。話しかけてしまってよかったのか、どんなふうに話せばいいのか、何を話せばいいのか、いや、三つ目は話したいことがあったということだったから、違う。ならば、今ここで話していいのか、などもあるかもしれなかった。

秋好が僕に話したかったということについて、期待と恐怖を一緒に抱き始めていると、彼女は僕にばれないように小さく深呼吸をしてから、ぎゅっと、こちらに視線の焦点を定めた。

「元気、だった？」

「…………まあ」

「そっか……あの、話したいことがあって」

改めての宣言。きっとここで話す覚悟を決めたのだろうけれど、相槌は打たなかった。打てば、秋好の話を受け入れる前提を作ってしまうと思ったからだ。

正面から見た秋好の目に、あの日の透明度はなかった。二年半かけて刷り込まれた懐疑の色が、彼女の世界を汚していた。

「あの、知ってる？」

こんな回りくどい喋り方もしなかっただろう。僕は、首をかしげて反応した。

「えっと、モアイ、今、大変でさ。ちょっと、問題があって、これから皆への報告と、話し合いがあるんだけど」

「………そう」

秋好の整えられた眉《まゆ》が、動く。

「……うん。モアイが今、大変なんだ」

「そうなんだ」

事実を事実として受け止める、そういうつもりで頷《うなず》いただけなのに、秋好がもともと大きな目をわずかに広げた。

「なんとも、思わないの？」

彼女の感情の動きを理解する。分かったうえで、なんの意味もない返事を用意した。

「……よく分からないから」

「モアイが、大変なんだよ？」

「関係ないし」

「でも私と……田端くんで、作った、モアイだよ」

「もう違うでしょ」

秋好の言い方に、少し苛立《いらだ》ちを感じ、批判に聞こえる言葉を選んでしまったことを後悔したし、実際に良くなかった。

秋好が、息を大きく呑《の》む音が、聞こえた。

「違わないよ」

「……一緒じゃないよ」

秋好の目つきが変わる。

「やってることは、うん、違うかも、しれないけど」

「違うだろうね」

「でも、モアイはモアイだよ」

まるで押しつけるような声色の宣言。

「何が、違うと思うの？」

まるで問題を出すような声色の問いかけ。

それくらい自分で分かるだろうと思ったのだけれど、秋好は違う捉《とら》え方をしたようだった。

「さあって」

失望のようにも、怒りのようにも感じられた。

「分からないのに……」

「だからよく分からないんだって」

「よく、分かってもないのにっ」

不自然に語気を荒らげるのと一緒に、秋好がひどく悔しそうな顔をした。唇を一度嚙《か》んで、眉間《みけん》にしわを寄せた。

何を悔しがっているのか僕は知っていると思う。けれどだからこそ、悔しいのはこっちだと、思った。よく分からないようなものに、変えられてしまったんだ。

秋好の表情から、彼女はもう全てのことを知っていて、何かしらの非難を感情に任せてぶつけてくるのだろうと考えた。けれど、そこはやはり巨大団体の代表というべきなのか、感情を顔に出しながらも必死に抑えるように、秋好は息を吐いた。

「あのさ、話がしたかったの」

「うん、さっき聞いた」

「……さあ」

「……もう、単刀直入に言うね」

その前置きに、怯《おび》えなかったと言えば、嘘になる。

起こってもいないことに怯えるなんてバカバカしいのだけれど、人生を振り返れば予測した悪い未来は半々くらいの確率で来てしまう。だから人はいつまでも怯え続ける、そういうものだ。

今回だって、そうだった。

「ここにいるの、偶然じゃない、よね？」

「……」

「あれ、君だよね」

何気なく首をかしげる練習を、僕は心のどこかでしてきていた。

「あれ……？」

イメージは思いのほか正確に具現化された。僕の表情と、それから秋好の表情も。

「モアイが」

もう、彼女は迷っていなかったように思う。

「企業と個人情報のやり取りをしてたこと、ネットにあげた」

「それを、僕がしたって？」

「そうだよ」

秋好の頷きには確信が見えた。疑っているのとも、決めつけているのとも違った。分かっている、という様子だった。

もちろんだけれど、秋好の考えは当たっていた。問題はどうしてそこに辿《たど》り着いたのか。そして、そのことに対してどういった想いを抱いたのか。

予定していた腑《ふ》に落ちない表情を続けながら、僕は秋好に訊《き》かなければならなかった。

「よく分からないんだけど、そんなこと、どうして僕が？」

「知らない」

心底分からないというように、秋好は小さくかぶりをふった。余計なほこりを落とそうとしているようにも見えた。

「でも、君だって分かった」

心臓が、血液を一段と多く全身に向けて送り出した音が体内で響いた。

「なんのこと？」

気温のせいもあるのだろうけれど、血が、とても濃くなっていっている気がした。

「画像を見たの」

「画像？」

「画像に、書かれてた言葉で、すぐに思い出した」

「……何を？」

「君の、生きる上でのテーマ」

言い切った秋好の額には、汗が浮かんでいた。

「………」

返事をしなかったのは、口を開けば心の揺らめきが声に出てしまいそうだったからだ。

一度、つばを飲み込もうとしたけれど、上手《うま》くできなかった。

気づかれていたんだ。

気づいて、くれてたんだ。

僕の沈黙を、秋好は肯定と受け取ったようだった。

「なんで、あんなことしたの？」

意外だったのは、秋好の声が、詰問の色を帯びていなかったということだ。

「教えて」

懇願、じゃない。その声は、例えば僕を諭そうとしているように聞こえた。小学生のした悪いことを、親や先生が叱っている時のような声に聞こえた。

それが、気に入らなかった。

「仮に、例えばだけど、僕だったとして、それで何？」

叱るような論すような、自分は許してあげられる、というような、上から目線の声から一転。「何って」と反応した彼女の声にはいともたやすく怒りのようなものが混じった。

やっぱりだ。

分かっていた。相手を甘やかすようなその声、秋好が使った声は、人が相手を同等だと思っていない時に使うものだ。

以前の秋好は、そんな喋《しゃべ》り方はしなかった。

「私は、そのことについてちゃんと話がしたくてっ、声をかけたの」

「話も何も、ただ、悪いことしてたってことじゃないの？　知らないけど、企業に個人情報？　このご時世にそんな分かりやすく問題あることをしてたんだったら、そっちが悪い」

「それはそうだよ」

驚くほどあっさりと秋好は自らの罪を認めた。

「だからちゃんと認めて、責任を取ろうとしてる」

「……まるで、責任を取ることが偉いみたいに言うんだね」

思ったことを頭の中で精査し、感情をのせた言葉として放っただけだ。

「そんな、つもりは」

秋好が、見るからにひるんだ。心の芯《しん》をついた感触があったから、彼女の中で苛立ちが大きくなる前に、僕は言いたいことを言ってしまうことにした。

「分からないけどさ」

時間をかけている意味も、あまりない。

「そんなことをしようとした人の気持ちでも考えてみたらいいんじゃない」

それはもう、全てを認めてしまっているような前置きだったかもしれない。

「前はどこかにあったのかもしれない、理想を追い求めるだけの秘密結社が」

本当なら、秋好を前にこんなリスクのあることは言ってはいけない。

しかし二年半の月日が、僕を見る秋好の変わってしまった表情や声や、呼び方が、僕の背中を掻《か》き毟《むし》っていた。

こういう時掻き毟られるのは、てっきり胸なのだとばかり思っていた。

「理想をうたって、誰かの邪魔をすることもなく存在していた頃は誰もなんとも思わなかった。その組織が、下品に大きくなって大学中に広がって、メンバー達が我が物顔で人に迷惑をかけ始めた。疎ましく思ったのは一人じゃない。たくさんの人が、モアイを鬱陶《うっとう》しがった。その中に、今回みたいに行動を起こした奴がいたって、それだけだ」

掻かれる背中にどんどんと、深い傷がついていっているような気がした。止められなかったのは、秋好の顔が気にくわなかったからだ。傷ついた顔を、後悔の顔を、しなかったのが気に入らなかったからだ。

僕は喋り続けた。これまでを吐き出すみたいに。

「モアイのせいで周囲が変わってしまった奴がいた。大学生活が変わってしまった奴も、人生が変わってしまった奴もいたかもしれない。自分の望まない方向に。モアイはなりたい自分になるだなんてテーマを掲げているのに。周りの人達はかき乱された。犠牲者がいたんだ」

僕が、明らかに責めているにもかかわらず、秋好は口を挟まなかった。

唇を引き結び、まるで普通の人間が何かに耐えているようにこちらを見ていた。自分がモアイの代表であることなんて、忘れ切っているような顔だった。

そこに一瞬、まっさらな秋好がいた。

「モアイは、確実に加害者としての側面を持っていた。なのに罪を償わずに来たから、今回のようなことが起きた。当たり前のことが起きた、それだけの話だ」

ふと。

喋りながら僕はふと、秋好の表情から一つの可能性を見つけた。

それは、僕のただの願いだったろうか、いや違う。

秋好は、気づこうとしているんじゃないかと、思った。

自分がやろうとしていたことの間違い、過ちに。

例えばそうだったとして、今さらだなんて思わない。

なぜなら、僕は実のところ、普通の人にされてしまった秋好もまた、モアイの被害者なのかもしれないと、ずっと思っていたからだ。

自分自身すら気がついていなかっただけで、彼女はいわば大衆に洗脳されて力を奪われた勇者なのかもしれない、と。

そのことに今、僕の話を聞いて気づこうとしているのかもしれない。

自らの過ちを思い返し、恥に耐えているのかもしれない。

変調が今、起きているのかもしれない。そんなふうに考えが及んだ。

「おかしくなったんだよ、モアイが」

僕は話の向かう先を、希望ある終着点へ向けようとした。

秋好が考えを改めてくれるべき、未来がそこにあるかもしれないと思った。

「でも、今回のことはひょっとしたら、良い機会なのかもしれない」

ひょっとしたら、だけど、秋好も今のモアイをおかしいと感じ始めていた可能性もある。それでも止められなかった。代表という責任や、流れの余りの激しさのせいで。

一人じゃ、覆せなかったのかもしれない。

だとしたら、まだ間に合う。

「もう一回やり直せるんじゃ、ないかな」

秋好は、依然としてじっと耐えるように僕の話を聞いていた。涼やかな風が、一度だけ吹いた。影が揺れる。

「もう一回、作り直したらいい」

この数ヶ月の願いを秋好に伝える。

「ちゃんとしたモアイを」

言えた自分を、少しだけ誇らしく思えた。

話しやすいように、焦点を合わせていた鼻から視線を移し、秋好の目をしっかりと見る。互いをきちんと見ると、変わり切ってしまったモアイに振り回された僕らはまだ、何も変わっていなかったのかもしれなかった。

「もし必要だったら、手伝うから……」

言葉を差し伸べると、秋好は視線を少しだけ下げうつむいた。

何を思っているのか、何を考えているのか、分からないけれど、想像はしてみていた。

何かを思い出してくれているのならいいと、そう思った。

けれど実際には、期待は、悪い予感とは違い、大体八割は裏切られるものだと理解しておくべきだった。

全てを打ち砕くように、秋好の唇が動いた。

「ふざけんな」

一瞬、意味を受け取れずにいると、秋好は今一度、僕の目を見た。潤んで、全身の力を全て込めたような目で、僕を見た。

奇妙なことに、それは、積年の敵を睨《にら》みつけるような目だった。

「ふざけんな、ふざけんなっ！」

耐えてきた何かが噴き出したような剣幕に、今度は僕がひるんでしまう。

「秋好……」

「はあ？　何がおかしくなった？　何が良い機会？　何が作り直した方がいい？　あと、何？　ちゃんとしたモアイ？」

それらはもちろん、質問ではないだろう。

「モアイの中のこと、何も知らないくせに！　この二年半のことも、何も知らないくせに！　それが、モアイを壊そうとして、人のせいにしようとして、何を、言ってるわけ？　ふざけんなっ」

呼吸も忘れていたのか、秋好は肩で大きく息をした。僕は彼女の使った言葉の意味を反芻《はんすう》する。

何度か反芻して、そのおかしさに気がついた。

僕は、せっかく、モアイを正しい方向に導こうとし、そのうえ和解のための手を差し伸べた。それを、突然否定され、ふざけんななんていう罵倒《ばとう》を受けた。

骨身に沁《し》みるほど理解してから初めて、頭に血が上った。

「何言ってんだよ、知ってるよ、分かる、モアイがおかしくなったことだけは」

「あのさ、さっきからおかしいって何？　何がおかしいわけ？　適当に言わないで！」

さっきまでのこちらを窺《うかが》い見るような態度はもう、なかった。

「おかしいだろっ、誰かに迷惑をかけ、悪事まで働いてる。そもそも、さっき言ったように、僕らが作った頃のモアイとは全く違うことをやってるじゃないか」

秋好は歯の隙間から音を立てて息を吸う。

「今回のことは私達が悪いよ。それに迷惑をかけた側面だってあるかもしれない。でも、あの頃と違うってことの、何が悪いわけ？」

「それは」

思考を言葉にする前に、一瞬の間も待てない秋好が追撃をしてきた。

「全然おかしくない。時間が経てば、変わるものもあるなんて当たり前でしょ。変わらないものが偉くて、変わるものが悪いなんてことあるわけないじゃない」

その叱るような態度が、僕をさか撫《な》でる。

「秋好が、偉そうに人に説教をすることもなかった。変わったね、悪い方に」

「こっちの台詞《せりふ》だよっ」

秋好の、表情が変わる。彼女の中で、哀しみが、怒りを少しだけ追い抜いたのが分かった。

「君は、どうしてそんなふうになっちゃったの？」

「それこそ、こっちの台詞だ。理想も捨て去って、どうしてそんなふうになったんだよ」

「捨ててない！」

今までで一番大きな声を、秋好が出した。

「理想を捨てたりしてない！　できるだけ多くの人を幸せにしたい、皆が後悔しない人生を歩んでほしい、幸せを手にした皆が良いことをするようになればいい、その先で、もしできるなら、戦争も貧困も差別もなくなればいいって思ってる！」

「じゃあ、就活サークルごっこなんてやってる場合なのかよ！」

「願ってるだけじゃ無理なんだよ！」

秋好がまた叫ぶ。

たいそうな、願いが詰まったような声。

でも秋好が言っていることっていうのは、それってつまり。

「叶《かな》えたいものに辿《たど》り着くために、手段と努力と方法がいるの。それを、考えてやってきた。おかしくなったんじゃない、手に入れようとしたんだよ、それくらい分かってよっ！」

「……願う力を信じなくなったなら、それはもう、理想じゃない」

秋好がそんなことを言い出すなんて、いよいよ、失望する。

「そん……」

うめくような声と一緒に、重そうなビジネスバッグが、秋好の手をすり抜けて、地面に落ちた。

僕は、彼女に問う。

「そうやって、小手先でやってきて、四年間で何ができた？　適当に就活生の手伝いをして、世界の何が変わった？　馬鹿な奴を引き入れて、あげくにはモアイの株を下げて、それで何が良い方に向かった？」

僕の問いに、所詮《しょせん》はただの女子に成り下がった秋好は、涙を必死にこらえているように見えた。その程度に、なってしまったのだ。

「秋好、教えてくれよ」

それは僕の四年間の意味への問いかけでもあるようだった。

僕は、彼女からの回答を待った。

何か意味のある言葉を求めた。

やがて、秋好は僕の目を見たまま、わなないた。

「………間違ってた」

秋好が語る真実に期待していたのに、彼女が震える声で吐いたのは、会話にすらなっていない言葉だった。

ただ、その言葉を聞いた僕は、どこかで安心していた。かみ合っていなくとも、ついに秋好が自らの過ちに気がついてくれたのだと、思った。嬉《うれ》しくすらあった。懺悔《ざんげ》だと思った。

僕はそれを、彼女の口からきちんと聞きたかった。

「間違ってたって、何が？」

秋好は、今度ははっきりと唇を開いた。

「二年半の間に、君がモアイにいてくれたらって思った時が何度もあった、そんなの全部、間違ってた！」

まくしたてられたのは、思いもよらない、告白だった。

僕は戸惑う。何を言っているんだと、頭に疑問符が浮かんだ。心の奥に、嬉しさと悲しさもあったけれど、見ている場合ではなかった。

「秋好が、僕を、昔のモアイと一緒に切り捨てたんじゃないか」

「切り捨てた？　何の話をしてるわけ？」

「価値観を変えて、僕を追い出したんだ」

「勝手に出ていったんでしょっ」

「引き留めなかったじゃないかっ」

「約束したじゃん、嫌になったらやめていいって。だからだよ、それに何度だって訊《き》いた、このままで良いのかって。でもその時に何も答えなかったくせに、今さらになって、報復みたいなこと、人として、間違ってる」

突然の人格否定に、唖然《あぜん》とした。

「そんな人に、私の四年間を否定されたくない！」

金切声をあげた秋好は、思い切り首を横に振った。あの時とは違う髪型の、揺れる髪の一本一本すら、気に入らなく思えた。けれど、そんなことを口にしてやる必要はなかった。

容姿の否定なんてして、人格否定をしてきた相手の立つ位置まで堕《お》ちてやる必要はなかった。

「マジで分かんない！　なんであんなことしたの？　気に入らなかったら、あの時、周りの誰かに相談するくらいできたはずでしょ？　周りの人達が苦手だったら、私に言うことくらいできたはずでしょ？　なんで、ほんとに、意味分かんない！」

「じゃあ、分からないなら、分かろうとしてないんだろ。秋好は結局、自分と違う僕のことなんて考えようともしなかったから、分からないだけだ」

「したよっ！　した！　だから今回だって、二年半前だって、本当はちゃんと話を聞きたかったの！」

「でも結局できなかったことを、僕のせいにしてる」

図星を指されたと思ったのか、秋好の顔が歪《ゆが》み、歯ぎしりの音が聞こえてくるようだった。

「話をしようにもあの時の秋好の周りは、いつも誰かがいただろ。尋木や、脇坂、さんや。取り巻き達が。だからそんな時間、持てるわけなかった」

当時のことを思い出すと、先ほどの秋好の言葉も到底信じられなかった。

「僕がいればいいと思ってたって？　そんなのも嘘だろ、どうせ。あの時、秋好には僕なんかいなくても、頼れる人達がたくさんいたじゃないか。それにさも、モアイのことだけに集中してたつもりみたいだけど、彼氏にでれでれして、うつつを抜かしてたろ」

皮肉を込めてそう言ったところで、

「………は？」

一音だけ、声を漏らした秋好の反応は、今日のどれとも違うものだった。強張《こわば》っていた顔から空気を抜かれたような、そんな表情をしていた。

「……は、え、ちょっと待って」

鞄《かばん》を放して空いた手で、自分の髪の毛をくしゃっと握る。その行動の意味が、怒りの入っていない、完全な当惑だと分かった。

僕も心中で戸惑う。自分の発言の何が彼女をそこに持っていったのか分からなかった。不信から、彼女を煽《あお》るような色を声に混ぜたけれど、それは相手を怒らせようと思ってやることだ。困らせようとしたわけではない。

見開いた大きな目で僕を見る秋好が、何に戸惑っているのか、分からなかった。相手が自分の想像と違う反応をしたことが気になった。

だから、彼女がすぐに続きを話してくれようとしたのは僕の望むところだった。

「え……まさか」

秋好の頰が、軽く痙攣《けいれん》しているようにも見えた。

「私のこと、好きだったの？」

「………………は？」

意味が、分からなかった。

先ほどの秋好と全く同じ種類の声が、僕の口から飛び出した。

何を言っているんだ？ と疑問符が頭の中を埋め尽くした。

「それで、あんなこと、したの？ 根に、持って」

秋好は、何を言ってるんだ？

好きだった、って。

「え？」

好き、って。

それはもちろん、当時は秋好のことを友達として信頼していた。認めていた。端的に言えば、好きだったかもしれない。

しかし、今、秋好の言っているニュアンスがそんな意味ではないことは明白だった。友達だったことを好きだったかとは訊かない。彼女は、今、僕が秋好のことを、そういった目で見ていたかと訊いているのだ。

「そんな、わけ」

言いかけた僕の目を秋好は見ていた。

秋好はこれまでにそんな顔してこなかったのだろう。

慣れない表情を作った。

「……気持ち悪っ」

秋好の姿が、黒く塗りつぶされたように一瞬だけ見えた。

けれど、そこにはちゃんと、僕を蔑《さげす》むような目で見る秋好がいた。

自分の頭の中が空洞になって、そこに秋好の声が響くような感覚があった。

反響する声に必死に耳を傾けてみても、先ほど耳に届いた時とその言葉の意味は同じだった。

好きだった？　気持ち悪い？

意味が、分からない。

何を根拠に、秋好は、何を根拠にそんなことを言っているんだ。僕が秋好に対して抱いていた感情を勝手に決めつけるなんて。

それとも、僕が気がついていなかっただけだとでもいうのか。どこかで僕は、秋好をそういう目で見ていたのか？　そうして彼女の言うように、根に持って、モアイを潰《つぶ》し、彼女に償いをさせようとしているっていうのか？

そんなわけ、ない。

「僕が、そんなことで、そんなふうに」

怒りが湧いてきた。これまでとはものの違う、体の芯《しん》から打ち震えるような怒りだった。見捨てられたことも、彼女自身が変わってしまったことも、罵倒《ばとう》されたことも、どうでもよくなってしまうような理由が、僕を震わせた。

見損なわれた。それも、勝手な思い込みで。

秋好に、見損なわれたんだ。

たったそれだけ。人からは理解しがたい理由だと思われるかもしれない。

しかしたったそれだけで十分だった。

黒い毒ではちきれんばかりになった袋が、僕の中で破裂した。

この毒は、大量で、気がついた時には口から漏れ出ていた。

「馬鹿にすんなっ！」

自分でも驚くほど大きくなった声に、秋好は驚いたように肩を震わせた。しかしすぐに態勢を立て直すというように、こちらをねめつけた。

「こっちの台詞《せりふ》だよ、そんなことで、そんなくだらないことで、私達の邪魔をしたなんて、信じられない！」

言い切る、その顔のどこにも、あの頃の秋好はいなかった。

僕は分かった。ようやく気がついた。

秋好の言う通りだった。

間違っていた。

間違っていたんだ、僕が。

変になったモアイをどうにかしてやろうとか、ましてや、正しい方向に秋好を導いてやろうとか、間違っていた。

もうとっくに手遅れだった。

いつだったら間に合ったんだろう。

きっと、いつでもない。

出会った時にはもう、手遅れだったんだ。

「間違ってたんだ」

「……そうだよっ」

「ただ痛いだけのお前なんて、あの時受け入れてやらなければよかった」

そうすれば、僕の四年間はこんなにもみじめにならなかった。

秋好は、面食らったような顔をする。

何を、驚くようなことがあるのか。

「自己顕示欲の塊のお前は、あの時、ただ誰でもいいから、自分の傷の応急処置をしたくて、適当な僕を選んだだけだ、僕が、お前なんかの隣に偶然、座ってしまったから」

「ちがっ……」

何かを言いかけた秋好は息と一緒に、その言葉を呑《の》み込んでしまった。彼女の顔色がどんどんと変わっていくのが分かった。僕の毒で、傷ついていることが分かった。

何を勝手にそんな顔をしているんだと、思い、また毒が噴き出してきた。

「何が、理想のためだ。何が皆のためだ。お前はずっと、お前のためだけにしか生きてないくせに、僕はその巻き添えになった」

ずっと、言ってやりたかったのだと、本気で思った。

秋好だけじゃない。

誰も彼も、理想を語る。誰かのためだと優しさを語る。けれど、薄皮一枚はげば、そこに自らの欲望があって、打算がある。

秋好も、董介も、テンも、ポンちゃんも、川原さんも変わらない。

結局はみんな自分のためで、そこにあるものがなんだってよくて、そこにいるのが誰だってよくて、自己顕示欲やお金や性欲のために、人を利用できる。

正義感を確かめる場所としてモアイを使うことも。

寂しくて、先輩を恋人の代わりに使うことも。

集まった友人達を就活の道具に使うことも。

側にいた後輩を性欲のはけ口に使うことも。

そしてきっと、

「お前は僕を、間に合わせに使っただけだ。誰でもよかったんだ。誰か自分を見てくれる人、その代用品に僕を使ったんだ」

いや、でも、秋好なら、ことここに至ってすら、まだそんな気持ちが、

「……そうかもしれない」

秋好は、僕の毒を全て飲み込んでしまったような、苦しみぬいた顔をして頷《うなず》いた。

その顔が、いやに脳裏に焼きついて。

何も聞こえなくなった。

秋好の唇が震えて動いているのは分かったけど、それだけだった。

耳を切り取られたのだと思った。それから胸や、腹も。空洞に風が通って、いやに寒気がした。

危機感に、襲われた。

差し迫った危機を、感じた。

足を切り取られる前に、この場を立ち去らなければならないと思った。

けれど、最後に言い残すべきことが何かある気がしたから。

「お前がいない方が幸せだった。きっと、みんなそうだ」

自分の声すら聞こえなかったけど、そんなことをまだ残された口で言えた気がする。

頭も半分切り取られているみたいで、自分が言いたいことを言えてるのか分からなかった。

残された目で、秋好を見て、僕は彼女に背を向けた。

その顔が見たかったんだと、遠い昔に思っていたような気がしたけど、もうどうでも良かった。

これで、僕と秋好の、別れとなった。

次の日、切り取られた耳は戻ってきた。けれど、胸と腹部に開いた穴にはずっと重たい風が吹いていた。何か食べれば食べたものがそのまま穴から飛び出していきそうで、あれから二十四時間以上、水も飲んでいなかった。

部屋の床から立ち上がりたくすらなかったけれど、決められたシフトをすっぽかすほどの反社会性を持っていなかった僕は、不十分な体でバイト先に向かうことにした。

一夜明けて、といっても眠っていなかったけれど、僕は昨日のことがどこか夢であるような気がしていた。ただ眠ってはいなかったので、夢であるわけはなかった。

昨日、本来目的としていたはずの報告会の音漏れを聞けていないのだから、これから僕がするべきなのは、バイト先で川原さんから話を聞くことだ。しかしするべきことが、したいこととイコールだった記憶なんていったいいつのことだろう。僕はもうそのことへの興味を失っていた。

怒りや焦燥は全て、昨晩のうちに空洞から、僕を嫌がるように逃げ出した。

空白を抱くと、更に空白が広がった。

モアイに対して僕がやってきたことも、モアイ自体のことも、罵《のの》り合いをしたことも、僕が僕のテーマに反してしまったことも、全てがむなしかった。

結局、秋好にとって、僕の存在が本当に間に合わせでしかなかった。モアイやそれに付随する全てのことは幻想のようなものだったのだ。僕の感情なんて、なくてもいいものだった。

時間や思い出をごっそりと無意味なものにされると、自分自身の存在すら無駄であるように思えた。いや、自分自身の存在が無駄だったのなんて、いつからかずっとそうだった気がする。僕が勝手に、無駄じゃないものだと勘違いしていただけだ。元に戻っただけ。一度でも、そうじゃないと勘違いしていたのがまた厄介だ。無駄をはっきりと理解してしまった。

無駄だから、もう、どうでも良かった。

別にお金がまるで足りてないわけじゃないし、バイトにやりがいを求めているわけでもない。誰か会いたい人がいるわけでもない。ただ習慣だから、時間になり、僕は外に出て、ドラッグストアへと自転車を走らせた。

昼間の太陽の名残が外気を燃え上がらせていたけれど、不思議と暑さはまるで感じなかった。

どうやって辿《たど》り着いたのかも分からぬ間に、ドラッグストアの駐車場についていた。途中で何度か足がペダルから外れた感覚があったのは覚えているけれど、どんな人とすれ違ったのか、何度信号に足止めされたかは覚えていない。

いつもの場所に停めて、裏口からロッカールームに入る。

入るなり、川原さんがいて目が合った。普段なら、モアイの報告会を終えて川原さんの機嫌がどうだとか気にしたのだろう。けど、もうどうでも良かったから、しっかり目を合わせて軽く会釈をした。

「おざいます」

「……うすっ」

川原さんの不愛想が、いつもと違って少しだけ不自然だったことも特に気にならなかった。どうせ、あと数ヶ月。バイトをやめれば彼女も僕を忘れる。たかがバイト先で気安く話せた先輩の僕なんて、いなかった存在となる。その程度の他人の感情の動きは、お互いにあってないようなもののはずだ。

バイト中の体力が、不安ではあった。しかし眠気は全く感じず、その代わりにただ落下し続けるような感覚があった。それも慣れてしまえば、落ち続けるまま立っていることはできた。

バイトでの作業はつつがなく進み、また例の持て余す時間が来た。僕は床に吸い込まれるように落ちていく感覚を、浮き上がってくる内臓と一緒に感じながら品出しや床拭《ふ》きをやった。

このまま、何もなく終わり、あの部屋に帰るのだと思うとおかしかった。空っぽの自分で空っぽの部屋に帰るなんてなんの冗談だと思った。

「あの」

しゃがみ込んでカロリーメイトの補充をしていたところで後ろから声をかけられた。びっくりして落としたカロリーメイトの箱を拾い、段ボールの中に戻す。ありえないスピードで鼓動する心臓をおさえ振り返った。どうせ商品の場所を知りたい客だと思っていたのだけれど、そこにいたのは川原さんだった。

思わずきょとんとしてしまい、ゆっくりと立ち上がる。自分より低い場所から高い場所へと変わる僕の視線に、川原さんはじっと目を合わせていた。

「……どうしました？　レジは」

「今、お客さん誰もいないんで、そっちは大丈夫す」

どうしたんだろう。

川原さんは、軽く眉間《みけん》にしわをよせていた。何かに怒っているのだろうか。

「じゃあ、何かありました？」

「いえ、田端さん大丈夫かなと思って」

「僕、ですか？」

「来た時から、なんか、うつろっていうか」

なるほど心配してくれての、その表情だったのか。

うつろとは、川原さんは人を見る目があるなと思った。

「大丈夫です。っていうか僕これまで生きてきてずっとうつろなんで」

冗談に聞こえるように、本当のことを伝えた。川原さんは、笑わなかった。

「ほら、うつろって、空っぽって字書くじゃないですか。だから、僕ずっとそうなんで、いつもと変わんないです」

笑われるか、もしくは心配されるか、ひょっとしたらそんなことを言うんじゃないと怒られるという可能性もなくはないかもとは思った。どれでもよかったのだけれど、川原さんはそれらではない反応を示した。

「……すみません、どう言えばいいか分からなくて」

どうやら単純に困らせてしまったようだった。

「あ、いえ、すみません困らせるようなこと言って」

「昨日から、ずっと考えてたんすけど」

「……昨日から？」

僕の疑問に、川原さんはハッとしたような表情になって、口元に手をあてた。

「すいません、田端さんに関係ないんですけど、ごめんなさい、いや、あの、ただ同じようなことを言ってた人が、いて、自分は空っぽやって。それ聞いた時も私、どうしていいか分からず」

川原さんも、妙な奴に絡まれやすいなと、他人事《たにんごと》のように思った。

「何も返さなくていいと思いますよ。本当に空っぽなんだと思います、その人も僕も」

「そう思えないす」

即座に発せられた否定の言葉は川原さんも予定していたものではなかったらしく、またすぐに「すみませんっ」と頭を下げられた。

「でも、ほんとに」

今さらなんだけれど、付け足されたその言葉で、川原さんは本当にできた人間なのだと思った。僕なんかとは違う、きちんと良い人。誰かの悪口も文句も言うけれど、他人を心から慮《おもんぱか》ることのできる良い人。

そんな川原さんは、これからは空っぽじゃない人と出会っていってほしいなと、空っぽながらに思った。

川原さんの言葉に納得したわけではないけれど、形式だけのお礼を言っておこうと思ったところで、誰かが店内に入ってきた音がした。二人して「いらっしゃいませー」と適度な音量で言う。お客さんじゃなく経営者が求めている挨拶《あいさつ》だ。

川原さんはレジに戻らなければならない。口元でだけどうにか笑みを作って、「じゃあ」と言い話を終わらせようとすると、彼女も頷《うなず》いて背を向けた。

僕もカロリーメイトを整列させないと、そう思ったのだけれど、しゃがむ前にもう一度「あの」と声がかかった。顔を向けると、川原さんが、お客さんに聞こえないようにだろう、近寄ってきてから小さな声で「要らない情報やと思いますけど」と前置きをして、言った。

「実は、もう一人空っぽだって言ってたのは、モアイのヒロ先輩でした」

川原さんはそれだけ僕に伝えると、今度は後ろ髪を一本だってひかれることなくレジの方へと戻っていった。

何の意図があって、と思った。あまりに意味が分からず、彼女が僕と秋好の関係を知っているはずなんてないのに、あてつけで言ってきたのかとすら思った。でも、そんなわけがない。

要らない情報、その通りだったのに、伝えられた事実は僕の体をすり抜けていかず、まだ切り取られていなかった首元のあたりで止まり、呼吸の邪魔をした。

しゃがみ込んだのは、カロリーメイトの列を揃えようとしたからじゃなかった。空間全体が揺れている感覚に襲われて立っていられなくなった。

膝《ひざ》をつく。息がしづらく、穴の開いた胸や腹部が寒くてたまらず、手が震えた。

『私のこと、好きだったの？』

なぜかこんな時に、ようやく分かった。昨日から、切り取られたものや、喉元《のどもと》をえぐっている感覚がなんなのか。

僕は、傷ついていた。

いつの間にか、視界は揺れておらず、代わりにぼやけきっていたけれど、誰かに見られないうちに慌てて隠した。

「あ、の、川原さんっ」

バイトが終わってから、いつも通り先にロッカールームを出ていく川原さんを、初めて僕は呼び止めた。

虚を衝《つ》かれたようで、目を見開いて振り返った川原さんに、僕はそれなりの勇気を出して呼び止めた理由を言わなければならなかった。

「すみませんっ、ちょっと待っててもらってもいいですか」

考えてみればおかしなお願いだった。川原さんはいつも基本的には駐車場で僕が出てくるのを待ってから帰っていく。

なのに川原さんは律儀に「はいっ、全然、「はい」と何度か頷いてから「じゃあ、外にいますね」と裏口を開けて出て行った。

エプロンとバイト用のシャツを脱いで、Tシャツに黒い綿パン姿で裏口から出る。

川原さんは、いつもと違って原付のエンジンをかけずに待ってくれていた。

「ああ、すみません、お待たせして、っていうか、呼び止めてすみません」

「いや、別になんもないんで大丈夫す」

「ちょっと訊《き》きたいことがあって」

どういうふうに切り出したものだろうか。突然そんなことを訊くのもおかしいだろうか。相手は僕のこれまでを知っているわけではないのだし、と、逡巡《しゅんじゅん》しているうちに、川原さんが手に持ったヘルメットを弄《もてあそ》びながら「もしかして」と言った。

「ヒロ先輩のことっすか？」

「え……」

「や、さっき変な感じで会話切れちゃったんで、そうかなと。違ったら、すいません」

違ってはいなかったので、僕は控えめに「そうです」と頷いた。

「なんでさっき、空っぽだって言った、もう一人がその、モアイのリーダーだって教えてくれたのかなと思って」

ひょっとしたら何かしらの関係性を知られているのではないかと、怯《おび》えた。

「……んー」

ヘルメットをくるくると回しながら、川原さんは夜空を見上げた。つられて見上げると、ドラッグストアの灯《あか》りで星は一つも見えなかった。

「なんていうか、ちょっと失礼な物言いになっちゃったら申し訳ないんすけど」

「全然、大丈夫です」

すでに傷のついた部分にまた新たに暴力を振るわれるかもしれない恐怖を抱えて、頷いた。

「あのね」

ずいぶんと距離の近い話し言葉に、少し安心する自分がいる。

「田端さんとヒロ先輩、ま、ヒロ先輩のこと知らなくても巨大団体のリーダーってことでお願いします。二人って、全然違う人種やないっすか？　多分やってることも、普段の生活も全然違うと思うんすよね」

そうだろう。

「でも同じように、何かで落ち込んで、空っぽだなんて自己否定をしてるわけやないっすか。それってなんつうか、二人とも同じで、どっちも、自分に自信持ちすぎなんやないかなって思うんすよね」

「自信？」

思いもよらぬ単語が出てきて、僕は馬鹿みたいにオウム返しをしてしまう。

「はい、自分をきちんとしたものやって思いすぎっつうか」

「そんな、ことは、ないと思います。少なくとも僕は」

僕は自分を素晴らしい人間だなんて思えたことは一度もない。川原さんはえらく見当違いをしている。

「や、別に凄《すご》い人やとは思ってないと思うんすけど、でも、ちゃんとしなくちゃ、ちゃんとしてて当たり前やって思ってるんやないかなって。もっと、こう、人って誰でもなんでもないやないっすか」

なんでもない……。確かに僕は、何の意味もない、くだらない行動をし、感情を持ち、生き方をしてきた。

「田端さんもヒロ先輩も、立場は違っても、ちゃんとしてない自分はいて当たり前やないかなって思って。それをさっきふいに思って、変な感じで名前だけ出しちゃったんすけど、やから何が言いたいかって、これを昨日ヒロ先輩にも言えたらよかったんすけど、皆空っぽなんすよ。私も、空っぽです。田端さん曰《いわ》く、田端さんみたいに」

「いや、そんなことは、ない、と思いますけど」

咄嗟《とっさ》に相手の意見を否定してしまった。昨日から僕の中でのテーマが思い切りぶれてしまっている。けれど本心ではあった。今ここに至って、川原さんを僕と同じ種類の人間だとするのは、あまりに申し訳なく思った。

意見を否定された川原さんはなぜだか、にこりと笑っていた。

「いいんすよ、駄目な部分補うのは誰かに任せれば」

「そういう、もの、ですかね」

「はい、酔ってキレてエスケープしても仲良くしてくれる先輩達がいたりするんです」

理解も納得もできなかったけれど、川原さんが僕を励まそうとしてくれているのは分かったので「ありがとうございます、励ましてもらっちゃって」と無理に笑顔を作った。

「いえいえ、補ってくれて、嬉《うれ》しいです。実は私もちょっと落ちてたんで」

「何かあったんですか？」

またも自分のテーマがぶれ、踏み込んだ発言をしてしまった。しまったと思ったけれど、川原さんは「聞いてもらっていすか？」と微妙な笑みを浮かべた。

頷《うなず》くと彼女はなんでもないことのように、ヘルメットを手元でもう一回転させた。

「モアイ、なくなっちゃいまして」

その言葉は、一度僕の中を通り過ぎ、すぐに戻って来た。

「え？」

「正確には、まだなんすけど、解散するみたいです。ヒロ先輩が、昨日の報告会で言ってて。んー、入ってから割と楽しかったんで、結構、ショックですね」

「それは、大学からの処分、ですか？」

「違うみたいですよ、大学からのペナルティは別にあって、モアイを解散するっていうのは、ヒロ先輩が決めたことみたいです」

「……へぇ」

　責任を取ろう、ということなのだろうか。

　なぜかまた、息苦しくなる。

「解散するってとこまでいくん、ですね」

「ちょっと、んー、あれなんすよね、昨日、ヒロ先輩が壇上でマイク使って喋《しゃべ》ってたんですけど、モアイを解散するっていうの、誰にも言ってなくてその場でいきなり発表したことみたいで、テンさんとか先生がめっちゃ焦ってました。打ち合わせと違ったみたいです」

「それは……」

　どういう、意味なんだろう。

「トップとしての責任とか色々と、私達が想像つかないくらい色んなもん背負い込んでたんやろうなって、これも想像ですけど。ああでも、昨日の報告会でヒロ先輩がめっちゃ悔しそうで、本当に大変やったんやなってようやくきちんと想像したっていうか。遅いんすけど」

「モアイは、じゃありーダーの意向で、解散ってことなんですか？」

　そんなことを知ったたって、もうどうしようもない。なのに、この期に及んで僕は心配するような口調で訊いてしまった。

「少なくともヒロ先輩はもう関わらないつもりみたいで、来年から代表になるはずやった三年生の先輩とかは、モアイがなくなるんやったら別の組織を動かそうかって話してるらしいんですけど、でも、その線についてはみんなまだ不安の方が大きくてなんとも」

「……突然、放り出されるわけですもんね」

それらしい相槌《あいづち》を打つと、川原さんは「んー」とまた空を仰いだ。

「それももちろんですけど、ヒロ先輩いなくて大丈夫かなって」

苦笑する川原さんの口元からは、本当に不安がにじんでいた。

「モアイってOBOGの力借りまくって運営されてるんですけど、そこの関係性つくってるのって主にヒロ先輩なんですよね。っていうのもあるし、そういう運営の問題以上に、ヒロ先輩の代わりっていないんすよ」

まるで大切な人の名前を呼ぶみたいに、川原さんは言った。

「あの人、メンバー全員の顔と名前覚えてるんです。報告会の後、出口のところで一人ひとりに声かけてました。嫌がる人もいたんすけど、私も声かけられて、私がちょっと前に何かで話した目標のことも覚えててくれてて、応援してるからって。大きな団体で、大変なこともたくさんあるやろうに、あの人は、誰のこともどうでもいいなんて思ってなかったんやなって」

　川原さんはまるで故人を尊びでもするように、また天を見上げた。

　そんな様子を見て僕は、こんなふうに惜しまれてリーダーはさぞかし本望だろうと思った。モアイはなくなってしまうけれど、ある意味でこれはあいつの望む通りになったのかもしれないな、とも。

　これで彼女は、皆に愛されつつも不祥事の責任を背負ってやめた一代限りのリーダーとして皆の心に刻まれるのだろう。

　どうなろうと、もう僕の知ったことではないのだけれど。

　こんなに空っぽで、こんなに痛い思いをしてまで、これ以上関わり合いになろうとは思わない。

「モアイは、そんな人がやってたんですね」

　誰のこともどうでもいいと思っていなかったと、川原さんは言う。

　でも、ずっと前にあいつには、僕という間に合わせなんて必要なくなった。代わりに、僕なんかより余程自分を肯定してくれる、たくさんの間に合わせが出来た。

　結局は、そういうことなのだろう。

　それを川原さんに説明してあげる優しさは、僕にはなかった。

「すんません、関係ないことまでべらべら喋って」

「いえ、僕こそ、話しにくいこと訊《き》いてしまって、すみません」

僕は、人に謝られるといつも謝ってしまう。

妙な空気のまま、笑いあうこともなく、僕らはお互いのことを気遣いながらそれぞれにドラッグストアの駐車場を後にした。

自転車に乗り家に着くまで、努めて何も考えないようにした。

帰宅し、玄関を開け、箱の中に入ると少しだけ安心できた。ここでは一人でいるのが当たり前だからだろう。空っぽでいることが誰にもばれないから。自分以外には。

電気をつけて、鞄《かばん》を下ろし、手洗いうがいをしてからパソコンの前のデスクチェアに座る。この動作に意思はない。ただ毎日続けていることだからやっているだけで、この流れに沿わないことがあればそちらの方が何かの意思を持っている。

机の上に、飲もうとして忘れていた未開封の缶コーヒーが置いてあった。プルタブを持ち上げて口に含む。微糖はそのまま微糖の味がした。ふと、これが久しぶりの水分であることを思い出した。

実際に液体が空洞から溢《あふ》れ出すこともなく、僕はコーヒーを飲みほし、立ち上がって冷蔵庫を開け、中に入っていた飲みかけのウーロン茶を空にした。

再び席につき、パソコンの電源を入れる。特にやることもないのだけれど、これもいつもの動作を繰り返しているだけだった。

なんとなくメールをチェックしてみる。就活サイトからの自己啓発的内容のメール以外には特に何も来ていなかった。就活やモアイ討伐のために作った捨てメールアドレスはもうしばらく開いていないし、未来永劫《えいごう》開くつもりもない。ネットの海の中に、まさしく捨てられた存在となる。そこで、時間が終わる。

ふと、そういうふうに、ある地点でぷつりと時間が消えてしまうものの気楽さが羨《うらや》ましくなった。

例えば自分の人生が物語か何かで、今この時点で終わってしまえば、この空洞も痛みも大したことではなくなる。それどころか、空洞や痛みを何かの教訓とこじつけてもらうことさえできるかもしれない。美化してもらえるかもしれない。

けれど実際には、僕の人生はまだまだ続く。自殺なんて大それたことをできるはずもない僕の人生はまだまだ続き、そこにはこの抱えてしまった空洞や痛みがつきまとう。

美化されることなんてなく、ただ空っぽで寒くて、痛いだけで、僕を襲い続ける。

どこかで終わりを知り、美化できたらどんなにか楽なのに。

人間関係もそうだ。

二年半前、秋好の時間を自分の中で終わらせてしまうべきだった。

そうして彼女の存在を美化して、自分の中だけで留《とど》めていればどれだけ楽だったか。

こんなにも、傷つかずに済んだ。

会って、ただ傷ついただけだ。

ただ傷ついて、僕は普通に大学を卒業し、就職して年を取るだろう。結婚もいつかはするかもしれない。どこの時間の僕にも、本来必要のなかった傷がある。

対して、秋好の時間もまだこれからずっと続く。就職し、大人になり、幸せに、なるのかもしれない。その時きっとモアイのことも、僕のことも忘れる。

そのことを数年に一度思う度、きっと僕の傷口は広がり続ける。

なんて人生は、遠いのだろうと、感じた。

メトロノームの音みたいに、ある一定の間隔でマウスをカチリカチリとクリックしているうちに、いくつものウィンドウがパソコンの画面上に現れては消え、また現れた。その中にSNSに繋《つな》がっているものもあった。

見てみると、僕がモアイの動向を探り、事態を煽《あお》る発言をするために作ったアカウントにログインしたままになっていた。

このアカウントの時間も止めてしまおう。そうしないと可哀想だ。

そう思い、すぐに消すつもりだった。でも、僕は指を動かすのをためらった。

目に飛び込んできたものがあった。

誰かが、メッセージを僕へよこしている。

開いてみると、見覚えのないアカウント名からだ。本文には『拡散求む』の文字と、何かしらのURLが添付されていた。

警戒心が希薄になっていた僕はそのURLをなんの気なしにクリックしてしまう。連れて行かれた先は、一つの音声ファイルだけが置かれたページだった。

もう一度、何気なくそのファイルの再生ボタンをクリックする。

ガサゴソという何かのこすれ合う音がしてから、数秒間の無音。

一体何のいたずらかと思い、消そうとしたのだけれど。

声が届いた。

『こんにちは。改めまして、代表を務めています、秋好寿乃です』

思わずのけぞってしまい、デスクチェアが後ろにあった低いテーブルとぶつかって音をたてる。

『この度は』

慌てて、マウスをつかみ、僕はその音声を一度停止させた。

なんだ？

これは、なんだ。

秋好の声。もう二度と聞くことはないだろうと思っていたのに、こんなにも早い再会。

代表としての挨拶《あいさつ》。

拡散求む?

続きを聴くべきなのか、僕が聴いてもいいものなのか。

迷った末に僕は、せめてこの音声の正体を知ろうと、再生ボタンをクリックした。

『お忙しいなかお集まりいただきありがとうございます。すでにご存じの方もおられることとは思いますが、先日、モアイが一部の企業との間で、個人情報のやり取りをしていると一部週刊誌などで報道されたことに関しまして、今回、現時点での事実確認と、今後のモアイについての報告会を行うこととなりました』

昨日の報告会の、秋好の演説の音声だ。これは。

すぐに、今起こっていることを理解する。つまり昨日の報告会に参加したメンバーの中に、今回のことをかなり否定的に見ている人間がいた。そいつが音声を記録し、モアイを潰《つぶ》さんとする僕みたいなアカウントに届け、さらなる批判を生み出そうとしているのだ。

疑問に思う。モアイを潰したい人間としての観点から。

果たして、ただの報告会での事実確認や今後の動きを晒《さら》すことが、モアイにとって今さら脅威となるのだろうか。

しかも代表が届ける情報は取捨選択されているだろう。ならばネット上で知られていること以上の批判材料があるだろうか。

ひょっとすると、その取捨選択が批判材料となるのだろうか。

考えているうちに、秋好の話は前に進んでいた。

『まず、今回のことの責任は管理を怠った私にあります。皆さんに多大なご迷惑をおかけし、本当に申し訳ありませんでした……本当に、ごめんなさい』

途中までは用意された言葉、最後が本心。あまりに分かりやすい言葉の並びに、揚げ足を取りたくなった。すぐに、揚げ足を取る必要も、僕からそんなことを言う意味もないのだということに気がつく。すでに、モアイは解散することになったのだから。

続けて聴いていく。しかしやはり事実確認の中で、文字通り事実確認以上のことを秋好は話さなかった。ネット上でささやかれていたこと、週刊誌が取り上げたことが全てで、そこになんの脚色もなく、秋好の謝罪と、モアイのメンバーに大学からの直接の処分や法的な処置がとられるようなことはないという報告がされた。

この段になって、いつもならパソコンで何かしらを再生する時にはイヤホンをしていることを思い出した。ポケットに入れっぱなしのイヤホンを取り出し、パソコンに差し込んだ。

すぐに後悔した。耳に直接音声を流し込むと、まるで自分がその報告会の会場にいるように感じられた。腹部に寒い風が吹き、吐き気がした。

でもう、引きはがせなかった。

続いて、秋好の報告は、今後のモアイについての話に移った。

『以上のことを受け、モアイはひとまず活動を制限することとなりました。期間の方はまだ決まっておらず、具体的なことは今後、大学側との話し合いが持たれる予定です。メンバーの皆さんが自主的に集まることを禁止するものではなく、あくまでモアイとしての活動が制限されるものとなります。三年生の皆さんのＯＢＯＧ訪問に関しては、四年生から個人としての紹介となりますので、ご了承ください』

淀《よど》みのない説明口調で、原稿を読み上げているのだろう秋好の、胸中はまるで読めない。

『引継ぎに関しては……』

秋好の言葉が、突然止まった。

マイクを通して、大きく息を吐く音が聞こえてきた。

『あの……本当にごめんなさい。今回のこと、本当に、みんなにどう言えばいいのか、どう責任を取ればいいのか、ずっと考えていたんですが、何を言っても、きっと、皆を失望させてしまったことは、取り返しがつかないことだと思います。本当に、ごめんなさい』

明らかに今までとは違う、声と、言葉の形。

何かが秋好の中で、動いたのだと分かった。

胸中の読めなかった先ほどから一転、頭を下げる秋好の映像が、鮮烈に目に浮かび、語り掛けられているような錯覚に陥った。

いや、錯覚なんかじゃなくて、僕は今、ホールにいるのかもしれなかった。

耳から、イヤホンを引きはがせなかった。

『モアイをどうするのかも、ずっと考えて、いて』

秋好の声の揺れが、鼓動の激しさを教えてくれているようだった。

『この、モアイという団体は』

ここで、ついに、解散を宣言するのか。川原さんが言っていた場面かと、いつかの思い出の終わりを見届けるような気持ちになった。

さまざまなことが起こり、その全てが、出発点から間に合わせで、無意味だった。

それらがようやく終わるのだと、思った。

早く終わらせてほしいとすら思った。なのに。

『モアイは、最初は、たった二人でした』

秋好は、話を終わらせなかった。

空洞だった胸が、久しぶりに全身に、血液を送ったような音をたてた。

『口約束のような、好きな友達と遊ぶ口実を作るような、チームでした』

僕は、前のめりになる。

目の前には、マイクを握る秋好がいた。

『その頃から、今に至るまで、私は本当に心の底から、このモアイのことが好きで、楽しくて、上手《うま》くいかないことがたくさんあっても、それでもなお、いつも希望を持って大学生活を送ってきました』

僕の深呼吸と、秋好の深呼吸が、重なる。

『しかし、一方で』

数秒の、沈黙があった。

『私は』

やがて聞こえてきた声は、自分の感情を取り逃がすまいとしているようだった。

『私は、自分のために、たくさんの人の力を借り、その人達を犠牲にし、そして、裏切ってきたのだと、思います。』

一言一言が噛《か》みしめられている。

『本当はただ空っぽな私を、支えてくれた、たくさんの人達に、精一杯感謝してやってきたつもりだったけれど、それでも、私には無下にしてきた部分があって、そう感じている方が、ここにも今、いるのかもしれない。ここじゃない場所にも、いる』

僕は。

『私がいなければ、幸せだった人が、いる』

　息することを忘れる。

『もちろん、モアイを居場所だと思ってくれていた人、一緒に楽しくてモアイを動かしてくれていた人がいることも、分かっています。感謝してもしきれません。ただ、私は、どうしても、ごめんなさい、私が傷つけてしまった人達のことを、無視、できません』

……。

『皆が、幸せになればいいと思っていました。なりたい自分に皆がなって、このモアイが上手くいけば、離れていった人達だって、皆が納得してくれるんだと信じてきました。理想を、信じてきました。でも、誰かを犠牲にして立っていただけ、だと知って。ただ、私がモアイを利用していたことを、知って』

　かすれる声が、耳元で、囁《ささや》く。

『本当にごめんなさい。無責任だと思われることと思います。でもきっと、こうすることでしか、私は、理想の上に成り立っていたはずのモアイと、関わってくれた全ての人々を、もう、これ以上守れないと考えました。ごめんなさい。モアイは、解散することにします。本当に、申し訳ありません。私にはもう、ごめんなさい……』

　あたりから聞こえてくる、ざわめき、端々から聞こえてくる戸惑いの声。

僕は、久しぶりに息をすることを思い出し、空気を吸った。

途端、今までにない激しい吐き気に襲われて、ホールから飛び出し、トイレに駆け込んだ。

えずくも、吐けず、胃液が少量口まで上ってきただけだった。

ここが家のトイレで、耳からぶら下がったイヤホンの先に、何も繋《つな》がっていないことに気がつく。

現実に戻ってきて、トイレを出る。居室に入り、たまらず床に座り込んだ。

体が震えていることに気づいた。心に吹き込む風の冷たさが、先ほどまでの比ではなかった。たまらなく寒いのに、一方で、全身が熱く、燃えて消えてしまいそうにも思えた。

分かる。

後悔と、恥だった。

背中を、汗が伝っていく。

頭が急に、かゆく感じられて、掻《か》き毟《むし》った。

なんて、遅いのだろう。

こんなに重要なことなのに、どうして今の今まで気がつけなかったのだろう。

今ようやく、気がついた。

秋好が傷つくのなんて、本当は見たくなかったんだ。

どうして、今さらだなんて、僕が一番知りたかった。

今までの怒りや憤りは嘘じゃなかったはずなのに、嘘のようにあっけなく、後悔と恥に姿を変えていた。

僕は、自分が傷ついたことばかりを感じていた。

傷つけられたから、無視してもいい。傷つけられたから、壊してもいい。傷つけられたから、罵《のの》ってもいい。

相手を傷つけた時のことなんて、まるで考えていなかった。

それどころかきっと、僕は、秋好なら、受け止めてくれるとすら考えていた気がする。

全てを受け入れて、受け止めて、飄々《ひょうひょう》と笑ってくれるんだと勘違いしていた。

なんでだろうか。

なんで、僕のせいで傷つく秋好をきちんと想像できなかったんだろう。できていれば、ためらえたはずなのに。

ためらえていた、はず……だろうか。

僕がそんな人間だったら、そもそも傷つけようと、思わなかったんじゃないか？

僕は、秋好の人格を、無視して、考え、行動を決めていた。

つまり、彼女を人間として見ていなかった。

記憶の中にある、形の決まった存在のようにして決めつけていた。傷つくはずのない、ただの記憶だけを見ていた。

秋好との関係を終わらせて、美化すればよかった、だなんてさっき思った。

終わらせて、美化していた。

現実の秋好を見ることを、僕がいつしか勝手に終わりにして、美化していた。

そして勝手に失望した。友達だったはずなのになんて、そんな建前を使って。

変わらず、僕のことを友達だと思ってくれていた人を、傷つけようとし、傷つけた。

なんの躊躇《ちゅうちょ》もせずに、自分と同じ傷を負ってほしいと思っていた。

どうして、僕はそんな考えを持った。

傷ついたからだ。傷つけられたからだ。

傷ついたから、傷つけていいなんて、はずがないのに。

やってみたら後悔と恥が残っただけだった。

そもそも、どうして僕は傷ついたのか。感づいていたんだ。自分が間に合わせに使われていたんじゃないかって。

否定してほしかったのに、秋好が肯定したから、傷ついた。

だけど、ようやく思い出す。秋好が、「違う」と言いかけて、やめたこと。はっきりと否定できる人間なんて、この世界にいないことを、あいつは分かっていたんじゃないか？

人は人を、間に合わせに使う。

誰しもが、誰かを必要な何かとして間に合わせに使う。

友達や、恋人や、家族や、後輩や、先輩や、上司や、部下や、それらに周りの人間達を間に合わせとして用いる。

独りぼっちの人が同じく独りぼっちの人を友達にすることもそう。理解者のいない人が理解者を求める行為もそう。例えば病に倒れた人が寄り添ってくれる人を求めるのだってそうだ。

僕も、どこかでやっていること。

秋好に、董介に、川原さんに対してやっていたこと。

間に合わせに使われ傷ついたことが、相手を傷つけていい理由になんて、本当はならない。

そもそもが、傷つくようなことですらないのかもしれない。

必要とされたじゃないか。

僕だってきっと、声をかけてもらえて嬉《うれ》しかったはずだ。

その瞬間の気持ちで十分だったはずだ。

間に合わせって、つまり、心の隙間を埋められたってことだ。

心の隙間に、必要としてもらえたってことだ。

空洞を埋められる人になれたってことだ。

今、僕の心に生じたような空洞を、埋めてもらえたらどれだけ救われるだろう。

それをできたはずだったのに、僕は、友達を傷つけた。

なんて、ことだ。

昨日から響いていた秋好の声にとって代わり、今度は僕が秋好に放った言葉の数々が繰り返し思い出される。

僕は。

なんてことを。

人格どころじゃない、僕は、秋好の存在を否定した。

今初めて、自分がやろうとしていたことの意味を、人を傷つけることの意味を、理解した。

謝りたい、と心の底から願った。

今ここに至って、初めて。

なのにいくら待ってみても、秋好が、僕の目の前に現れてくれることはなかった。

※

「楓って高校生の時はどんな感じだったの？」

出会ってから数ヶ月、秋好にそんなことを訊《き》かれた。僕は特に考えもせず、「別に」と答えた。

「今と変わらないよ」

嘘じゃなかった。ただ今より少しだけ周りの人達のことを信じていたような気がするけれど、そんな青くて痛くて脆《もろ》いころの自分はもう早く忘れてしまいたかった。

「秋好は、高校生の時からそんな感じでしょ」

僕からの質問は、多少嫌みっぽく聞こえていたかもしれない。

注目を浴びようとする秋好、自分の理想を信じ切っている秋好、勝手にずけずけと僕を友達だと呼ぶ秋好、彼女の特性は先天性でこの先治ることもないんだろうと諦《あきら》めのような呆《あき》れのような気持ちだった。

けれどいつもの食堂で、秋好は首を横に振った。

「そんな感じってのがどれを指してるか分かんないけど、高校生の時とは違うと思うよ」

「え、じゃあまさか大学デビューしてんの？」

「デビューはしてないよー」

秋好は面白そうに笑った。

「高校生の時は、なんていうか言いたいこと言えなかった気がするな。批判されるのを異様に怖がって。それで逆に友達と喧嘩《けんか》とかもしちゃってたし」

「マジで？」

「マジマジ」

心底驚いた。てっきり彼女には生まれつき、誰かに目をつけられたらとか、そういう考え自体ないものだとばかり思っていたから。そして、そのままの性格でいてくれたら、僕の心労もなくなっていただろうにと、そんなことを思った。

「どこでそんな、回路を切り替えたわけ？」

「回路って？」

「何をきっかけに、批判されたりするの怖がる必要ないんだって思ったっていうか」

僕の問いに、秋好は照れるように、眉尻《まゆじり》を下げた。

「今でも怖いよ」

僕がきょとんとしていると、秋好は「あー、なるほど」と続けた。

「楓の言ってる意味が分かった。いや、怖いよ。批判されるんじゃないかなって、心配してるし。高校生の時は、そこで止まっちゃってたんだよね。だから回路を切り替えたっていうより、ちょっとは成長したのかも」

成長って言葉が、その時の僕にはあまりピンとこなかった。

「怖いまんまなら、怖い目に自分から遭いにいかない方がいいんじゃない？」

なんとなくそう思ったことを、そのまま口にした。その頃僕は、自分自身の言葉を、秋好の前でだけ話していたように思う。

秋好は少し考えて、また首を横に振った。

「成長って、弱い自分から目をそらすことじゃないと思うんだよ。きっと、弱かったりする自分がいてさ、でも人間そんな簡単に根本は変わんないじゃん？　その自分をちゃんと認めて成長っていう気がする。認めたうえで、その場所で満足だったらいいんだけど、私は違ってさ。だからちょおっとずつでも、怖いけど、っていうその『けど』っていうのの先に行けるようにしたいんだよね」

どこがちょっとずつなんだと、恥ずかしいことをまた堂々と言うもんだと、僕は呆れていた。

※

何も、何も分かっていなかったんだ。

内臓に感じるえぐられる痛みと、異常な速さで駆け巡る血液の不快感に体を折りながら、僕は衝動的に家を出た。

マンションの階段を下りる最中に、はやる足が階段を踏み外し、足をくじいても、気にならなかった。節々の痛みは体内の痛みに負けていた。

駐輪場で自転車にまたがり、そこでもペダルがなかなか踏み込めずに一度こけて自転車を数台倒しながらどうにか発進させた。

膝《ひざ》の震える足でペダルを踏み込む。できる限りのスピードが出せるように努力する。向かうのは、秋好が住んでいたあのマンションだ。場所はまだはっきりと覚えている。

早く、早く、秋好に会って話がしたい、その一心で、全力で自転車をこぐ。

誠心誠意、謝りたかった。

ひどいことをしてしまったと、傷つけてしまったと。

風を切り、途中通行人の鞄《かばん》にぶつかった。罵声《ばせい》を背中に浴びる。普段ならもちろん謝っていたろう。でも今は、秋好以外のことはどうでもよかった。

いや、違う、ああ、違う。

本当は、本当は僕は、今じゃない。

ずっと、秋好のこと以外はどうでもよかったんだ。

だから、あんなことをした。

本当のことに気がつくと、また一つ、内臓に痛みを感じて吐き気がした。

必死にこいで、ようやくいつかよく遊びに来ていた学生マンションが見えてきた。秋好が使っていたバス停を通り過ぎ、エントランス前で転げるようにして自転車から飛び降り、自転車はその場に放った。

オートロックのマンション、急いで部屋番号を入力しチャイムを鳴らす。緊張なんてなかった、ただ罪悪感と、きっとかつては互いの間にあったのだろう友情に、押しつぶされそうにだけなっていた。

チャイムを押して、しばらくしても返事はなかった。もう一度押してみる、しかし返事はない。ひょっとしたらと思い、走ってマンションの裏手に回り、ベランダを指さして確認する。灯《あか》りがついていない。

まだ、帰っていない。

ここで待つかと、一瞬だけ考えたけれど、じっとしていて心が持ってくれる気がしなかった。僕はエントランス前にすぐさま戻って、倒れていた自転車を起こし乗った。

今度は大学の僕らの本拠地となっているキャンパスに自転車を向ける。スマホも何も全て置いてきてしまったから、誰に連絡もとれない。時間も分からない。けれど考えるより先に体を動かすしかなかった。

もう一度全速力で、ペダルを踏み込む。

大学にはすぐに着いた。月明かり以外に利用できる光源はほとんどなく真っ暗だったけれど、校門は開いていた。自転車のまま敷地内を進む。

どこにいるんだ、秋好はいったいどこに。

偶然の出会いでもなんでもよかった、自分の持ちうるタイミングの全てに期待した。

そうしてキョロキョロと辺りを見ながら自転車を走らせていると、前輪が激しい音を立てるのを聞くが早いか、気がつけば僕はアスファルトに投げ出されていた。

着地した肘《ひじ》と膝、歩道の段差で軽く頭も打った。さすがに痛みを感じながらゆっくり起き上がって自転車を捜した。すぐそこにあった自転車は、安全バーに激突したのだろう、前方が思い切り歪《ゆが》んでいた。

壊れたこと自体は気にもならなかった。ただ手っ取り早い移動手段を失った。

一刻も早く、秋好に会いたいのに。

また一つ、内臓が圧迫され、胃液があがってきた。

ちょうど口の中がじゃりじゃりとしていたので、一緒に地面に吐き出す。

走ろうとしたのだけれど、膝の痛みがそれを邪魔した。走っていないと、内臓も余計に痛かった。焼けた鉄の棒でも押し付けられているようだった。

研究室か、それとも今はモアイの部室なんてものがあるのか、もしくは大学にいやしないのか。

ぼやける頭で考えて、僕が向かえる先がその中で一つしかないことにすぐに気がつく。研究室に向かおう。

できる限りの早足で研究棟への道のりを行く。

早く、早く。

秋好がどこかに行ってしまう前に、早く。

取り返しがつかなくなってしまう前に、早く。

はやく。

………。

僕は、そこで唐突に立ち止まった。

なんのきっかけがあったわけでもない。

誰かが通りかかったわけでもなく、強い風が吹いたりしたわけでもなく、痛みでこれ以上歩けなくなったわけでもなく。

でもひょっとしたらそんなものなのかもしれない。

僕はふいに突然、夢から覚めた。

なんのために？

右目に汗が入ったのか、よく見えない。けれど残った左目で見える景色も、空気もさきほどよりよっぽどクリアで、寒々しかった。

怪我をして、少しだけ冷静になったのが原因なのだろうか。いや、初めからここがそうなるタイミングだったのだろうか。

夢想から、解放された。

秋好が、ここに至ってなお、僕を受け入れてくれるはずだという夢想から。

先ほどまでの自分の必死さが、不思議にすら思えた。

会って、どうする気なのだろう。何ができる気でいたのだろう。

傷つけたことを謝りたい、心から自分が悪かったと伝えたい。

伝えてどうなる。

謝るなんて、全て自分のためなのに。

許されたい、もう一度仲良くしてほしい、悪く思わないでほしい。

相手には、なんの得だってありはしない。

そもそも、僕は、許してもらえる気ですらいたのかもしれない。

あんなことをして、あんなことをしでかしておいて。

取り返しなんて、いったい、いつならついたんだ？

自分の呼吸と、心臓の音と、まるで平常時とは違う音をたてているそれらがいやに耳につく。

肘と膝が、ずきずきと痛む。

帰ろう、そう思った。

また僕は、秋好の気持ちも考えずにいた。

僕なんかに、あいつがもう二度と会いたいはずもない。

ひどい言葉を投げかけられて、自分が四年間頑張ってきたことを台無しにされて、もはや相手がかつての友人だとかそういうのは関係がない。

そんな奴のこと、ただ嫌いなはずだ。

会いたくなんて、あるはずない。

嫌いな相手に会わなければいけない理由なんて、あるものか。

更に嫌われにいく道理なんてあるものか。

もし、そんな状況があったなら。

あったと、するならば。

僕は、そこでガンガンと音の響く頭でじっと考えた。

そして一つの考えをすくいあげ、それを結実させるべきなのか、迷った。

悩んだ。それはもうめいっぱいに悩んで、止まっていた足を研究棟の方へともう一度動かした。一歩一歩前を見据え、着実に距離を縮めるために足を動かした。

腕が痛い、足も痛い、内臓も、どこもかしこも痛かったけれど、そうじゃなかった。

いつもの何倍もの時間がかかって、やがて目的の建物の前に辿《たど》り着く。

もうとっくに授業が終わり真っ暗になっている棟とは違い、研究棟はいくつかの灯りをともしていた。まるでそこにだけ幼虫がいるハチの巣みたいに。

目当ての部屋の灯りは、ついているようだった。

そこにいるのかは、分からない。いたとして、僕に何が言えるのかは分からない。

それでも僕は、会わなければならないと思った。

手動の扉を開けて、建物の中に入る。中は外気よりもひんやりとしていて、自分の皮膚が薄くなっていくような気がした。

ありがたいことにエレベーターは動いていた。四階まであがって、暗い廊下を歩く。

もう一つありがたいことに、このフロアで高い位置にある窓から灯りが漏れているのは一室だけだった。間違えなくてすむ。

扉の前に立ち、躊躇《ちゅうちょ》なんて忘れ、ノックをすると返事があった。

「はーい」

会いたかった相手は扉の向こうにいる。

僕は、ドアノブに手をかけて押し込んだ。

「こんばんは」

「うわぁっ」

声をあげたのは、想定していた相手ではなく横にいた女性だった。彼女は「ちょっ、めっちゃ怪我してる！　え、なに？」と僕を見てわめきたてた。

久しぶりの積極的な光源に目がくらみながら、僕が答えようとすると、もう一人、腕を組んでパイプ椅子に座っていた彼が先んじて言った。

「僕に用事かい？」

「……はい、そうです」

「怪我は痛くないの？」

「痛いです」

でも今はそれより、と言いかけたところで、研究室のメンバーなのだろう女性が「とりあえず色々貰《もら》ってくるね！」と僕らを置いて、ドアを開け放したまま部屋を出ていった。

「ごめんねあの人お節介で」

僕が呆然《ぼうぜん》としていると、彼が言った。僕は「いえ」と首を振って改めて、全てを諦《あきら》めたような顔の彼に頭を下げる。

「お久しぶりです、脇坂さん」

「この前は顔見ただけだったから、話すのは久しぶりだね。どうしたのさ、そんな血だらけで」

血だらけ、そう言われて腕を見てみると、想像していたよりもずっと痛々しく、僕は痛みのイメージが伝達される前に見るのをやめた。

「お伺いしたいことが、あってきました」

「へえ、以前から考えても珍しいね。田端くんが僕に訊《き》きたいことなんて。うん、正直に言うと、僕は君から会いに来たことにも驚いてる」

彼は怪我のことに驚きもせず、テーブルの上に置いてあったカップに口をつけてから、なんでもないことみたいに言った。

「君は僕のことを嫌いなんだと思ってたから」

その正直な言葉に、なんと返すべきか、迷った。

迷った末に、僕は頭を下げた。

「すみません」

嫌っていたことをではなく、嫌っていたのに、のこのこと会いにきたことを謝った。誤魔化《ごまか》すこともできた。けれど、それをしてしまえば、これから言うどれかがまた嘘になってしまう気がして、僕は頭を下げた。

「知ってたからいいよ、頭を上げて」

嫌いだったと表明されて尚《なお》、脇坂は飄々《ひょうひょう》とした口調でそう言った。お言葉に甘えて顔を上げると、相変わらず彼は全てを諦めたような顔をしていた。

「君は正直だね、昔から田端くんのそういうところに好感が持てる。人の好き嫌いなんてあって当然だと思うよ。理由は、少し気になるけど」

「理由は……」

なんだろうか。考えてみる。

どんな言葉で僕の心を表すのが一番正しいのか。

じっと、考えて考えて、やがて本当はごちゃごちゃと考える必要なんてないと気づいた。

そんなの、最初から一つに決まっていた。秋好のスピーチを聴いて、後悔と恥に打ちのめされて、分かったはずだった。それをはっきりと自覚していた。

しかし、いざ、口にしようとすると、言葉が喉《のど》に張りついて。全身から汗が噴き出してきた。内臓も、また痛んだ。

脇坂は待ってくれていた。僕は、息を余分に吸って、声が上ずるのも構わずに、伝える。

「秋好が」

伝える。

「僕のことだけを、見てくれなくなる、と思ったんだと、思います」

底からすくってきた、汚泥のような本心だった。

なんの誤魔化しようもない本音が、そこにあった。そこにあると、ついさっき認めた。

秋好から言われたように、彼女のことを恋愛対象として好きだったのかというのは頷《うなず》きがたい。それでも大切な仲間、たった一人の大切な存在が僕以外の方を向きだしたことに僕はごねた。

そうして起こした僕の行動が、彼女を果てしなく傷つけた。

その事実と、向き合わなければならなかった。向き合うために、ここに来た。

言ってしまって、あたりの空気が薄いように感じられた。息がしづらく、鼓動が極限まで高まってきた。

自分の感情を受け入れることは、こんなにも苦しい。

脇坂は、口元を少し緩ませた。

「そうか。でも、月並みな発言かもしれないけど、一人の人間だけを見られる奴なんていないし、彼女は君のこともちゃんと見ていたよ」

「……はい」

そう、分かっている。少し考えれば、分かることができたはずなのに。

「それで、訊きたいことって秋好さんのこと？」

「はい、えっと、モアイがなくなることはご存じですか？」

「知ってるよ」

「あれは、僕がやりました」

はっきりと告げたけれどその実、まだ僕の中には、自らの罪を曝《さら》け出すことへの怖さが残っていて、胃が収縮するような感覚があった。

脇坂はどう思うのだろう。疑うか怒るか、僕の予想はそのどちらかではなく。実際、彼は僕が考えた通りにただ「そうか」とだけ言った。それがより、痛かった。

「どんないきさつが？」

脇坂からの至極当然の問いに、答えるべきか、僕の中の弱い部分が自分に都合の悪いくだりを省いて話をさせようとした。

けれど、僕は全てを話した。全てというのは、僕がモアイを潰《つぶ》そうとしたことや、秋好を傷つけてしまったことまで。

弱い部分を抑えつけることができる強さを僕が持っていたわけじゃない。弱い部分が弱いまま、これ以上、みじめになることの方を怖がっただけだったんだと、僕は思う。

聞き終わると、脇坂は特になんの躊躇もなく、口を開いた。

「最悪だね」

なんの遠慮もなくそう言った。

「はい」

「秋好さんは、少なくとも君がモアイをやめるまで、よく君の話をしてくれた」

脇坂は僕をじっと見ていた。

「憎まれ口を叩《たた》くんだけど、もちろん君への信頼と深い友情の裏返しだ。今回の件については、彼女にも悪いところはあったろうけれど、君は秋好さんからの信頼を裏切った」

「……間違い、ありません」

今回のことについて、人から責められるのは秋好を除くとこれが初めてで、全てがきちんとした角度で、突き刺さった。

「で、それを踏まえて、訊きたいことって、何？」

優しさなのか、それとも無関心なのかは分からない、どちらであっても脇坂にあるフェアな部分を、ありがたく思う。

ここに来た理由を話す、その機会を与えてくれた。

「……モアイに」

確かに、はっきりと脇坂を嫌っていたくせに、彼から嫌われる覚悟を持つのに一秒分余計に呼吸が必要だった。

「僕には何ができるでしょうか」

虫のいい話だと、自分で分かっていたから、脇坂を嫌っていたと伝えることよりも勇気が要った。自分で壊しておきながら、秋好を傷つけておきながら、と。嫌悪され、罵倒《ばとう》され、蔑《さげす》まれることを分かって発言しなければならなかった。

予想通りというか、僕の覚悟を突き刺すように脇坂の深い吐息が聞こえた。

「何をできると思ってるのかな」

今更、と言わなかったけれど、そう確かに聞こえた。

ぐらつく心身を支え、逃げ出したい足を、おさえつけた。

「……すみません、分かりません。本当に、分からないんです。でも、何かをできるのかもしれないと、それだけ、思いました」

「どうして僕に？」

「……部外者だからです」

失礼と捉《とら》えられて当然の物言いに、脇坂は良い顔も悪い顔もしなかった。

「モアイにとって、僕はもう、部外者です。だから、あの時、部外者の立場からモアイに手を貸していた脇坂さんの意見を聞きたくて」

来ました、という言葉がなぜだか出てこなかった。

脇坂は腕を組んで、研究室の壁を見た。思わず視線を追うと、そこには細かい穴の開いた壁があるだけだった。

「これは単純な疑問なんだけど」

脇坂は言った。

「君は、モアイをどう捉えていたのかな。壊して、また、戻そうとして、なんのために」

「あ……」

秋好のため、そう言おうとして、すんでのところで言葉をとめた。そうじゃなかった、そうじゃないだろうと思った。人のためだと言って、また人のせいにするところだった。

問いの意味を必死に考えた。脇坂がどんな答えを聞きたいのか、それを慮《おもんぱか》ったわけではなく、本当に自らに訊《き》いてみた。

何も飾らない言葉を探した。

そして、見つけた。

思い出した、とかじゃない。ずっと端っこに、あった。

「僕は」

見て見ぬふりをしていた。誰にも見られないようにしてきた。

でも、それ以上の気持ちなんてどこにもなかった。

「僕は、ずっと、あそこにいたかったんです」

そうだ。それだけだ。それだけだった。

たったそれだけ。

それだけのことを、秋好に言えなかった。

言えていたら。間に合ったかもしれないのに。

あの別れの時じゃなくても良かった。二年前、一年前、一ヶ月前だって良かった。

手遅れなんかじゃなかった。

勇気を出して、秋好に電話をして、会う約束をして、あの時のモアイにいたかったんだって、そう言えるだけでよかった。

なのに言えなかった。そんな簡単なことが、いつも自分が自分の邪魔をして。

情けなくなんかないのに。恥ずかしくなんかないのに。

もしも、情けなかったとして、恥ずかしかったとして、その思い込みを踏み越える歩幅を持てなかったことの方が、よっぽど自分をみじめにするのに。

分からなかったんだ。

自分の弱さを呑《の》み込むというのが、どういうことか。

やっと分かったのに。

もう間に合わない、もう巻き戻せない。

もう、あの場所を手に入れることはできない。

「あの場所がずっと続けばいいと、それだけ、それ、で、本当に、それだけ」

呼吸が乱れ、上手《うま》く喋《しゃべ》ることができなかった。

変わらず、心臓がずきずきと痛む。

痛みに耐えながら思う。

秋好はもっと痛かったろうな。

納得のできない痛みはもっと痛いんだろうな。

僕の言葉を聞いた脇坂は、無感情な顔で「そうか」と頷《うなず》いた。

「でも、君に何かできたとして、君の望む場所を取り戻すことはかなわないよ」

分かっている。

「それは、いいの？」

僕は、息を何度か大きく吸って、大きく吐いた。唾《つば》を飲み込む。

「悲しいと、思います」

もう、隠したりしてはいけなかった。

隠して傷つけたりしてはいけなかった。

「でもずっと前の僕みたいに、モアイを大切な場所だと思ってる人達が、いるから」

「なるほど」

脇坂は、今までで一番深く頷いた。

「つまり君は、過去の自分を助けてあげたいだけなんだな」

言葉の意味を、しっかりと嚙《か》みしめ、吞み込み、僕は頷いた。

「……はい、そうだと、思います」

その通りだった。

これ以上飾り立てる言葉は何も持たなかった。

僕が答えて数秒、脇坂は何を思ったのか、僕の方を見て首を傾げた。

それから少しだけ口角を上げた。今日初めて見た、彼の笑顔だった。

「ところで、そこに立ってると後ろの彼女が入ってこられないからどいてあげてくれる？」

振り向くと、先ほど飛び出していった女性が救急箱を持ちバツが悪そうにしていた。

僕が会釈して道を譲ると、女性はそそくさと入室し、パイプ椅子を指さして「座って！」と言った。僕は大人しく従う。

その様子に脇坂が今度はくくくっと声に出して笑った。

「ごめんね、この人はお節介なんだ」

言うや、脇坂は立ち上がると鞄《かばん》を持って部屋を出て行こうとした。僕の腕の消毒をしてくれようとする女性を無視して僕が立ち上がろうとすると、呼び止める前に彼はこちらを向いた。

「また連絡するよ」

脇坂が部屋を出て行くのと、僕が女性に押さえ込まれ、再び椅子に座らされたのは同時だった。

善意を無下にもできず、大人しく治療を受けていると、女性が薄く思い出し笑いのような笑い方をした。

「あいつお節介なんだ」

僕はじっと、壁に開いた小さな穴を見ていた。

もう少し春が続いてくれてもいいんだけど、なんて、長袖《ながそで》のシャツに腕を通しながら思った。トーストを一枚とコンビニで買ってきていたサラダを食べ、だらだらコーヒーを飲んでいると、スマホに「早く家を出ろ」という催促のようなメールが届いた。

『会えるのを楽しみにしていますね。』

かしこまった挨拶《あいさつ》の文面、最後はその言葉で締めくくられていた。この前連絡が来た時にも思ったけれど、丁寧さの中の可愛げって技術だよなと思う。

コーヒーを飲み干してからカップを水で軽くすすいでシンクに置く。普段ならばこの羽織り、冴《さ》えないビジネスバッグを持つと、いつもの僕が完成する。ジャケットをモードに入るだけで少し重い気持ちになるのだけれど、今日は目的地が違うだけでちょっとは気が楽だった。

時計を見ると、乗る予定の電車の時間まで二十分を切っていた。家から駅までは十五分。社会人になってからたった数回しか遅刻をしていない真面目な僕は余裕を持って家を出た。ちょうど同じタイミングでランニングから帰ってきたのだろう隣人の女性がいて、互いに会釈だけの挨拶をした。壁が厚く、彼女との喧嘩《けんか》があのお姉さんに聞こえないようにしてくれているこのマンションを僕は気に入っている。駅まで歩いてちょうど十五分。額に汗が浮かんで、まだ春だろうにと、太陽をねめつけた。

改札を通って待っていると、すぐに電車は来た。最寄り駅が始発駅なので、座ることができるのも、自分の家を気に入っている理由の一つだ。

ここから電車を乗り継いで、一時間もあれば、今日の目的地に辿《たど》りつく。話すことをあれこれ考えているうちに居眠りをしてしまい、乗換駅で起きて慌てて飛び出した。

地下鉄に揺られること十五分ほど、僕はかつて毎日通っていた大学の最寄り駅に着いた。土曜日だから人は少なく、若干余裕があったので、ホームの自動販売機で缶コーヒーを買ってしばし堪能《たんのう》した。

一つ電車を見送ってから、改めて大学へと向かう。年々減っていっていることにへこむ体力と相談しながらエスカレーターで地上に出た。

正門をくぐって、僕は特に地図などを見ることもなく、目的地であるキャンパス内で最も大きな食堂へと向かう。魚フライが好きだったのだけれど、今日は食堂業務はやってないんだろうなと、多少残念だった。

目的地が近づいてくると学生達がだんだんと増えてきた。食堂前の最後の曲がり角では、元気な女の子に挨拶をされた。我ながら見事な営業スマイルで会釈をしてしまい、反省する。

食堂前には、長机が一つ置いてあり、そこに三人の学生が座っている。最初に目が合った女の子に話しかけると、恐らく、互いに同じくらいの緊張度合いであろうことが分かった。

「こんにちは、田端楓といいます」

僕は内ポケットから名刺入れを出して名刺を差し出した。恭しく受け取ってくれた彼女は、会社名と個人名を照らし合わせて、マーカーでチェックを付ける。

「本日はご参加くださりありがとうございます。入っていただいてすぐのところで、資料と飲み物を配っておりますので、お受け取りください」

「はい、ありがとうございます」

今度はできるだけ自然な笑顔を心掛けてから食堂へと足を踏み入れた。弱冷房が体に優しそうだ。言われた通り、お茶と資料を受け取り、中に入ると、僕の記憶の中にあった食堂から綺麗《きれい》に机が排除され、椅子でいくつかの円が作られていた。端っこの見えやすい位置にプロジェクターが用意されており、司会の人はあそこに立つのかなと思っていると、人々の中から一人の女性が、飛び出してきた。

「おはようございますっ。今日は、お忙しい中ありがとうございます」

「お久しぶりです」

知り合いに会えてほっとした僕の顔は恐らく今日一番自然な表情だったろう。

「一年ぶりっすかね。田端さんが私を避けてるから」

「避けてない。たまたまタイミング合わなかっただけでしょ。そういえば、董介から行けなくてごめんって伝言預かりました」

「また誰か女の子っすかね？」

意地悪な表情をする川原さんの耳には、あの頃のようなピアスはついていない。彼女は、縦ストライプのスーツを着こなす大人になっていた。

「でも本当に、突然やったのにありがとうございます。正直、自分のこととか喋《しゃべ》んのあんまり好きやないやろうなと思ってたので、私が現役ん時も頼まなかったんですよ。なんでOKしてくれて驚いてました」

「それはもう完全にメールの『マジすか！』ってので感づいてました。まあ、あれですよ、川原さんの頼み断ったらまた蹴《け》られるから」

ら暗い」

「何年前の話してんすか！　しかも人が酔ってた時の。田端さんマジほんと根っこか
「川原さんみたいなヤンキーじゃないんで」

ひひひひひっと二人で怪しい笑い方をしていると、『あ、あ』とマイクチェックのような声が食堂に響いた。見ると、背の高い男の子が緊張を隠さずにマイクを構えていた。

『皆さん、本日はご来場まことにありがとうございます』

挨拶から始まった丁寧な声は、僕らに対しての指示をいくつか出してくれた。僕と川原さんはひとまず指示された場所に行儀よく並んでいた椅子に座り、資料に目を通す。よくできた資料だと、感心した。

「ちゃんとしてるでしょ？」

隣で川原さんが言った。

「田端さんを呼んだの、もちろん学生達と関わってあげてほしいってのもあったんですけど、それより実は、五年間で私達が作ってきたものを、見てもらいたくて」

はにかむ川原さんを見て、やっぱり、技術か、もしくは才能だよなと、思った。

やがて、予告されていた開始の時間になって、まだ来ていない参加者もいるようだったけれど、僕らはさっそく学生達とグループを作ることになった。最初のグループ

は学生達の志望業界によって社会人が割り当てられ、僕と川原さんはばらばらになった。別れ際に「私の後輩いじめたら蹴りますねっ」と脅された。

円の形に配置された椅子の中央に座るよう促されると、その周りに数人の学生達が座った。全員がそれぞれのテンションと声の大きさで「よろしくお願いします」と挨拶をしてくれるので、その度に僕はまたぎこちなく笑顔を返した。

『それでは、第一ピリオドを始めます。もし何かあれば、巡回しているメンバーに声をかけてください。よろしくお願いいたします』

きらきらとした目を向けられた僕の緊張なんて関係なくスタートの合図が出された。学生達は再度声を揃えて挨拶をしてくれる。まるで教師にでもされてしまったような気分だった。

「こんにちは、田端楓です。本日はよろしくお願いいたします」

まずは軽い話から始めることにした。

「この交流会に参加するのは初めてです。なので、だいぶ緊張しています。お手柔らかにお願いできると嬉《うれ》しいです。えっと、二年前に四年生で代表だった、川原里沙《りさ》さんからご招待いただきました」

真面目に聴いてくれている学生達を前に何か面白い話をする能力もなく、僕は自分のやっている仕事の説明に入ってしまうことにした。

企業の説明や、業務の説明、主な顧客や、やりがい。そんな、就活イベントで語られるようなことを話す。

多少下手なのは仕方がない。かつて自分が学生の時に真面目に聴いていなかったのだから。もっと技術を盗んでおけばよかったと思う。

まさか自分が社会人として話す側に立つなんて、そんな日が来るとは学生時代の自分に言っても信じないだろうなと思った。

学生達はずっと真剣な表情で聴いてくれていた。仕事の話が終わってからは、質疑応答の時間だ。難しい質問が来たらどうしようと思いながら、いくつか、就業時間についてや、人間関係について答えていると、胸に名札をつけた学生が手を挙げた。資料に載っていたことを思い出す。名札をつけているのは、団体のメンバーだ。

「よろしかったら、学生時代に経験して良かったこと、多くを学んだ出来事があれば、聞かせていただけますか？」

そんなことを訊《き》かれた。

きっとマニュアルにある質問なのだろう。この団体は運営のテーマとして成長というキーワードを大きく掲げている。きっと、そこが聞きたいのだ。

経験して良かったこと、学んだこと。考えて、思い至ったけれど、そんなことを彼らに話してなんの役に立つのだろうかと、考えをいったん打ち消す。

そして、すぐに考え直した。

たとえこの子達にとってなんの役に立たなくてもいいか。

役に立たないことを知ってくれればそれでいいのかもしれない。そうして役に立つことを選択してくれればいい。

僕は一度、全員の目を見てから、口を開いた。

「良かった、というよりは、多くを学ぶことがあったということなのですが」

いつもの呼吸より、少しだけ空気を多く吸った。

「大切な人を傷つけて後悔したことです」

グループ内の、空気の重さが変わったのを感じた。

その空気の重さに、声のトーンを合わせるように意識する。

「僕は、学生時代に、一人の大切な友人を傷つけてしまいました。その人が大切にしてきたものを全て踏みにじりました」

まだ一年生なのだろうか、童顔の子の肩が強張《こわば》った。

「後悔した時にはもう遅く、取り返しのつかないことになってしまっていました」

頭の中で、伝わりやすい言葉を選ぶ。

「その人のことが嫌いだったわけじゃありません。むしろ尊敬していたからこそ、その人の行動が自分から見て間違ったものに見えると、正してやろうだなんて、自分勝手なことを思ってしまった結果でした。もしかしたら、皆さんの中にも、そういった経験をされたことのある人がいるかもしれません」

一人の男の子が、浅く頷《うなず》く。

「その人との関係は、もう取り戻せるものではありませんでした」

大人になった僕の、本心を差し出す。

「僕は今でも、後悔しています。偉そうに聞こえてしまうかもしれませんが、その後悔に気がつくことができて良かったとは思っています。誰かを傷つけたんだ、という後悔が、今でも自分の中に根ついて、できる範囲でですが、人に対して誠実であろうという自分を作ってくれています。誠実であろうと、思うことができています」

本当にできているかは、自分では分からないけれど。

「もう二度と、あんなことをしたくない、大切な人を傷つけたくないと思ったことが、仕事においても日常生活においても、僕に大きな影響を与えた学生生活の中での出来事です。僕もまだ少しずつですが、大切な人達を傷つけない、居場所のような人間になれたらと、気恥ずかしい言い方になるんですが、思っています」

どうにか、始めた話をまとめることができた。

話してみて、初めて思ったことがあった。

僕はこの話をするために、ここに来たのかもしれなかった。

あれからを、過ごしてきたのかもしれなかった。

学生達の顔色を窺《うかが》いつつ、次の質問を促そうかと思い目線を上げた。

そうして、目が合った。

彼女と、目が合った。

ずっと、巡回中の団体メンバーがいるだけなのだと思っていた。

学生達の後ろに立って観察している姿を、目の端で捉《とら》えて、疑わなかった。

目が合って、僕は呼吸を止めた。

相手は、ためらいがちに、一度頷いた。

僕を見たまま、唇を開きかけて、また閉じた。

参加する予定はないと川原さんから聞かされていた。

スーツ姿の彼女は、ただじっと僕を見ていた。

「田端さん、どうされました？」

輪の中にいたメンバーの子に呼ばれ、僕の時間は再び動き出した。慌てて、「すみませんと謝って、「こんな回答で良かったですか？」と取り繕った。

見上げた時、すでに彼女はいなかった。

幻だったのかもしれないと思った。僕の傷が生んだ、都合のいい、幻。

やがて第一ピリオドが終わり、僕は挨拶《あいさつ》もそこそこに立ち上がった。念のため、彼女の影を捜そうとしたのだ。
いたとして、何か目的があったわけではない。なのに、僕は彼女を捜してしまった。
休憩時間を告げるアナウンスの中、必死でその姿を捜そうとした。
彼女は、案外簡単に見つかってしまった。
その後ろ姿は、一人で食堂の出口の方に向かっていた。
気づけば僕は、一歩目を踏み出していた。
幻でも、いいと思った。
何をしようと思ったわけでも、何ができると思ったわけでもない。
それでも僕は、足を動かした。
どうしようかと、追い始めてから考えた。
やがて、僕は外に出てしまう。あたりを見渡すと、いた。
彼女は、並木道を歩いていた。靴が、地面に落ちた葉っぱを踏みしめるのを見た。
幻じゃない。
僕と細いその背中の間に障害はなかった。
少し急げば肩を叩《たた》ける距離に、いる。
出会ってたった数ヶ月の間だったけど、横に並んでいたはずの肩がそこにあった。
声をかけようと、思った。

しかし、どうしようもない怖さが、僕を止めた。
あらゆる自分の行動には相手を不快にさせてしまう可能性がある。
傷つきたくない、怖い。
……けど。
もう一度、君と会いたい。
心から。
間違っていた自分のこと、弱かった自分のこと。
そして、自分とは違う君のこと。
今なら、受けとめられる。
僕は、君がいたおかげで、そういう人間になろうと思えた。
僕がついていた嘘を、本当にした。
足を速めて、彼女の背中に追いつく。
怖いに決まっている。僕は僕だ、変わらない。
無視されるかもしれない。拒絶されるかもしれない。
無視されてもいい。拒絶されてもいい。
その時もう一度、ちゃんと傷つけ。

本作はフィクションです。実在の人物・組織・団体・名前などには関係ありません。

本作は二〇一八年三月に小社より刊行された単行本を文庫化したものです。文庫化に際し、加筆修正しています。